임대규 新무협 판타지 소설

소운평전기 3

昭雲平傳記

소운평전기 3

임대규 新무협 판타지 소설

초판 1쇄 찍은 날 § 2001년 12월 15일
초판 1쇄 펴낸 날 § 2001년 12월 25일

지은이 § 임대규
펴낸이 § 서경석

편집장 § 문혜영
편집 § 장상수 · 박영주 · 김희정 · 권민정
마케팅 § 정필 · 강양원 · 김규진

펴낸곳 § 도서출판 청어람
등록번호 § 제1081-1-89호
등록일자 § 1999. 5. 31
어람번호 § 제2-0034호

주소 § 경기도 부천시 원미구 심곡1동 350-1 남성B/D 3F (우) 420-011
전화 § 032-656-4452   팩스 § 032-656-4453
E-mail § eoram99@chollian.net

값 7,500원

ISBN 89-5505-216-2 (SET)
ISBN 89-5505-219-7 04810

임대규 新무협 판타지 소설

소 운 평 전 기

昭 雲 平 傳 記

3 황산지가(黃山之歌)

도 서 출 판
청어람

제 13 장

일행은 여사님을 찾고 소운평은 나락으로 떨어지다

1

"더 이상의 추격은 없다!"

"대형, 그게 무슨 말씀이오?"

종쾌는 말도 안 된다는 듯 펄쩍 뛰었다.

"발본색원(拔本塞源)! 소시 적부터 항시 후환을 남기지 않아야 한다고 누누이 강조하던 사람이 누구였소? 바로 대형이 아니오?"

"선후(先後)와 경중(輕重)은 가려야 하는 법! 이만 정리하고 청풍각으로 오너라!"

진무방은 이내 안쪽으로 걸음을 옮겼다.

한쪽에 나란히 서 있던 이연중과 원후승은 그를 따라 움직였고, 악무비는 종쾌에게 다가갔다.

그러나 분기가 채 가시지 않은 종쾌는 끈덕지게 물고 늘어졌다.

"대형, 이렇게 애매하게 끝낼 수는 없소. 대체 선(先)은 무엇이고,

중(重)한 것은 또 무엇이오?"

우뚝!

그림처럼 진무방이 멈춰 섰다.

"종쾌, 그간 말이 많아진 것 같구나."

고저장단(高低長短) 없는 건조한 목소리가 울려 나온 순간, 종쾌의 얼굴은 분을 바른 듯 하얗게 바래졌다.

"대, 대형! 요, 용서를!"

종쾌는 황급히 한쪽 무릎을 꿇었다.

'허, 그것 참!'

악무비는 고개를 갸웃했다.

그가 보는 견지에선 종쾌는 성격도 잔혹한 데다 나무랄 데 없는 일류고수였다. 급박하게 돌아간 상황 덕을 보았다 하더라도 양태와의 일전은 충분한 증거였다.

과연 진무방에게 무엇이 있어 종쾌가 저토록 비굴한 모습을 보이도록 만드는 것인가!

이십여 년을 함께했고, 지금은 상전으로 모시게 된 상태인데도 선뜻 그 이유를 떠올리지 못하는 악무비였다. 더군다나 너덧 살 연상인 종쾌가 시종일관 '대형!' 이라 칭하는 모습은 묘한 감흥을 불러일으켰다.

악무비는 다소 흥분된 눈으로 추이를 살폈지만, 상황은 어이없을 정도로 싱겁게 끝났다.

"모르는 것이 어찌 죄가 되겠느냐. 그만 일어나라!"

"가, 감사합니다, 대형!"

종쾌는 서둘러 몸을 일으켰다. 무척 안도하는 표정이었지만, 눈가에는 여전히 아쉬움이 남은 듯했다.

그걸 눈치 채지 못할 진무방이 아니었다.

"네 심정을 모르는 바 아니다만, 계집아이 하나가 탈출한다 한들 무슨 걸림돌이 되겠느냐? 무엇보다 시급한 것은 방 내를 재정비하는 일이다. 설마 이 밤이 지나기도 전에 등소의 먹잇감으로 전락하고 싶은 게냐? 과거는 모두 지워라. 무리를 이끄는 수장이 되려면 좀 더 거시적인 안목이 필요함을 잊지 말아라!"

"알겠소, 대형! 잠시 후에 뵙지요."

그제야 종쾌는 진심으로 승복했다. 그는 멀어지는 진무방을 향해 공손히 허리를 숙였다.

곧 이어 그의 우렁찬 음성이 빗속을 갈랐다.

"자, 시체를 수습하고 경계를 강화한다!"

*   *   *

히히힝!

말들은 앞발을 들고 구슬피 울부짖었다. 미친 듯이 달리던 마차가 흙탕물에 미끄러지는가 싶더니 마침내 관도(官途) 한쪽에 멈춰졌다.

마차는 언제까지고 그 자리에 서 있을 것처럼 좀처럼 움직일 기미를 보이지 않았다.

쏴아아아……!

빗줄기는 갈수록 거세졌다. 세상을 온통 물바다로 만들어야 직성이 풀리려는지 그칠 줄 모르고 쏟아졌다.

이환은 여전히 어자석에 앉은 그대로였다. 우수로는 아직도 고삐를 굳게 움켜쥔 채 쏟아지는 세찬 빗방울을 고스란히 맞고 있었다.

철판을 두른 듯 한 올의 표정도 없는 얼굴과 경계를 지을 수 없을 정도로 풀어진 동공(瞳孔)!

예전의 그의 모습은 어디에서도 찾아볼 수 없었다. 마치 혼백이 빠져나간 빈 껍질을 보는 듯했다.

돌연 그의 입매가 씰룩거리는가 싶더니 가느다란 소리가 흘러나왔다.

"크크크큭……!"

도무지 의미를 알 수 없는 기괴한 소리였다.

소리에 맞춰 조금씩 어깨가 흔들리기 시작했다. 떨림은 곧 몸 전체로 번져 갔고, 급기야 그의 전신은 폭풍을 만난 가랑잎처럼 요동 쳤다.

멈칫!

어느 순간 그의 떨림이 거짓말처럼 멈춰졌다. 그리고 느닷없이 터져나오는 괴성(怪聲)!

"우아아아악!"

그는 외팔을 치켜들고 한 마리 짐승처럼 울부짖었다.

폐부를 저미는 괴성은 멀리 산자락을 타고 골짜기까지 메아리쳤다. 눈물인지, 아니면 빗물인지 끈끈한 액체가 그의 얼굴을 타고 흘러내렸다.

그렇게 약간의 시간이 지난 후, 그는 결국 힘없이 고개를 떨구고야 말았다.

스윽!

가만히 어깨를 잡아오는 손길, 어느새 밖으로 나온 것인지 빗속에 곽연이 서 있었다.

"일이 이렇게 되기로 정해졌을 뿐이네. 결코 자네 탓이 아닐세. 너무 자책하지 말게."

"어쩌면… 아니, 그렇겠지요. 제 탓은 아니겠지요."

혼잣말하듯 이환은 나직이 중얼거렸다.

어찌 그걸 모르랴만은 스치듯 지나가는 마지막 순간 절규하던 양태의 눈빛을 그는 절대 잊을 수가 없었다.

한 사람의 처절한 최후를 대가로 얻은 생명이었다. 살아남은 자의 고통! 어쩌면 그것은 평생을 따라다니며 그를 괴롭게 만들지도 몰랐다.

그러나 어떠한 것도 세월의 그림자 앞에선 빛을 바래는 법이다. 그는 그것이 두려운 것이다. 오늘의 원한과 비통함을 까맣게 잊고 아무렇지도 않은 듯 평범하게 살아갈 자신의 먼 미래가 말이다.

"뿌드득!"

그는 이빨을 곱씹었다. 언젠가는 모두 잊게 될지도 모르지만 적어도 지금은 그날이 아닌 것이다. 그리고 무엇보다 할 일이 남아 있었다.

"소방주의 상태는 어떻습니까?"

"좋지 않네. 잠시 깨어나셨다 곧 혼절하셨네. 상처야 별로 대수롭지 않지만 피를 많이 흘린 탓에 조속히 요양하지 않으면 위험에 빠질 수도 있네."

문득 곽연이 화제를 돌렸다.

"이곳이 어디쯤 같은가?"

"글쎄요. 계속해서 남서쪽으로 달린 것으로 봐서 아마도 호주(湖州)로 향하는 관도 위 같은데, 정확한 위치는 저로서도 잘 모르겠군요."

"일단 가까운 데서 필요한 물건을 챙기세. 이런 몰골로 다닐 수는 없지 않겠나? 그리고 물과 식량, 약재도 있어야 하겠지. 그나저나 어디로 가야 할지……."

말꼬리를 흐리는 곽연을 응시하던 이환의 뇌리로 퍼뜩 떠오르는 것이 있었다.

"안에 있는 젊은이가 알고 있네."

드르륵!
그는 다짜고짜 마차 안쪽과 연결된 작은 창을 벌컥 밀어 젖혔다.
"이리 나와라!"
잠시 후, 삐걱 하며 문이 열리는 소리가 들리더니 소운평이 얼굴을 내밀었다.
"저… 몹시 죄송하지만 안으로 들어오시면 안 될까요? 밖엔 비가 많이 오는데……."
'이, 이놈이!'
이환의 얼굴이 콱 찌그러진 것은 너무도 당연했다.
촌 무지렁이에 아무리 상황 파악이 늦다손 치더라도 이건 정말 너무하다 싶은 녀석이 아닌가!
노기(怒氣)가 치밀다 못해 움켜쥔 주먹이 부들부들 떨릴 지경이었다. 게다가 '여인을 겁탈한 파렴치한!'이라는 선입관까지 가지고 있었으니 일장에 쳐 죽이고 싶은 충동마저 일었다.
상황이 이렇게 흘러가자 곽연은 쓴웃음을 지었다.
세상이 다 무너진 듯 심각했던 것이 방금 전인데, 갑자기 엉뚱한 사람을 불러내더니 당장이라도 일을 낼 사람처럼 분노하는 이환이 이상하게 보일 만도 했다.
슬그머니 고개를 쳐든 궁금증을 해결하기 위해 그는 소운평을 손짓해 불렀다.

"괜찮으니 잠깐 이리 오너라!"

어쩔 수가 없었는지 소운평은 밖으로 나섰다. 그는 쭈뼛거리며 곽연의 옆으로 다가갔다. 그도 엄연히 눈이 있었기에 일그러진 얼굴로 자신을 노려보는 이환의 곁은 한사코 피하고 싶었던 것이다.

두려움으로 가득한 소운평의 눈을 바라보며 이환은 길게 한숨을 내쉬었다.

'그래, 네게 무슨 죄가 있겠느냐. 따지고 보면 너 역시 피해자인 것을……'

그는 차분히 마음을 추스르고 물었다.

"혹시 총관께서 네게 남긴 것이 없었느냐?"

"초, 총관이라면……?"

소운평은 잠시 고개를 까닥거렸다. 그가 지칭한 '총관'이란 자가 자신에게 모종의 일을 부탁했던 양태임을 떠올린 것은 오래지 않아서였다.

'헉! 그걸 어떻게?'

숨통이 콱 막히는 것과 때를 같이해 절대 비밀을 지키라던 양태의 말이 뇌리를 맴돌았다. 목숨이 걸린 일이니만큼 무슨 일이 있어도 잡아떼야만 했다.

"그런 적 없는데요. 무슨 말씀인지……?"

"뭣? 그게 정말이냐?"

이환은 저도 모르게 벌떡 일어섰다. 무언가를 생각하는 중인 듯 흑백이 완연한 눈동자가 쉴 새 없이 움직였다.

"틀림없는 사실이겠지?"

"아, 네, 네. 그럼요. 전 아무것도 모릅니다!"

소운평은 열심히 두 손을 내저었고, 가만히 두 사람을 지켜보던 곽연이 결국 입을 열었다.

"무슨 얘기를 하는지 도통 알아듣지 못하겠군. 이 대주, 대체 무슨 일인가?"

"전에 총관께서 소방주님과 나눈 말씀을 들었는데, 방주께선 이미 모처로 피신하셨다고 하시는 것 같더군요. 그리고 탈출하기 직전에 제게 이르기를 저 젊은이가 모든 것을 알고 있다고 하시더군요."

"그게 사실인가?"

이환이 미처 뭐라 대꾸하기도 전에 곽연이 득달같이 달려들더니 소운평을 다그쳤다.

"말해라, 이놈! 어서 말해라!"

그는 양태와 삼십 년이 넘도록 함께 지내왔다. 그만큼 양태의 성격을 누구보다 잘 알고 있었다. 그간 양태가 한 번이라도 허언(虛言)을 한 적이 있었던가!

얼마나 흥분했는지 그는 체면도 잊은 채 손자뻘인 젊은이의 멱살을 잡고 마구 흔들어댔다.

"캑, 캑! 이, 이것 좀……!"

대롱대롱 매달린 채 소운평은 울상을 지었다.

사실대로 말하면 나중에 어찌 될지는 뻔했다. 그리고 사실대로 말하지 않는다면 이대로 목이 졸려 죽을지도 몰랐다. 설사 그렇게까지 되지 않는다 해도 분위기로 보아 그냥 물러설 리가 없는 것이다.

이러지도 저러지도 못하고 그가 내심 갈등에 휩싸여 있을 무렵이었다.

툭!

무엇인가가 바닥으로 떨어졌다. 유지(油紙)로 덧댄 누런 물건, 바로 양태로부터 받은 봉서(封書)였다.

그러자 곽연은 잡고 있던 소운평을 거칠게 팽개치고 봉서를 집어 들었다.

"이게 뭐냐?"

숨을 몰아쉬며 흙탕물 속에 주저앉아 있던 소운평은 그야말로 사색이 되어 부르짖었다.

"아, 아무것도 아닙니다. 제발 돌려주십시오!"

'뭔가 있다!'

두 사람의 뇌리에 동시에 떠오른 생각이었다.

곽연이 은근히 으름장을 놓았다.

"사실대로 말하지 않으면 이걸 아예 없애 버리겠다!"

단순히 엄포만이 아니라는 것을 증명이라도 하듯 곽연은 봉서를 두 손으로 나눠 쥐었다.

소운평은 잔뜩 몸이 달았다.

'미치겠네, 정말!'

이제 손목이 반대로 꺾이기만 하면 그의 말대로 휴지 조각이 될 게 분명했다.

어차피 이래 죽으나 저래 죽으나 마찬가지였다. 일단 코앞에 닥친 위험이나 벗어나고 보자는 생각이 슬며시 생겨났다. 그리고 '물건만 안전히 전하면 되지 않을까?' 하는 생각이 그를 부추겼다.

"저… 그게 어떻게 된 거냐 하면……."

뭐든지 처음 시작하기가 어려울 뿐이다. 어렵사리 말문을 연 소운평은 곧 수다쟁이 계집아이처럼 쫑알거렸다.

갑자기 천재라도 됐는지 그는 양태와 나눈 말들을 한 글자도 틀리지 않고 토해냈다. 특히 강조한 것은 '비밀', '이레', 그리고 '금제'라는 단어였다.

봉서를 전해주지 않으면 자신은 죽게 된다는 애원을 거듭하면서 긴 이야기는 끝이 났다.

"음……!"

약속이라도 한 듯 신음이 터져 나왔다. 그들의 눈동자엔 인간이 지닐 수 있는 온갖 감정들이 스쳤다.

그렇게 한참이 흐른 뒤, 이환이 말문을 열었다.

"제 생각엔 일단 황산으로 향하는 것이 좋을 듯합니다. 그리 먼 곳도 아니고, 총관께서 직접 거론하신 만큼 이번 일과도 큰 연관이 있을 것입니다."

"옳은 말이네!"

"어서 오르시죠. 갈 길이 멉니다!"

그러나 곽연은 고개를 가로저었다.

"난 가지 않을 것이네."

"아니, 그게 무슨 말씀이십니까?"

이환의 눈자위가 동그래졌다.

"난 대풍장에서 태어나 줄곧 그곳에서 지내왔네. 자네도 알다시피 선친께선 선대 장주(先代莊主)를 모시던 두 분 시위 중 한 분이셨고, 다른 분은 양 총관의 부친이셨네. 두 분은 친형제처럼 지내셨고, 적검문과의 일전에서 함께 생을 마감하셨지. 철이 들기 전부터 선친은 내게 이렇게 말씀하시곤 하셨네."

"저들 부자(父子)를 보려무나. 참으로 부럽구나? 곰[熊]처럼 우직하고, 매 [鷹]처럼 한 곳만 바라보며, 개[犬]처럼 주인을 섬긴다. 하니 아비가 어찌 존경 하지 않을 수 있겠느냐? 똑똑히 보아두거라! 서너 살 연하라 해도 저 아이를 네 일생의 지표(指標)로 삼아도 좋을 게다."

"그땐 너무 어려 부친을 이해할 수 없었지. 이해는커녕 한술 더 떠 양 총관을 시기한 적도 있다네. 하지만 이젠 부친의 심경을 조금이나 마 알 것도 같네. 그래서 나는 이대로 소주로 되돌아갈 작정이네."
곽연은 느릿하게 산정(山頂)으로 시선을 돌렸다. 뿌옇게 안개로 물 들어가는 산자락은 그의 마음만큼이나 후줄근하게 젖어들고 있었다.
"나름대로 거점을 확보해 흩어진 방도(幇徒)들을 모을 걸세. 쉽지는 않겠지만, 자네가 방주님과 돌아올 때쯤엔 반격의 초석(礎石)을 이루어 낼 생각이네."
"당주, 그렇지만……."
곽연은 우수를 들어 이환의 말을 막았다.
"아네. 자네가 무슨 생각을 하는지 잘 알고 있네. 이미 씻을 수 없는 치욕을 당한 몸, 진 가의 목을 취하는 순간까지 무슨 수를 써서라도 살 아남을 걸세. 자네는 소방주님을 안전하게 모시는 것만 생각하게."
'난감하군!'
이환은 갈등에 휩싸였다. 앞뒤 가리지 않고 달려들 거라는 걱정은 덜었다 해도 사지(死地)가 분명한 것을 알면서도 방관할 수는 없는 노 릇이었다.
그러나 정작 문제는 곽연의 의지가 확고하다는 데 있었고, 그로서는 특별히 반대할 명분 역시 없었다.

"알겠습니다. 그렇게……."

막 이환이 결정을 내리는 순간이었다. 어느새 나타난 연좌기가 그의 말을 가로챘다.

"두 분, 아무리 생각해 봐도 그 일엔 제가 더 적격일 것 같군요."

"좌기, 자네?"

"연 부당주!"

해연이 놀라는 두 사람은 아랑곳 않고 연좌기는 또박또박 말을 이어 갔다.

"쉽지 않은 일입니다. 당주를 알아보는 이들도 많을 뿐더러 이런 일에는 좀 더 세파에 물든 이가 필요하지요. 그리고 무엇보다 중요한 이유는 소방주님을 안전하게 모시는 데 당주가 꼭 필요하다는 사실입니다. 추격의 징후가 없다고는 하나 위험이 도래하면 당주의 능력이 꼭 필요할 겁니다. 이 모든 것을 종합해 볼 때, 누가 가고 누가 남아야 할지는 명확하다고 봅니다만!"

"음……!"

곽연은 일순 할 말을 잃었다. 뭐라 반박할 수 없을 정도로 구구절절 옳은 소리였다.

'허허, 남은 생을 모두 바칠 일이라 여겼거늘, 그것조차 뜻대로 되질 않는가? 양 총관, 역시 난 당신을 따라가기엔 너무도 부족한 점이 많은가 보오.'

"알겠네. 그렇게 하기로 하세. 대신, 돌아오는 날엔 자네가 좋아하는 소홍주를 함께 마실 수 있게 해주게!"

뚫어져라 연좌기를 응시하는 곽연의 시선이 촉촉이 젖어들었다.

'알겠습니다, 당주!'

그 심정을 어찌 모를까!

머뭇거리다가는 행여 흐트러진 모습을 보일세라 연좌기는 황급히 신형을 날렸다.

"연락은 전서를 통하지요. 그럼 다시 뵐 때까지 보중하십시오, 두 분."

아련히 들리던 음성이 잦아드는 것을 마지막으로 그의 신형은 내리는 빗속에 삼켜졌다.

곽연은 그가 사라지고도 한동안 시선을 떼지 못했다.

그러자 이환이 조심스레 주위를 상기시켰다.

"당주, 너무 상심치 마시지요. 연 부당주는 분별력있는 사람이니 분명 잘 해낼 겁니다."

"그렇게 되길 바랄 뿐이네."

혼잣말처럼 중얼거린 곽연은 이내 소운평에게 봉서를 내밀었다.

"받아라! 이것은 네가 전해야 할 물건이니."

"어이구, 감사합니다, 어르신!"

행여 마음이 변할까 잽싸게 봉서를 받아 든 소운평은 넙죽 절이라도 할 태세였다.

"그만 출발하세!"

출발을 종용한 곽연은 곧 마차 안으로 들어갔고, 그 뒤를 따라 이환도 움직여 갔다.

여전히 상황 판단이 안 된 소운평이 조심스레 물었다.

"말은 누가 몰죠?"

그러나 그에게 돌아온 것은 매섭게 질책하는 이환의 싸늘한 음성이었다.

"젊은 놈이 그렇게 눈치가 없어서야… 비 맞으며 지금까지 고생한 내가 하랴, 아니면 피투성이가 되며 너를 탈출시킨 당주께서 해야겠느냐?"

결국 소운평은 어자석에 앉아야 했다.

*   *   *

지겹도록 내리던 비가 그친 것은 그날 늦은 오후였다.

일행은 절강성(浙江省) 호주(湖州)를 지나쳐 노가구(魯家口)라는 작은 마을에서 잠시 휴식을 취했다. 굳이 성읍으로 들지 않은 것은 마차가 워낙 눈에 띄기에 추격을 대비해 종적을 드러내지 않으려는 생각에서였다.

일행은 의원을 찾아 대강 상처를 치료했고, 소운평은 홀로 필요한 물건을 구입하느라 동분서주했다.

새 의복(衣服)과 식수(食水), 여정 도중에 먹을 건량(乾糧), 그리고 몇 가지 물건이었다. 물론 '몇 가지 물건'은 한 사람을 위한 것이었다.

두 시진 동안 푹 쉬고 먹고 마신 일행은 그날 밤 서둘러 길을 재촉했다. 목적지는 당연히 황산(黃山)이었다.

쉴 새 없이 말을 달린 일행이 황산에 도착한 것은 노가구를 떠난 지 닷새가 지난 날 정오 무렵이었고, 날짜는 본격적인 여름으로 치닫는 유월 십일이었다.

2

우가촌(牛家村)은 황산(黃山)의 동쪽 기슭에 자리했다. 칠십여 가구가 오밀조밀 모여 사는, 성읍(城邑)을 약간만 벗어나면 흔히 눈에 들어오는 여느 마을과 마찬가지인 아주 작은 촌락이었다.

황산은 신산(神山)으로 불리며 뭇 사람들의 숭배의 대상이 되어온 다섯 개의 산(山)인 오악(五嶽)의 하나였다.

예로부터 빼어난 절경으로 이름 높은 곳으로 철마다 드러나는 변화무쌍(變化無雙)한 모습을 보기 위해 수많은 인물들이 이곳을 찾았다.

그래서 인근 주변에는 이들을 상대하는 주루나 반점이 수없이 생겨나 성시를 이루었다.

그러나 유독 서쪽만은 인적이 드물었다. 다른 곳은 산세가 평이하고 간혹 구릉이 이어진 반면, 이곳은 유독 까마득한 절벽이 줄줄이 이어지고, 낮에도 안개가 끼는 곳이 많은지라 누구도 이곳을 이용하기를 꺼려했다.

때문에 언제부턴가 우가촌은 화전(火田)을 일구거나 사냥을 업(業)으로 하는 자들이 모여 사는 동떨어진 마을이 된 것이다.

그러다 보니 겨울철에 외지에서 들어오는 사냥꾼들을 제외하면 마을이나 인근 지역을 왕래하는 자들 역시 가뭄에 콩 나듯 드물 수밖에 없었다.

때는 정오 무렵이었다.

조용하던 우가촌은 난데없이 요란스런 방문객을 맞아야 했다. 한낮의 뜨거운 태양을 머리에 이고 마을 입구에 마차 한 대가 나타난 것이다.

검고 흰, 그래서 뚜렷이 대비되는 네 마리의 말이 끄는 호화로운 마차!

바로 황산으로 향한 일행이었다.

*　　　　　*　　　　　*

"워, 워!"

소운평은 능숙한 솜씨로 고삐를 잡아당겼다.

마차는 실바람에 떨어지는 꽃잎처럼 부드럽게 속도를 줄였다. 자갈밭을 달리는 듯했던 처음에 비하면 실로 장족의 발전을 이룬 셈이었다.

하긴 잠 한숨 제대로 못 자고 닷새 동안 내내 마차를 몰았다면 누구라도 저 정도는 하겠지만 말이다.

'다 온 것 같은데 말이야?'

소운평은 사방을 두리번거렸다.

산의 초입(初入)인데 비해 칠십여 가구라면 제법 큰 촌락에 속하는 편이다. 군데군데 반점이며 주루의 간판이 눈에 띄는 것이 무척 반가웠다.

한데 한결같이 문설주와 창틀에 먼지만 가득한 것이 꽤 오랫동안 영업을 하지 않은 듯했다.

그것뿐 아니라 마을 전체도 조용했다. 어디를 가도 사람을 가장 먼저 반기는 것은 아이들과 개들이 분명할진대, 마을은 이상할 정도로 침묵을 고수했다. 한 점의 인기척도 느껴지지 않아 인세(人世)가 아닌 황량한 사막 한가운데 서 있는 듯한 착각이 들 정도였다.

'귀신 소굴도 아니고, 뭔 마을이 이따위야!'

소운평은 마차를 좀 더 빨리 몰았다.

그러나 상황은 마찬가지였다. 벌써 마을을 반이나 지나쳤는데도 개미 새끼 한 마리 눈에 띄지 않았다.

그런 점에서 무료한 오후를 달래려 집 밖으로 나서던 노인을 만난 것은 퍽 다행스러운 일이었다.

다 해져 기운 자국이 선명한 마의(麻衣)에 머리칼은 새하얗고, 거의 반으로 접히다시피 한 허리 때문에 구불구불한 지팡이를 든 촌로(村老)였다.

"이봐요, 노인장!"

느닷없이 들려온 소리에 노인은 걸음을 멈췄다. 구부정한 허리를 힘겹게 돌리다 말고 입을 쩍 벌렸다.

노인의 눈이 툭 튀어나왔다. 이맘 때에 마을에 외지인이 나타난 것도 드문 일 중의 하나였지만, 그가 타고 있는 마차는 생전 처음 보는 호화로운 것이기 때문이었다.

"호오, 그것 참!"

노인은 연신 탄성을 발하며 마차 주위를 기웃댔다. 그러다가는 그제야 상대가 자신을 불러 세운 것이 기억이 났는지 눈곱이 덕지덕지 붙은 눈을 끔뻑거렸다.

"그래, 무슨 일인가?"

"혹시 이 근처에 '여삼락(如三樂)'이란 이름을 가진 주점(酒店)이 있나 해서요."

"어? 여… 뭐라고?"

노인은 한쪽 귀에다 손을 가져다 대며 되물었다. 나이는 속일 수 없는 것인지 가는귀가 먹은 게 확실했다.

'이런… 제기랄!'

소운평은 마차에서 뛰어내린 다음 노인의 귀에다 대고 버럭 소리를 질렀다.

"술! 술 파는 데 말입니다."

그제야 노인은 고개를 끄덕이더니 밑도 끝도 없이 길 끝을 손짓해 가리켰다.

"저리로 가!"

그리고는 두말 않고 제 갈 길로 가버렸다.

"영감님, 저기!"

일순 멍청해진 소운평은 황급히 노인을 따라가려다 말고 도로 마차에 올랐다. 괜히 쫓아가 말을 붙여야 별반 득이 될 것이 없다고 생각한 것이다. 일단 방향은 안 셈이니 가다 보면 나올 것이라는 생각에서였다.

쿠르릉!

요란한 소리를 동반하고 다시 바퀴가 움직였다. 마차는 마을을 관통한 길을 따라 빠르게 달려갔다.

눈이 빠져라 주위를 두리번거리던 소운평이 고개를 갸웃거릴 무렵, 마차는 기어코 마을을 완전히 벗어나 비탈진 산길로 접어들고 있었다. 길이 갑작스레 좁아져 간신히 지나갈 정도였고, 길가로는 무성한 풀들이 자라나 사람의 왕래가 있으리라고 여겨지지 않을 정도였다.

"이 길이 맞기는 한 거야?"

아무래도 일이 꼬이는 것 같다는 생각에 슬슬 불안해지기 시작했다. 기한은 이제 하루! 약속한 이레에서 겨우 하루가 남았을 뿐이다.

목이 바짝바짝 타 들어갔다. 그 하루가 지나면 자신은 속절없이 죽음을 맞아야 하는 것이다.

'그 노인네 어디 만나기만 해봐라! 에휴… 이럴 줄 알았으면 시간이 걸리더라도 기다렸다 제대로 된 사람한테 물어보는 건데.'

후회해 봐야 이미 지난 일이었고, 괜히 산중에서 길을 잃고 헤매다 날이 어두워지기라도 하면 끝장이었다. 때마침 눈앞에 공터가 나타나자 그는 마을로 되돌아갈 생각에 그쪽으로 말을 몰아갔다.

덜컹!

작은 둔덕을 넘느라 마차가 요동 쳤다.

'어, 어!'

하마터면 바닥으로 떨어질 뻔한 소운평은 가까스로 모면할 수 있었다. 겨우 중심을 잡고 제자리를 찾아가던 그의 시선에 반대쪽 산기슭에서 가느다랗게 연기가 올라오는 것이 눈에 들어왔다.

'엥, 뭐야? 혹시 저기가?'

눈이 번쩍 뜨였다.

"이놈, 또 한눈을 팔다니!"

마차 안에서 들리는 쩌렁한 이환의 호통 소리를 한 귀로 흘리며 그는 냅다 말 등을 후려쳤다.

짜악!

두두두두……!

새소리만 간간이 들리던 조용한 산길을 마차는 미친 듯이 달려갔다. 그리고 그보다 더 요란하게 울리는 비명!

"어이구, 어쿠! 이놈이 갑자기 미쳤나!"

여삼락(如三樂)

현판에 쓰여진 선명한 글귀를 보았다면 환호성을 내질러야 할 것이 분명했건만, 어쩐 일인지 소운평은 잠시 망설였다. 그도 그럴 것이 거의 까막눈이나 다름없는지라 제대로 알아볼 리가 없었던 것이다.

그나마 그가 희망을 가진 것은 어렴풋이 알아본 글자 하나 때문이었다. 옆으로 줄이 그어진 개수대로 삼(三)까지 센다는 것은 그도 알고 있었다.

잽싸게 마차에서 내린 그는 문을 조심스레 두드렸다.

"저, 어르신. 다 온 것 같은데요."

삐이걱!

문이 열리더니 대뜸 주먹이 날아왔다. 매섭게 쏘아진 주먹은 눈 깜짝할 새 소운평의 이마를 강타했다.

빽!

눈앞에서 불이 번쩍 했다.

'아이고, 죽겠다!'

머리통이 쪼개지는 듯한 통증에 소운평은 이마를 감싼 채 뒤집어진 풍뎅이처럼 제자리를 맴돌았다.

밖으로 나온 이환은 눈부터 부라렸다.

"이놈, 그 정도로 끝난 게 다행인 줄 알아라!"

한데 묘하게도 그 역시 소운평과 마찬가지로 이마를 문지르고 있는 것이 아닌가!

곧 손이 치워지고 드러나는 그의 왼쪽 이마에는 주먹만한 혹이 달려 있었다. 좀 전에 마차가 계속 요동 칠 때 어딘가에 세게 부딪친 것이 틀림없었다. 다짜고짜 주먹을 뻗어낸 것도 무리가 아닌 셈이다.

'큭큭, 고거 쌤통이다!'

아픈 와중에도 소운평은 쾌재를 불렀다.

그의 내심을 읽기라도 했는지 이환이 재차 주먹을 들었다. 하긴 힐끔힐끔 곁눈질을 하며 입을 틀어막는 걸 보고도 무슨 생각을 하는지 눈치 채지 못한다면 멍청이란 소릴 들어 마땅하리라.

"이놈을 그냥!"

때맞춰 곽연이 만류하지 않았다면 이마에 재차 불똥이 떨어지는 것은 불을 보듯 뻔한 일이었다.

"그만두게!"

곽연이 나무라듯 말했다.

그의 뒤를 이어 아도가 내렸고, 마지막으로 위청란이 모습을 나타냈다.

상처를 입은 지 벌써 닷새가 지났건만 그녀의 안색은 여전히 핏기

없이 파리했다. 한쪽 발을 내딛다 말고 그녀는 쓰러질 듯 몸을 휘청거렸다.

"소방주!"

곽연의 질책에 멀쑥한 얼굴로 물러나 있던 이환이 황급히 달려가 그녀를 부축했다.

그녀는 이환의 한 팔에 의지해 밖으로 내려섰다. 표면상으로 엄연히 숙질(叔姪) 간이기 때문이었을까, 아니면 상처가 감당하기 어려워서였을까. 평소와는 다르게 특별히 거부감을 내비치지 않는 그녀였다.

그녀를 제외한 다른 이들은 안정되어 보였다. 상처를 싸맨 붕대에서는 개중에 아직도 핏물이 배어 나오는 곳도 눈에 띄었지만, 비교적 중한 상처가 아닌 데다 지난 닷새 간 마차 안에서 편안히 휴식을 취했기에 구할 정도의 기력(氣力)을 회복한 상태였다.

이윽고 현판을 살핀 곽연이 조용히 말했다.

"초행이라 무척 신경이 쓰였다만 아무튼 제대로 찾아온 듯하구나. 그간 수고가 많았다!"

"헤헤, 수고는 무슨……."

머리를 긁적이는 소운평을 뒤로하고 곽연이 손짓하며 길을 열었다.

"소방주, 가시지요!"

스윽!

그녀보다 먼저 움직인 이는 아도였다. 그는 일행보다 일 장 정도를 앞서 계단을 올랐다. 두 번 다시 주인을 위험에 빠뜨리지 않으려는 생각이었는지 자세를 낮추고 사방을 주시하는 눈빛이 칼날처럼 예리했다.

이어 이환의 부축을 받은 위청란을 선두로한 일행은 주점으로 이어진 돌 계단을 오르기 시작했다.

주점은 항아리처럼 오목하게 들어간 분지의 비탈진 곳에 남향(南向)으로 자리했다. 아름드리 통나무를 다듬어 그대로 쌓아 만든 단조로운 이층 건물이었다.

건물은 빗물에 깊숙이 패인 주춧돌만큼이나 낡은 편이었다. 지붕에는 벽을 타고 오른 담쟁이덩굴이 가득했고, 간간이 드러낸 벽면에 자라난 형형색색(形形色色)의 버섯들이 건물이 얼마나 오래되었는지 말해 주는 것 같았다.

거기다 주변은 온통 풀이 우거져 집 뒤의 굴뚝에서 피어 오르는 연기가 아니라면 사람이 살지 않는 흉가(凶家)라고 여겨질 정도였다.

일행은 곧 굳게 닫힌 출입구 앞에 도착했다.

이윽고 아도의 손이 문고리를 향했다.

끼익!

문이 반쯤 열렸고, 뿌옇게 날리는 먼지를 헤치며 일행은 차례대로 안으로 들어섰다.

실내가 생각보다 더 어두웠기에 일행은 잠시 멈춰 서야 했다. 점차 눈동자가 제 크기를 찾아감에 따라 실내의 모습이 낱낱이 드러났다.

실내는 비좁았고, 구조 또한 단순하기 그지없었다.

왼쪽의 주렴이 처진 곳은 주방으로 보였고, 우측 끝에는 이층으로 올라가는 층계가 있었다. 그 사이로 눈에 들어온 것은 고목(枯木)의 아랫부분을 통째로 잘라 만든 탁자 여섯 개가 전부였다.

산속이라 해도 주점 하면 그래도 손때 묻은 미인노(美人圖) 한 폭 정도는 걸려 있기 마련인데, 미인도는 고사하고 흔한 화초(花草) 한 뿌리 눈에 띄지 않았다.

다른 이들이 실내를 둘러볼 무렵, 어쩐 일인지 소운평이 나서며 자리를 권했다.

"이쪽으로 앉으시죠!"

우측 중간의 창가에 위치해 비교적 밝으면서도 전망 또한 좋은 자리였다.

"자, 자! 어서 이리로!"

그리곤 마치 점원이라도 된 듯, 일일이 의자를 빼내서 일행이 앉기 좋게 배려하는 것도 잊지 않았다.

"고맙구나!"

곽연이 빙그레 웃었다.

한데 차례대로 자리에 앉는 일행과는 달리 아도는 엉뚱하게도 한곳을 택했다.

비록 탁자 하나를 사이에 둔 가까운 거리였지만, 구석지고 후미진 곳이었다. 칙칙한 어둠과 습기 때문에 누구라도 첫눈에 피하고 싶을 그런 자리였는데도 그는 선뜻 그곳에 자리를 잡았다.

그러나 아무도 만류하지는 않았다. 그가 스스로 원한 일이기도 했을 뿐더러, 묘하게도 어둠 속에 잠긴 그의 모습이 여러모로 썩 어울려 보였기 때문이었다.

소운평이 조심스레 입을 열었다.

"저… 사람이 아무도 없는 것 같은데 제가 나가서 찾아보기라도 하는 것이 어떨까요?"

가뜩이나 감정이 좋지 않았던 이환이 그냥 넘어갈 리 만무했다.

"웬일이냐? 내내 까딱하는 것도 귀찮아 하던 네놈 손발이 오늘따라 분주히 움직이다니, 또 무슨 꿍꿍이가 있는 게로구나. 꼼짝 말고 여기

앉아 있어라!"

"아, 아닙니다. 꿍꿍이라뇨!"

전혀 아니라는 얼굴로 손을 내두르기는 했지만 소운평은 내심 뜨끔하며 숨을 골라야 했다.

'생긴 것답지 않게 눈치는 귀신이란 말야!'

사실 그는 밖에서 '그'를 만나서 물건을 전해주고 금제를 풀어 달란 다음 그대로 달아나려 했던 것이다.

어차피 맡은 일을 처리한 후에는 이곳에 있어야 할 하등의 이유가 없었다. 내내 까먹은 누런 금덩이가 눈앞에 아른거리며 그를 괴롭혔지만, 언제나 그래왔듯 툭툭 털고 다른 곳으로 줄행랑 치면 그만이었다. 돈이야 육신이 멀쩡하면 또 벌면 되니까 말이다.

그러나 그 모두는 일을 무사히 마친다는 사실을 전제로 해야 했다. 만일 일이 틀어지면 졸지에 고혼(孤魂)이 돼야 하는 것이다.

'시간도 얼마 남지 않았는데……'

소운평은 엉거주춤 서서는 한숨을 쉬었다. 그런 그를 구원해 준 이는 매번 그렇듯 곽연이었다.

"마냥 앉아서 기다릴 수도 없는 노릇이고 하니 네가 한번 나가보는 것도 괜찮은 생각 같구나. 연기가 나는 걸로 봐서 아마 이 근처 어딘가에 있을 게다."

'살았다!'

얼굴도 모르는 부모를 만나도 이렇게 반가우랴. 화색이 만연한 소운평이 막 밖으로 달려나가려 할 때였다.

촤르륵!

주방을 가린 주렴이 들썩이며 분명 텅 비어 있던 안쪽에서 누군가가 불쑥 모습을 드러냈다.

"댁들은 누구요?"

퉁명스레 말을 건넨 이는 반백(半白)의 머리에 소매가 짧은 허술한 마의를 걸친 노인이었다. 대충 곽연과 비슷해 보이는 연배였는데, 깡마른 얼굴이며 쭉 찢어진 눈매가 평탄한 성격이 아님을 말해 주었다.

안에 사람이 있다는 사실이 놀라웠는지 노인은 커다란 눈을 뒤룩거리며 사방을 훑어보았다. 흔들리는 그 눈에 가득한 것은 분명 경계심이었다.

노인이 재차 물었다.

"이곳엔 무슨 일로 찾아온 거요?"

"아, 그건 말이죠. 우리가 온 것은 다름이 아니라……."

다짜고짜 앞으로 나서는 소운평을 제지하는 목소리가 들려왔다.

"그만두거라!"

잔잔한 목소리의 임자는 곽연이었다. 평소 관대하던 그가 어쩐 일인지 소운평을 물러나게 한 것이다.

'남은 급해 죽겠는데!'

몸이 바짝 달았지만 어쩔 수 없었다. 그로부터 적지 않은 도움을 받아온 것도 그랬고, 그나마 하나밖에 없는 원군을 잃기 싫은 마음에서였다.

그러나 물러나며 원망스런 눈초리로 곽연을 쳐다보는 것을 잊지 않았다.

곽연이 조용히 말했다.

"주점에 온 다른 이유가 무엇이겠소? 그저 지나던 길에 들렀을 뿐이오. 우선 간단하게 요기할 것과 술을 좀 가져다 주실 수 있겠소?"

"가능하긴 하오만 보다시피 이 계절에는 거의 손님이 없는 관계로……."

노인이 말을 얼버무렸다.

하나 그 뒤에 이어질 말을 모를 곽연이 아니었다. 그는 흰 수염을 쓰다듬으며 말을 이어갔다.

"허허, 기다릴 테니 그 점은 염려 마시오. 그리고 부탁할 게 한 가지 더 있소이다. 보아하니 이층엔 방도 있는 것 같은데 하루쯤 묵어갈 수 없겠소?"

"그것도 가능하오."

고개를 끄덕이던 노인이 돌연 우수를 내밀었다.

"미안하지만 요금은 선불이외다."

순간, 곽연의 얼굴이 홍시처럼 붉게 변했다. 부동심(不動心)으로 유명했던 그가 말 한마디에 이런 반응을 보인 것은 아마 육십 평생 처음 있는 일이리라.

"계산은 저 아이가 할 것이오."

건너편을 손짓해 가리키며 슬그머니 고개를 외면하는 곽연이었다.

'제기랄! 또 나야?'

소운평은 한숨을 푹 내쉬었다.

짤랑!

묵직했던 주머니가 바닥을 드러낸 것은 이미 오래전이었다. 양태로부터 여비 조로 받았던 금 스무 냥 중에 남은 것은 겨우 은 스무 냥에 불과했다.

하긴 목숨이 경각에 달린 상황에서 한가하게 금전을 챙길 여유가 있었을까. 짜 맞춘 듯 일행 모두가 빈털터리였기에 여태 모든 경비를 그가 충당했던 것이다.

'결국 피 같은 내 돈이 몽땅 날아가는구나! 뭐, 나중에 이자까지 톡톡히 쳐서 돌려준다 했으니 잊지 말고 꼭 받아내야지!'

내심 단단히 각오를 다지며 그는 전 재산인 열 냥 짜리 은덩이 두 개를 꺼내 들었다.

"얼만데요?"

노인은 그의 아래위를 훑어보더니 말했다.

"더도 말고 그거 하나면 돼."

"엑!"

그는 하마터면 거품을 물고 넘어갈 뻔했다.

금가루라도 바르지 않은 이상 산속의 음식이란 삶은 고기와 산채(山菜) 무친 것이 전부일 게 분명했다. 아니면 술이 고급일까? 더구나 다 쓰러져 가는 곳이니만큼 방이 깨끗하랴. 은 열 냥이라니, 죽은 조상이 벌떡 일어나고도 남을 노릇이었다.

은근히 화가 치밀었다.

'세상에… 칼만 안 들었지 완전히 날강도잖아!'

그런데 한바탕 난리라도 피울 것 같던 소운평이 순순히 돈을 집어 들고 있었다. 자고로 목마른 놈이 우물가를 기웃댄다고, 노인에게 알아낼 것이 있는 그로서는 어쩔 수 없는 일이기도 했다.

"받아요!"

샤샥!

번개가 무색할 정도로 날쌔게 은덩이를 낚아챈 노인은 곽연을 돌아보며 말했다.

"식사는 최대한 빨리 내오도록 하지요. 그리고 방은 문이 열리는 곳이면 아무 곳이나 써도 될 게요. 어차피 이 계절엔 손님이라곤 없을 테니. 그럼!"

노인이 부리나케 주방으로 들어갈 때였다.

스윽!

돌연 위청란이 몸을 일으켰다.

그러자 이환의 눈이 휘둥그레졌다.

"소방주?"

"피곤하니 우선은 좀 쉬고 싶군요."

"소방주, 그래도 식사는 하셔야 합니다. 그간 음식다운 음식을 드신 적이 한 번도 없지 않습니까? 원기를 회복하시려면 우선 드셔야 합니다."

이환의 걱정스런 눈초리에도 불구하고 그녀는 단호하게 고개를 가로저었다.

"아뇨. 지금은 그럴 생각이 전혀 없군요. 정 그렇다면 나중에 방으로 하는 것으로 하죠."

그리고는 다리를 절뚝이며 계단으로 향했다.

끼익!

첫 번째 계단에 발을 올린 그녀는 무슨 일인지 걸음을 멈췄다. 그리고는 뒤를 돌아보며 손짓을 했다.

"넌 나를 따라와라."

"저 말입니까?"

영문을 알 수 없는 소운평은 다짜고짜 간이 콩알만해졌다. 그는 애처로운 눈빛으로 곽연을 응시했다.

"뭐 하고 있는 게냐? 어서 따라가거라!"

설상가상(雪上加霜)으로 철석같이 믿었던 곽연마저 배신을 하자 그는 아예 죽을 맛이었다.

'툭하면 나야. 내가 무슨 동네 북이냐구!'

그러나 어쩌겠는가. 버둥대 봐야 결국 따라나서야 하는 것을. 비척대며 그녀를 향해 걸어가는 소운평은 영락없이 도살장에 끌려가는 망아지 꼴이었다.

우려하는 세 쌍의 눈동자를 뒤로하고 두 사람은 계단을 올라 어두운 이층 한쪽으로 사라졌다.

3

"하의(下衣)를 벗겨!"

방 안을 두리번거리던 소운평은 자신의 귀가 제대로 된 상태인지 의심해야만 했다.

"지, 지금 뭐라고?!"

얼떨떨한 표정을 짓고 되묻는 그의 면전으로 이번엔 똑똑하게 들려온 음성.

"멍청이, 내 하의를 벗기라고 했다. 그리고 분명히 경고하는데 두 번 말하게 하지 마."

'으헥!'

목구멍 안쪽이 턱 막혀왔다. 그는 불안한 눈빛으로 위청란을 살폈다.

그녀는 등을 돌린 채 창문가에 서 있었다. 분홍빛 배자에 종아리 아랫부분이 드러난 단삼을 입고 있었는데, 이미 요대를 푼 듯 하의는 허리춤을 벗어나 둔부 어림에 걸려 있는 상태였다.

'이게 뭐 하지는 경우야, 대체!'

평소 같으면 '얼씨구나!' 하고 달려들었을 것이 분명한 데도 상대가 상대니만큼 그는 망설이고 있었다.

그러나 그녀에게 이미 두 번에 걸쳐 호되게 당한 경험이 있었는지라 행여 토를 달거나 지금처럼 망설이고 있을 수만은 없는 노릇이었다.

'꿀꺽!'

둔부로 향하는 손끝이 절로 떨렸다. 간신히 하의 자락을 움켜쥔 그는 될 대로 되라는 심정으로 와락 끌어내렸다.

한데 의외로 하의는 아래로 내려가지 않았다.

'이, 이게, 이놈이 왜?'

다급한 마음에 아무리 용을 써봐도 둔부에 턱턱 걸리기만 할 뿐 좀처럼 원한 대로 되지 않았다.

그것은 남녀의 신체 구조가 다른 것에 기인한 퍽 자연스런 현상이었다. 평소 여인이 스스로 옷을 벗거나, 아니면 반 강제로 찢다시피 했던 그로서는 전혀 생소한 경험이었다. 결국 그는 둔부 전체를 주물럭거리다시피 해서야 목적을 이룰 수 있었다.

스륵!

장애물을 벗어난 하의는 발목까지 곧장 미끄러졌다. 분홍빛의 짧은 내고(內袴)가 모습을 드러냈고, 분을 바른 듯 뽀얀 허벅지가 눈을 자극했다.

왼쪽 허벅지에 흰 천이 두텁게 감겨 있었다. 그것이 바로 그녀를 절뚝거리게 만드는 이유였다.

왜소해 보이던 그녀의 몸은 의외로 굴곡이 선명했다. 유난히 허리가 가늘어서일까, 나이답지 않게 그 아래로 확산된 둔부의 윤곽이 유난히 풍만하게 느껴졌다.

게다가 상의는 그대로인 채 하의만 벗고 있는 모양인지라 묘한 분위기마저 감돌았다.

'히야, 죽여주는구나!'

상황도 잊고 저도 모르게 침을 삼키는 그였다.

그러나 귓가로 들려온 차가운 음성은 황홀한 환상을 깨기에 충분하고도 남을 정도였다.

"상처를 치료해야 해. 필요한 물건들은 거기 침상에 있을 거야."

'쳇! 그럼 그렇지!'

잠시나마 말도 되지 않는 상상을 했던 자신이 못내 한심스러웠다. 그는 툴툴대며 침상으로 걸어갔다.

침상 위에는 작은 보퉁이가 놓여 있었다. 그 안에는 주먹만한 몇 개의 자기병과 손바닥 넓이로 둘둘 말린 흰 천이 들어 있었다.

내용물이 무엇인지 알 수 없는지라 소운평은 보퉁이째 들고 제자리로 돌아왔다.

"가져왔는데요."

그녀의 흰 손이 허벅지를 가리켰다.

"이곳을 소독하고 약을 바르도록 해."

그러자면 우선 상처를 동여맨 천을 풀어야 했기에 그는 허리를 숙인 채 일을 시작했다.

처음 두어 바퀴는 그런 대로 수월했지만, 점차 상처에 가까워질수록 핏물과 누런 액체가 말라붙어 좀처럼 떨어지지 않았다. 결국 힘을 주어 잡아 뜯어야만 했고, 그럴 때마다 위청란의 허벅지가 가늘게 경련을 일으켰다.

'휘유, 정말 끔찍하군!'

이윽고 천이 풀리고 상처가 완전히 드러나자 소운평은 잔뜩 인상을 찡그렸다.

실로 끔찍한 상처였다. 오밀조밀 지네의 발을 연상케 하는 꿰맨 흉터는 음부에서 반 뼘쯤 떨어진 곳으로부터 시작해 비스듬히 허벅지를 휘감고 뒤쪽의 둔부 아래까지 이어진 모습이었다. 자칫했으면 여자로서의 생명을 잃을 수도 있는 엄중한 상처였다.

위청란이 뒤도 돌아보지 않고 말했다.

"소독액(消毒液)은 마개가 빨간색 병이야. 그리고 파란색 병에는 아마 가루 약이 들었을 거야. 소독을 끝내면 상처에다 가루를 뿌리도록 해."

뻥!

마개가 열리며 톡 쏘는 냄새가 코를 자극했다.

병을 약간 기울여 보니 시커먼 액체가 가득했다. 이빨로 천을 잘라낸 소운평은 액체를 천에 따른 다음 조심스레 상처 부위를 닦아냈다.

한데 그리 힘을 주지 않았는 데도 상처를 자극할 때마다 발갛게 부풀어 오른 곳에서 역한 냄새를 동반한 누런 진물이 흘러나오는 것이 아닌가!

바로 고름이었다.

애초에 상처를 치료하고 지속적으로 조치를 취하지 않은 것이 화근이었다. 유월 초라 해도 낮의 밖은 한여름의 폭염(暴炎)을 방불케 하는 뜨거운 날씨였다. 거기다 몸놀림마저 부자연스러운 좁은 공간에 갇힌 채로 장기간 이동을 한 까닭에 덧난 것이 틀림없었다.

꿰맨 자국에 피가 말라붙어 일견키에는 치료가 효과를 보인 것으로 여겨지지만, 실상 부패는 살가죽 안쪽의 상처로부터 진행되어 심하게 상한 것이다.

"저기… 상처가 곪은 것 같은데 어떡하죠?"

이미 상태를 짐작하고 있기라도 한 듯 그녀의 대꾸는 실로 간단했다.

"짜내면 돼."

하지만 그녀의 말대로 그렇게 간단한 일이 아니었다. 무엇보다 상처가 터지지 않도록 해야 했기 때문이었다.

소운평은 두 손을 환부 근처에 대고 조심스레 압력을 가했다.

투둑!

상처 틈으로 고름 줄기가 화살처럼 튀었다.

'행여 실밥이라도 터지면?' 하는 긴장감으로 얼굴을 바짝 들이대고 신경을 집중하던 소운평은 졸지에 얼굴 가득 고름 벼락을 맞아야 했다.

'으… 이런 개 같은 경우가!'

안색이 일순간에 누렇게 말라 버렸다. 그렇다고 그녀에게 직접적으로 화풀이를 할 수는 없었던지라 자연 손놀림이 거칠어지기 시작했다.

'그래, 어디 너도 한번 당해봐라!'

새삼 해묵은 원한까지 되살아났던 까닭에 그의 손끝은 거침이 없었다. 인정사정없이, 그야말로 젖 먹던 힘까지 다해 상처를 쥐어짰다.

꾹! 꾹!

상처에선 연신 누런 고름이 줄줄 흘렀다.

소운평이 손을 놀릴 때마다 위청란의 허벅지는 바들거리며 경련을 일으켰다. 그것도 모자라 움켜쥔 그녀의 두 주먹에선 바짝 마른 나무가 부러지는 듯한 소리가 연속적으로 울려 나오기 시작했다.

그런데도 불구하고 고통스런 신음은커녕 그 비슷한 소리조차 일체 들리지 않았다.

잠시 후, 소운평은 뒤로 물러났다.

"후우!"

얼굴에 가득한 땀방울을 옷소매로 문지르며 그는 고개를 절레절레 흔들었다.

'지독한 년!'

힘깨나 쓰는 장정들이라 해도 저 정도는 아니었다. 등줄기 한복판으로 식은땀이 흘렀다. 한시라도 빨리 벗어나고픈 마음에 그는 부랴부랴 손을 놀렸다.

우선 대충 천 조각을 잘라 다리를 타고 흐르는 고름을 닦아냈다. 상처는 의외로 깨끗했다. 거친 손놀림에도 불구하고 다행스럽게 실밥이 하나도 터지지 않았던 것이다.

소독액이 병째 들이부어졌다.

치이이……!

상처를 따라 하얀 거품이 일어났다.

소운평은 잠시 거품이 가라앉기를 기다려 깨끗한 천으로 상처를 다시 닦아냈다. 그리고 파란색 마개를 열고 가루약을 골고루 상처에 뿌렸다. 연후 새 천으로 상처를 동여매고 흘러내리지 않게 아래위로 단단히 고정시켰다. 그것으로 치료는 모두 끝이 났다.

잔뜩 구부러진 채 부들부들 떨리던 위청란의 두 팔이 맥없이 아래로 늘어졌다. 동시에 쉰 듯한 갈라진 음성이 실내를 울렸다.

"그만, 이제 그만 나가줘."

그녀의 말이 채 끝나기도 전에 소운평의 우수는 문고리를 움켜쥐고 있었다.

"그럼 전 이만!"

덜컹.

쾅!

……

꼿꼿이 서 있던 위청란의 신형이 무너지듯 바닥으로 허물어졌다.

         *   *   *

우당탕! 탕!

요란스레 계단을 뛰어 내려온 소운평은 일순 어리둥절해졌다. 음식이 가득했어야 할 탁자는 텅 비어 있고, 게다가 자리에 아무도 없었던 것이다.

'어? 다들 어디 간 거지?'

이유가 몹시 궁금했지만, 그것보다 시급한 게 있었다. 그에게 배고픔은 무엇보다 우선하는 중대한 문제였다.

"이봐요, 노인장!"

그러나 기대했던 대꾸는 없었다. 그렇다고 주점 안에 아무도 없는 것은 아니었다. 주렴을 사이에 두고 달그락거리는 소리가 분명하게 들려왔다.

'망할 노인네, 대체 뭐 하느라 꾸물대는 거야!'

짜증이 솟구친 그는 두 손을 모아 입에 붙이고 주방 안쪽을 향해 빽 소리를 질렀다.

"노인장, 여기 밥 안 줍니까?"

과연 효과는 확실했다. 주렴이 걷히더니 노인이 불쑥 머리를 내민 것이다.

"밥? 대체 무슨 밥을 또 달라는 거야?"

노인이 다짜고짜 인상부터 쓰자 소운평도 그에 질세라 짜증을 부렸다.

"왜 이래요? 아까 시킨 것 있잖아요!"

그러자 노인은 입을 쩍 벌렸다. 어이가 없다는 듯 도리질을 치던 노인의 눈빛이 점차 싸늘하게 변해갔다. 마치 밤늦게 손녀를 따라온 불한당을 노려보는 듯한 그런 눈빛이었다.

"뭐가 어째? 벌써 다 먹어치워서 탁자까지 깨끗이 치웠는데 이제 와서 그걸 찾아?"

"뭐, 뭐요?"

이번엔 소운평이 입을 쩍 벌렸다. 도리질을 하던 노인과는 달리 그는 전신을 와들와들 떨어댔다.

노인의 말이 사실이라면—조만간 분명 사실로 밝혀지겠지만!—결국 자신이 이층으로 불려가 갖은 고생을 다하는 동안 세 사람은 편안히 앉아 음식을 배불리 먹은 다음 자리를 떠난 것이 분명했다.

'세상에 믿을 놈 하나 없다더니…….'

어이가 없었다. 매사에 시시콜콜 걸고 넘어지는 이환의 행동은 충분히 이해가 갔다. 밥맛 없게 눈만 내놓고 다니는 그 '아도'라는 작자 역시 그럴 수 있다고 생각했다.

그러나 곽연마저 그들과 같은 행동을 보인 것은 상당한 충격으로 다가왔다.

굳이 이유를 들라면 특별한 것은 없었다. 그간 자신에게 보여주었던 그의 행동에 비춰볼 때 '어떤 경우가 생긴다면 이 사람은 내게 이렇게 할 것이다!' 라는 선입관(先入觀)과 일종의 바람이었다고나 할까, 물론 전력을 다해 헛발질을 한 셈이었지만!

그가 멍청히 앉아 있는 사이 노인은 다시 주방으로 돌아가려는 듯 몸을 돌렸다.

"어? 그냥 가는 겁니까?"

후닥닥 달려간 소운평은 옷소매를 잡고 늘어졌다.

아무리 버둥거려 봐야 젊은 사람을 당할 수는 없는 법이다. 다시 원래의 자리로 끌려온 노인의 얼굴에는 짜증의 빛이 역력했다.

"이봐, 젊은이! 대체 왜 이러는 건가?"

"아, 돈을 냈으면 밥을 줘야 할 것 아닙니까!"

"아까 줬다고 하지 않았나."

"전 못 먹었다니까 그러네요. 엄연히 네 명 몫을 시켰으니 내 몫을 찾는 건 당연한 것 아닙니까!"

"아, 팔팔하게 젊은 사람이 왜 이리 셈이 흐려? 아까 다 갖다 줬다니까 그러네."

답답해진 노인은 자신의 가슴을 펑펑 두드렸고, 소운평은 그 나름대로 침을 튀겨가며 열변을 토했다. 그사이 두 사람 사이는 점차 가까워지기 시작했다. 종국에는 배를 맞대고 서로를 밀어대기에 이르렀다.

어찌 생각하면 두 사람의 주장은 그 나름대로 일리가 있는 듯 보였다.

그러나 조금만 생각해 본다면 소운평이 억지를 부린다는 사실을 발견할 수 있으리라. 노인의 말대로 정확히 사람 수대로 음식을 챙겨 주었다면 찾아 먹지 못한 사람의 실수라고 보는 것이 이치에 합당했다.

한데 그것 또한 문제인 것이 노인의 말이 그렇게 신빙성있게 들리지 않는다는 사실이었다.

이리저리 차이고 엉뚱한 곳에서 억지를 쓰는 소운평이나, 음식 값을 후하게 받았으니 거저 줘도 충분할 밥 한 그릇을 가지고 티격태격 다투는 노인이나 한심스러워 보이기는 매한가지였다.

밥 좀 줘요!

못 줘!

줘요!

힝, 어림도 없다!

"아, 밥! 좀! 줘요!"

소운평이 있는 힘껏 소리를 지르자 배를 내밀고 서로를 밀어대던 두 사람의 균형이 깨졌다.

양손으로 귀를 틀어막고 비척거리며 물러난 노인은 곧 반격을 가했다. 어디서 그런 힘이 났는지 가히 천둥소리를 방불케 했다.

"이놈 보게. 소리는 왜 지르고 지랄이야, 지랄이! 나 귀 안 먹었어,

이놈아! 아직 쌩쌩하다구!"

소운평도 마주 악을 쓰며 대들었다.

"거 보자보자 하니까 진짜 밥 한 끼 가지고 너무하는 거 아닙니까? 더구나 지랄이라니! 이 망할 노인네가 어디다 대고 함부로 지껄이는 거야!"

그 순간, 날카롭게 찢어진 노인의 눈꼬리는 아예 귓바퀴 어림까지 늘어났다.

"뭐, 뭐얏! 너, 이놈 자식 말 다했나! 망할 노인네? 지껄여? 이마에 쇠똥도 안 벗겨진 새파란 자식이 뭐가 어쩌고 어째? 내 이놈을 그냥!"

노인은 깡마른 주먹을 치켜들었다. 불꽃이 활활 이는 듯한 눈빛과 기세가 워낙 막강했는지라 소운평은 슬그머니 꼬리를 내렸다.

"아, 그런 소리 듣기 싫으면 그냥 밥을 주면 될 거 아닙니까. 진짜 배고파 죽겠네!"

탕!

모종의 결심을 했는지 노인이 탁자를 내려쳤다.

"좋아! 주마!"

'흐흐, 그럼 그렇지!'

그러나 소운평의 회심의 미소는 그리 길지 않았다.

"대신 공짜는 없으니 알아서 해라."

"뭐요!"

이젠 더 이상 소리를 지를 기력조차 없었다.

'에구, 배는 고프고 이러다 지쳐 죽겠다. 그래, 주지! 주면 될 거 아냐!'

허기와 연이은 입씨름에 탈진하다시피 맥이 빠진 소운평은 결국 백기(白旗)를 들고야 만 것이다.

그는 노인의 코앞에다 우수를 내밀고는 자리에 앉았다.

"얼른 거스름돈이나 내놔요!"

한데 잽싸게 은덩이를 낚아챈 노인이 실로 엉뚱한 소리를 늘어놓는 것이 아닌가.

"당장은 없으니까 나중에 바꿔주마!"

"이 망할 노인네가 정말!"

대체 언제 봤다고!

이게 말이나 되는 소린가 말이다. 발끈 자리를 박차고 일어섰건만 노인은 이미 휑하니 주방 안쪽으로 사라진 후였다.

'어휴, 그 노인네! 한 십 년만 젊었더라면 그냥 한 방 갈겨주는 건데… 오늘 용꿈 꾼 줄 알라구!'

허공에다 빈 주먹질을 해야 무슨 소용이 있겠는가, 이미 배는 저만치 나루를 떠난 것을. 결국 그는 쓰러지듯 의자에 몸을 기울였다.

노인이 다시 모습을 나타낸 것은 눈동자를 두어 번 움직일 짧은 시간 뒤였다.

"자, 먹어!"

탕!

거칠게 내려놓은 소반 위에는 삶은 고기 몇 덩이와 기름에 볶은 희멀건 산채(山菜) 한 접시가 전부였다. 반찬은커녕 목을 축일 술 한 병도 없었다.

'그럼 그렇지! 내가 진작에 이럴 줄 알아봤다.'

더 이상 짜증 낼 기운조차 없었는지 소운평은 길게 한숨을 내쉬는 것으로 내심을 토로했다.

맥없이 고개를 떨구는 그를 뒤로하고 노인은 휘휘 휘파람을 불며 실내 여기저기를 돌아다녔다. 그새 날이 어두워졌기에 불을 밝히기 위해서였다.

제 14 장

충격은 시작되고 일행은 눈에 끈으로 향하다

'어이구, 이 멍청한 놈아!'

게눈 감추듯 음식을 주워 삼킨 소운평은 어쩐 일인지 연신 자신의
입을 쥐어박았다.

허기를 면하기 무섭게 이곳을 찾아온 목적이 생각났던 것인데 자신
을 구해줄 이와 연관된 인물과 대판 싸움을 벌여났으니⋯ 그것도 한
끼 식사 때문에 말이다.

그 무엇이 목숨보다 소중할까마는 몸소 그것을 능가하는 것이 있다
는 사실을 증명해 보인 셈이었으니, 가히 경이적인 식탐(食貪)이라 할
만 했다.

한동안 그렇게 자해(自害)에 몰두해 있던 소운평은 오래지 않아 제
정신을 차렸다. 지나간 일은 그렇다 쳐도 일단 살길을 찾아야만 했다.

'그나저나 이 노인네는 어딜 간 거야?'

눈을 부릅뜨고 살펴도 앞쪽의 탁자나 주방은 텅 비어 있었다. 그럼 뒤쪽은?

"어, 잘 먹었다!"

트림하는 시늉을 하며 곁눈질을 하는 그였다.

누가 봐도 뻔히 보이는 치졸한 방법이긴 했어도 결과는 충분히 만족스러웠다. 자신의 뒤쪽에서 시작되어 바닥으로 길게 늘어진 그림자를 발견한 것이다.

노인은 그의 뒤편 우측 탁자에 비스듬히 다리를 꼬고 앉아 있었다. 우수를 탁자에 올린 채 턱을 고이고, 남은 손으로는 입에 물고 있는 곰방대를 받치는 아주 편안해 보이는 자세로 연초(煙草)를 빨고 있었다.

그러나 안색은 정반대였다. 졸지에 굴러 들어온 은 스무 냥에 휘파람을 불던 모습은 간데없고 마치 철갑을 두른 듯한 굳은 표정이었다.

그 나이에 손자뻘인 젊은 놈에게 무시를 당했다는 사실 때문일까? 아니면, 무슨 걱정이 있기라도 한 것일까? 노인의 얼굴은 좀처럼 펴질 것 같지 않았다.

'젠장, 죽어났군!'

사태를 어떻게 수습해야 할지 까마득했다. 다짜고짜 물었다가 억하심정으로 오리발을 내밀면 그 순간 부로 자신의 인생은 종 치는 거였다. 그래도 앉아서 죽기를 기다릴 수만은 없었다.

'까짓거 될 대로 되라지!'

힘차게 자리를 박차고 일어난 소운평은 씩씩하게 두 팔을 흔들며 노인에게 다가갔다. 그리고는 최대한 부드럽게 미소를 지으며 말했다.

"저, 영감님, 고기만 먹었더니 목이 깔깔하네요. 혹시 술 남은 거 있습니까?"

"없어!"

"아이, 그러시지 마시고 술 좀 조금만 주세요. 손님도 없고 영감님도 적적하실 테니 같이 한 잔 하시죠!"

미소 작전에 이어 살살 눈웃음까지 치고, 좀 전의 모습에 비한다면 실로 놀라운 변신이었다.

노인은 코방귀조차 뀌지 않았다. 소운평이 무슨 소리를 지껄이든 전혀 관심이 없다는 듯 멍하니 창밖을 내다보며 연초를 빠는 것에만 열중했다.

그러자 몹시 당황한 소운평은 최후의 순간을 대비해 꽁꽁 숨겨두었던, 결코 사용하고 싶지 않았던 비장의 무기를 꺼내 들었다.

"거스름돈은 하나도 안 받겠습니다."

효과는 즉시 나타났다. 벌떡 몸을 일으킨 노인이 느릿하게 주방으로 걸어갔던 것이다.

잠시 후, 주렴을 흩트리는 노인의 양손에는 투박한 술병이 하나씩 들려 있었다.

"귀한 녹각주(鹿角酒)다. 네놈 같은 후레자식에게 주기에는 과분하고 아까운 술이지. 워낙 돈을 많이 냈으니 특별히 맛볼 수 있게 해주마!"

안주는 물론이고 술잔조차 없었다. 그저 술병만 달랑 건네준 노인은 술병을 입으로 가져갔다.

"꿀꺽! 꿀꺽!"

"커어! 좋구나, 좋아!"

입가를 문지르며 연신 탄성을 연발하던 노인은 이내 자리에 앉아 곰방대를 물었다.

쪼르르 달려가 노인의 맞은편을 차지한 소운평은 나름대로 머리를 굴렸다.

'일단 기분을 맞춰주자!'

우선 상대방을 칭찬해 주는 것이 최고였다. 슬슬 옆구리를 긁어 띄워준 다음, 공통의 관심사로 얘기를 나누다보면 자연스레 풀어지는 것이 보통이었다.

방법은 굳이 멀리서 찾을 필요가 없었다. 그의 손엔 술병이 들려 있었으니까.

"꼴깍! 꼴깍!"

입가를 스윽 닦으며 소운평 역시 탄성을 질렀다.

"카아! 술 맛 정말 끝내주는군요!"

물론 약간의 과장이 섞이기는 했어도 의도적으로 한 말은 결코 아니었다. 그는 술을 잘 못하는 체질이었다. 그럼에도 불구하고 저도 모르게 입맛을 다실 만큼 술은 입에 쩍쩍 붙었다.

"이건 무엇으로 만든 술이죠?"

노인은 그럴 줄 알았다는 얼굴로 혀를 찼다.

"허, 그 머리로 어떻게 살고 있는지 용하다 용해! 기껏 술 이름까지 말해 주었는데도 모른단 말이냐? 주 재료인 녹각(鹿角)과 이곳에서만 자라는 두어 가지 약초를 넣어 만든 술이다. 사실 보통의 술이라기보다는 약주(藥酒)에 가깝다고 할 수 있지."

"역시 대단하군요!"

엄지손가락을 치켜세우며 소운평은 내심 흐뭇했다. 비아냥거리는 말투는 여전했지만, 그래도 세세하게 대꾸하는 걸로 봐서 소기의 목적을 이룬 듯싶었다. 이제는 다음 단계로 넘어갈 차례였다.

"한데 마을을 지나다 보니 사람들이 아예 눈에 띄지 않더군요. 무슨 이유라도 있나요?"

"이곳 사람들은 가을까지는 약초를 캐거나 화전을 일궈 먹고 살지. 겨울엔 짐승을 사냥하고."

"아, 네!"

화전이라면 소운평도 약간의 경험담이 있었다. 비록 잠시에 불과했지만 어린 시절 한때를 화전민 마을에서 보낸 시절이 있었다.

"그런데요?"

"아, 그놈 참, 궁금한 것도 많네!"

탕! 탕!

노인은 곰방대로 바닥을 두드렸다. 계속되는 시답지 않은 질문에 짜증이라도 난 모양이었다. 그러면서도 꼬박꼬박 대꾸를 하는 것은 무슨 이유일까.

"그건 말이지……."

한동안 이어진 노인의 얘기는 다음과 같았다.

화전(火田)은 연작이 불가능한 산기슭이나 척박한 땅에 불을 놓아 타고 남은 부산물을 양분으로 작물을 키우는 것을 말한다. 지속적인 관리가 어려워 소출이 박약하다는 단점이 있지만, 안정된 자신의 농토가 없는 자들에게는 비교적 손쉬운 농사법이다.

대다수의 화전민들은 일정한 주거 없이 무리를 지어 떠돌며 생활하는 것이 보통인 바, 이곳처럼 붙박이 생활을 하는 자들은 몇 가지 문제를 떠안게 된다.

한 번 농사를 지으면 적어도 몇 해는 땅을 놀려야만 하는데, 불을 놓을 수 있는 구역에 한계가 있는 것이다. 그러다 보니 마을을 기점으로 일정한 구역을 정한 다음, 해마다 거리를 두고 농사를 짓는 형태가 되었다.

올해는 마을에서 가장 먼 곳에 자리를 잡은지라 새벽같이 나가도 오밤중에 돌아오기 때문에 어린아이들을 돌볼 수가 없었다. 결국 거동이 불편한 노인들을 빼고 가족 모두를 데리고 일을 나가야 했던 것이다.

그것이 마을이 쥐 죽은 듯 조용하게 된 이유였다.

"아하, 그래서 그랬군요!"

소운평은 이마를 탁 두드렸다.

실상 나흘의 여정 중에 어느 곳엘 들러도 일행을 처음 반겨준 것은 까까머리 아이들이었다. 환호성을 지르며 우르르 몰려나와 마차가 마을을 떠날 때까지 뒤를 졸졸 따라다니곤 했었다.

낮에 마을로 들어서면서 가졌던 의문이 막힌 코가 뚫리듯 시원스레 해결된 셈이었다.

'그건 그렇고……'

슬슬 본론으로 들어갈 차례였다. 곰방대에 또다시 연초를 채우는 노인에게 그는 조심스레 운을 떼웠다.

"저… 제가 사실은 사람을 좀 찾는데요. 이곳에 오면 그 사람을 만날 수 있다고 해서 왔거든요. 전해줄 것도 있고, 무척 중요한 일이 있어놔서……."

"그래? 거 이상하군. 여긴 나 혼자거늘."

노인은 가만히 고개를 갸웃거렸다. 눈빛이 달라지는 것이 아마도 호기심이 생긴 모양이었다.

"그 사람이 누군데?"

이때다 싶은 소운평은 잽싸게 털어놨다.

"달리 아는 건 하나도 없고 그저 '진노삼(秦老三)'이라고 불린다는 것밖에 모르거든요."

"헛, 그건 바로 난데?"

"네… 에?"

약속이라도 한 듯 두 사람의 눈이 툭 튀어나왔다.

한 사람은 십여 년 만에 사적으로 자신을 찾아온 이가 생전 처음 보는 낯선 젊은이라는 사실 때문이었지만, 다른 사람은 전혀 다른 이유에서였다.

"정말 반갑습니다, 영감님!"

'살다 보니 별 미친놈을 다 보겠군!'

노인이 절레절레 고개를 흔드는 것도 무리가 아니었다. 조금 전까지는 마치 부모가 죽은 듯한 얼굴이었던 놈이 갑자기 환호성을 내지르며 탁자 사이를 마구 들고 뛴다면 누구라도 그렇게 여길 터였다.

"그래, 전할 게 있다더니 무어냐?"

"아, 네! 바로 이거죠!"

소운평은 부랴부랴 품속을 뒤져 봉서를 꺼냈다. 막 노인에게 건네려던 그는 아차 싶었다.

'아니지… 아직은 안 되지!'

소운평은 재빨리 손을 거뒀다. 봉서는 그의 목숨을 책임지는 마지막 보루나 마찬가지였다. 말 한마디만 믿고 널름 건네줄 성질의 것이 아닌 것이다.

"서, 설마… 혹시 양 어른이 보낸 것이냐?"

봉서를 가리키는 노인의 손가락이 가늘게 떨렸다.

떨림은 단지 손가락에서 그치지 않았다. 손가락 모두가 연결된 팔뚝과 어깨로 이어졌고, 다시 어깨가 연결된 몸통까지, 결국 노인의 전신은 폭풍을 맞은 가랑잎처럼 와들와들 떨리기 시작했다.

"이리 내봐라, 이놈!"

어느 순간, 노인의 눈빛이 변하는가 싶더니 득달같이 달려들어 봉서를 뺏으려 했다.

'이 노인네가 갑자기 미쳤나?'

소운평은 와락 노인을 밀쳐 냈고, 비틀거리던 노인은 탁자에 한 번 부딪치더니 바닥에 나동그라졌다.

"어이쿠!"

그사이 소운평은 봉서를 잽싸게 허리춤에 숨겼다. 그리고는 노인을 다그쳤다.

"빨리 내 몸이나 고쳐 줘요!"

"뭘 고치란 말이냐?"

"그 양탠가 총관인가 하는 사람이 내 몸에 무슨 수작을 부려놓고 말하기를 물건을 전해주면 노인장이 고쳐 줄 거라고 분명 그랬다구요!"

"난 모르는 일이야."

노인은 혼잣말하듯 중얼거렸다. 힘없이 고개를 가로젓는 모양이 도대체 영문을 모르겠다는 투였다.

"난 정말 모르는 일이네."

노인의 음성이 간절해졌다.

"젊은이한테는 어떨지 몰라도 내게는 무척 중요한 물건이네. 자네가 원하는 것은 모두 들어주겠네. 돈도 돌려줌세. 그러니 물건을 내게 주게나!"

그러나 소운평은 노인이 발뺌을 하는 것으로 여겼다. 아니, 그렇게 믿고 싶은 마음이 간절했다. 그렇지 않다면 이제까지 모든 노력이 공염불이나 마찬가지였기에.

"아, 자꾸 딴소리하지 말아요. 난 일각도 여기서 허비하고 싶지 않으니까 물건을 받고 싶으면 빨리 내 몸을 원래대로 해놓으란 말입니다!"

"대체 모르는 일을 나보고 어쩌란 말인가!"

버럭 소리를 지르는 노인을 보며 소운평은 그만 눈앞이 아득해졌다.

'정말 미치겠네!'

그 역시 눈치는 있었다. '이놈 저놈!' 막말하던 노인이 무엇 때문에 호칭까지 바꿔가며 애원을 하겠는가. 그만큼 노인에겐 중요한 물건이 분명했다.

그렇다면 왜 자신을 고쳐 주지 않는 것일까?

해답은 아주 간단했다. 애초부터 노인에게는 고쳐 줄 능력 따위는 없었던 것이다.

'아이고, 난 이제 죽었구나!'

맥이 풀려 버린 소운평이 바닥에 주저앉는 것과 동시에 노인이 득달같이 달려들었다.

"이리 내놔라!"

우당탕!

두 사람은 순식간에 바닥을 뒹굴었다.

그때였다. 엉킨 채 몸싸움을 벌이는 두 사람을 향해 중후한 목소리가 들려왔다.

"그만 하시오!"

*   *   *

"내게 다오!"

'이, 이건 안 되는데……'

잠시 머뭇거리던 소운평은 우연히 곽연의 얼굴을 응시하고 화들짝 놀랐다. 평소와는 전혀 다르게 딱딱하게 굳은 얼굴엔 거역할 수 없는 무언가가 있었다. 어쩔 수 없이 그는 허리춤을 뒤져야 했다.

"여기!"

봉서를 받아 든 곽연은 가만히 자리에 앉았다.

"이리 앉거라. 노인장도 오시구려."

두 사람이 맞은편에 자리하자, 그는 주위를 한 바퀴 살피더니 말했다.

"자네들도 그만 나오게."

그러자 두 사람이 실내에 모습을 드러냈다. 벌컥 창문을 열고 나타난 이는 이환이었다. 그리고 놀랍게도 아도는 천장에서 뚝 떨어져 내렸다.

'망할… 내 꼴만 우습게 됐잖아!'

소운평은 입술을 삐죽거렸다.

어이가 없었다. 세 사람이 사라졌던 것은 자리를 마련하기 위한 것이었고, 결국 자신은 영문도 모른 채 그 위에서 한바탕 춤을 춘 꼴이었다.

곽연이 말했다.

"우선 본의 아니게 노인장을 감시했던 점은 정중히 사죄드리겠소. 불한당들의 변명같이 들리겠지만 나름대로 고충이 있었다는 점은 알아주시구려. 그리고 노인장에게 몇 가지 물어볼 것이 있으니 괘씸타 마시고 성의껏 답변해 주시기를 바라겠소이다."

그는 자리에서 일어나 노인에 짧게 읍(揖) 하고는 말을 이어갔다.

"보아하니 총관 어른과 잘 아는 처지 같던데, 우린 얼마 전까지 그분과 한솥밥을 먹던 처지였소. 과연 노인장은 그분과 어떤 관계요?"

"그건 함부로 말해 드릴 수가 없습니다. 다만 소인의 손을 거쳐야 할 물건이라는 것만은 분명합니다요, 나리!"

어느새 노인은 공대(恭待)를 하고 있었다. 양태와 노인이 밀접한 관계가 있음이 확연히 드러나는 순간이었다.

"좋소. 누구에게나 사정은 있는 법이니 그 점은 굳이 탓하지 않겠소. 대신에 물건이 누구에게 가는 것인지는 말해 주시오. 설마 그것마저 안 되겠소?"

"죄송하지만 그렇습니다."

노인은 고개를 떨구며 사의를 표했다.

'어렵구나, 어려워!'

상대가 저토록 완고하게 고집을 부릴진대 더 이상 무슨 말이 통하겠는가 말이다. 잔뜩 이맛살을 찌푸리던 곽연의 뇌리로 문득 스치는 것이 있었다.

"허허, 알겠소. 그럼 노인장은 이 아이가 찾는 인물이 본인이란 것을 어떻게 증명하시겠소?"

당신이 우리를 믿지 못하듯 나 역시 낭신을 믿지 못하겠다. 그러니 확실한 증거를 대라!

계속되는 회피에 대한 신랄한 반격이었다.

"두 사람이 동일 인물이라는 사실이 명백히 밝혀지기 전에 함부로 물건을 전할 수는 없소이다."

"그, 그게 무슨!'

노인의 눈이 크게 떠졌다. 설마 상대가 이런 식으로 나올 줄은 몰랐다는 듯 몹시 당황하는 기색이었다.

실로 난감한 노릇이었다. 설사 밖에 나가 자신을 입증해 줄 이를 데려온다 하더라도 상대가 지금처럼 안면 몰수하면 그만이었다. 몽땅 싸잡아 한통속으로 몬 다음 못 믿겠다고 버틴다면 방법이 없지 않은가 말이다.

그간의 사정을 알 리 없는 노인은 은연중 사태를 꼬이게 만든 양태를 원망했다.

실상 방법이 전혀 없는 것은 아니었다. 약간의 위험 부담이 있기에 주저하고 있을 뿐이었다.

그러나 아무리 따져 봐도 그것 외에는 달리 방법이 없다는 결론에 이르자 노인은 결심을 굳혔다.

"좋습니다. 정히 원하신다면!"

노인은 약간 망설이더니 이내 신중한 태도로 탁자 위의 봉서를 가리켰다.

"이 물건이 양 나리께서 소인에게 보내는 것이 확실하다면 안에 무엇이 들었는지 정확히 알고 있습니다."

'흠……!'

곽연은 나직이 콧김을 불어냈다.

물건을 빌미로 배후를 알아내려 했던 것이 엉뚱한 방향으로 흘러가고 있었다. 그렇다 해도 굳이 말리고 싶은 생각은 없었다. 그 역시 누차 궁금하게 여겼던 것을 확인할 수 있는 기회를 잡았기 때문이었다.

"알겠소. 그래, 무엇이오?"

"돈입니다. 전표지요. 지금까지의 전례에 비춰본다면 틀림없이 은표일 것입니다!"

노인의 음성에는 추호의 흔들림도 없는 듯했다. 적어도 곽연의 눈에는 분명 그렇게 비춰졌다.

'전표일 것이다?'

일견 터무니없는 얘기로 들렸지만, 어쩌면 그럴지도 모른다는 생각이 점차 뇌리를 지배했다.

봉서는 두툼하다 뿐이지 일반적인 서신이나 첩지의 모양새와 똑같았다. 선입관에 물든 그는 혹시 다른 것일 수도 있다는 사실을 간과했던 것이다.

그는 손을 뻗어 봉서를 집어 들었다.

찌이익!

유지가 길게 찢겨졌다. 그 사이로 모습을 드러낸 것은 사각으로 둘둘 말린 깨끗한 흰 비단이었다. 물건이 이중으로 싸여 있었던 것이다.

"음……!"

잔뜩 긴장한 채 곽연의 손끝을 주시하던 사람들이 일제히 맥 빠진 신음을 토했다.

스륵! 스르륵!

디시 곽연의 손이 움직임을 보이자, 실내는 기묘한 침묵 속에 젖어들었다.

"꿀꺽!"

누군가가 마른침을 삼켰다.

동시에 천은 바닥으로 떨어져 내렸고, 마침내 물건은 정체를 드러냈다.

"그것 보십시오. 제 말이 맞지요!"

반색을 하는 노인의 말대로 곽연의 손에 들린 것은 한 묶음의 전표 뭉치와 옥패(玉牌)였다.

"자네가 좀 살펴보게나."

곽연은 전표를 불쑥 내밀었고, 이환은 일일이 전표를 살피고는 입을 열었다.

"신용도가 중원 제일이라는 대륙전장(大陸錢莊)의 진품이 확실합니다. 발행처는 소주지부입니다. 액수는 열 냥부터 시작해서 크게는 백 냥까지, 어림잡아도 근 십만 냥에 이르는 것으로 사려됩니다."

'헉! 십만 냥!'

소운평은 까무러칠 듯 놀랐다. 그로서는 평생을 노력한다 해도 만져 볼 수 없는 엄청난 거금(巨金)이었다. 그런 것을 가슴에 품고 다닌 셈이었으니……

'에구, 아까워라. 미친 척 한번 뜯어나 볼 걸!'

어이없게 목숨이 왔다 갔다 하는 순간에도 탐욕스런 눈초리로 전표를 바라보는 그였다.

그사이 곽연은 찬찬히 옥패를 살폈다.

손바닥 반만한 크기로 전면에는 '특급(特級)', 뒷면에는 '십(十) 삼(三)'이라는 글귀가 적혀 있을 뿐, 의미와 용도를 알 수는 없었다.

이윽고 이환이 전표를 건네자 곽연은 전표와 옥패를 다시 비단으로 조심스레 감쌌다. 그리곤 자신의 품속에 깊숙이 갈무리했다.

노인의 눈빛이 다급해졌다.

"이젠 제 말이 사실이라는 것을 아셨을 텐데 왜 돌려주시지 않는 겁니까? 어서 제게 주십시오!"

"그건 조금 곤란하오!"

"어, 어째서……?"

"노인장의 마음을 모르는 바 아니지만, 우리 역시 반드시 배후를 알아야 하는 이유가 있소이다. 그렇다고 이해해 달라는 말은 않겠소, 정당하지 못하다는 사실은 나도 익히 아니까. 결정을 하시오!"

경악해하는 노인의 눈을 응시하며 곽연은 천천히 자리에서 일어났다.

"내일 오전까지 시간을 주겠소. 그 안에 가부를 결정하길 빌겠소. 배후를 털어놓든가, 아니면 영원히 물건과 작별을 고할 것인가를 말이오."

뚜벅뚜벅 계단을 향해 걸어가는 그의 뒤를 따라서 이환과 아도 역시 움직였다.

몹시 충격을 받았는지 노인의 입술이 순식간에 새파랗게 질려갔다. 마치 혼이 나간 사람처럼 멍한 눈으로 멀어지는 곽연의 등을 바라볼 뿐이었다.

뜻밖의 상황에 경악한 것은 노인만이 아니었다. 소운평 역시 눈이 튀어나올 정도로 놀랐다.

전표를 누가 챙기든, 배후를 밝히든 못 밝히든, 자신과는 무관한 얘기였다. 고래 싸움에 새우 등 터진다고, 엉뚱한 힘 겨루기에 말려든 통에 자신의 목숨은 한낱 여름날 쉬파리 신세가 된 것이다.

"아이고, 그럼 전 어떡합니까?"

소운평은 부랴부랴 뒤를 쫓아 달려갔다.

그러자 마지막 계단을 밟아가던 이환이 고개를 홱 돌리더니 쏘아붙였다.

"아직 하루의 여유가 남았지 않느냐?"

2

똑! 똑!

누군가가 문을 두드렸다. 아주 작은 소리였는데도 잠귀가 밝은 이환은 번쩍 눈을 떴다.

"아직 자는가?"

중후한 목소리, 분명 곽연의 것이었다.

"아, 지금 막 일어났습니다!"

그는 화들짝 놀라 쿵쾅대며 옷을 걸치기 시작했다. 그사이 또다시 곽연의 음성이 들려왔다.

"결국 노인이 승낙했네. 즉시 여길 떠나야 하니 서둘러 준비하도록 하게. 소방주는 내가 모시겠네. 자넨 다른 사람들을 깨워 함께 내려오게나."

"그렇게 하지요."

의복을 챙긴 그는 부랴부랴 방을 나섰다.

인시(寅時) 말엽쯤으로 여겨졌다. 창문가로는 뿌옇게 날이 밝아오는데도 길게 뻗은 복도는 몹시 어두웠다.

그는 복도를 따라 성큼성큼 걸어갔다.

좌우로 십여 개의 방이 연이어 늘어서 있었지만, 하등의 문제될 게 없었다. 저녁나절 잠자리에 들기 전에 두 사람이 들어간 곳을 살펴두었기 때문이었다.

문득 그는 걸음을 멈췄다. 복도 끝에서 세 번째 방, 바로 아도가 묵는 방이었다.

"떠나야 하니 그만 일어나게!"

기대했던 대꾸는 없었다. 가만히 귀를 기울여 봐도 한 올의 인기척도 느껴지지 않았다.

'별일이군.'

이환은 가만히 고개를 흔들었다. 그를 보노라면 항상 한 자루 잘 갈린 도를 떠올리곤 했다. 한데 밖이 이렇듯 시끄러울진대 아무런 반응이 없다는 것은…….

끼익!

그는 방문을 열고 안으로 들어갔다.

역시 그의 예상대로 실내는 텅 비어 있었다. 흐트러진 침상만이 사람의 자취가 있었음을 말해 줄 뿐, 어디에도 그의 모습은 보이질 않았다.

'벌써 내려갔나? 여전히 재빠른 친구로군.'

되돌아 나온 이환은 복도 끝으로 걸어갔다.

맨 끝에 있는 방, 이번에는 조심이고 뭐고 없었다. 다짜고짜 방문을 열어젖힌 그는 버럭 소리를 질렀다.

"빨리 일어나라!"

한데 이게 어찌 된 일인가!

"드르렁!"

귀를 떨어 울리는 코 고는 소리!

당연히 발딱 일어나 옷을 챙겨야 할 '그 녀석'은 여전히 꿈속을 헤매고 있었다. 그것도 말할 수 없이 지저분한 허벅지 안쪽을 벅벅 긁어대면서 말이다.

'내 이자식을 그냥!'

이환의 눈동자가 홱 뒤집어졌다.

한데 대뜸 주먹을 들던 그가 어쩐 일인지 씨익 웃으며 뒤로 물러나는 것이었다. 치도곤을 내리던 생각을 밀어내고 엉뚱한 생각이 떠오른 것이다.

그는 아무렇게나 벗어놓은 상의를 쥐고는 소운평의 발목을 휘감아 단단히 고정시켰다. 그런 다음.

"후우… 흡!"

폐부가 터질 듯 숨을 들이마신 그는 가지런히 두 손을 모아 입에 대고 신속하게 허리를 숙였다.

그것과 때를 같이해 소운평의 귓가로 천둥소리 같은 굉음(轟音)이 울렸다.

"불이야!"

'엇, 불! 불이라구?'

화들짝 퉁겨 일어난 소운평은 부랴부랴 침상을 벗어나려 했다. 한데 두 발이 묶여 있으니 제대로 될 리가 없었다.

"어, 어어!"

결국 그는 중심을 잃고 침상 아래로 곤두박질쳤다.

우당탕!

"푸하하핫!"

한동안 박장대소(拍掌大笑)를 터뜨리던 이환은 언제 그랬냐는 듯 안면을 바꿨다.

"곧 떠나야 한다. 네놈 문제와도 직결된 일이니만큼 기다리게 하지는 않겠지? 서둘러라!"

사람들은 모두 아랫층에 모여 있었다.

'아… 흠!'

한바탕 늘어지게 기지개를 켠 소운평은 이환의 뒤를 따라 그들에게로 다가갔다.

문득 곽연이 물었다.

"어찌 두 사람뿐인가?"

"두 사람뿐이라뇨?"

급히 주위를 살펴보니 확실히 그랬다. 다른 이들은 모두 눈에 띄었건만 아도의 모습이 보이질 않았다.

"방이 비었기에 먼저 내려온 줄 알았는데 그게 아니었던 모양이군요. 다시 다녀오지요."

고개를 갸웃거리던 이환은 이내 발길을 돌렸다.

잠시 후, 삐걱대며 계단을 내려온 이환은 맥없이 고개를 가로저었다.

"이층 전체가 텅 비었더군요. 물론 그 친구 자취는 전혀 없고요. 감쪽같이 사라졌습니다."

"허, 그것 참 알 수 없는 노릇이군!"

슬그머니 소운평이 끼어들었다.

"혹시 달아난 게 아닐까요? 여기 함께 있어봐야 매일 쫓겨 다니고 상처만 입게 되니 누군들 좋아하겠습니까. 그나저나 꽤 똑똑한 사람이 네요. 일이 벌어지기 전에 잽싸게 달아났으니 말입니다."

"바보 같은 소리!"

서슬이 시퍼런 이환의 추궁에 소운평은 찔끔 자라목이 되어 물러났다.

"이곳까지 오는 동안 그 친구가 소방주님께 쏟았던 정성을 잘 아시지 않습니까? 절대 말 한마디 없이 그냥 떠날 친구는 아닙니다!"

"그럼 대체 어딜 갔다는 얘긴가?"

대꾸할 말을 잃은 이환은 가만히 창문 밖을 응시했다.

'그건 저로서도 잘 모르겠군요.'

말이 없다 해서 그 사람의 생각조차 읽을 수 없는 것은 아니다. 오히려 그렇기 때문에 손가락 하나 까닥거리는 단순한 행동에도 그 사람의 의도가 극명하게 드러난다.

그는 오로지 한 사람을 위해 먹고 마시고 잠을 잤다. 그는 그 사람을 위해 존재하는 듯했다. 그런 그가 소방주의 곁을 떠날 리가 없는 것이다.

문득 아도의 무심하게 가라앉은 두 눈이 몹시도 그리워지는 이환이었다.

노인이 그의 상념을 깼다.

"나리, 지금 나서지 않으면 해지기 전에 도착하지 못할 수도 있습니다. 게다가 저 젊은이는 오늘을 넘기면 안 된다면서요."

이환의 시선이 곽연을 향해 돌려졌다. 아마도 출발에 대한 가부(可否)를 묻는 것이리라.

잠시 망설이던 곽연은 이내 자리에서 일어났다.

"자네가 소방주를 모시게."

삐걱!

노인이 먼저 문이 열고 나가자, 이환의 부축을 받은 위청란이 뒤를 따르는 것을 시작으로 나머지 일행 역시 차례대로 밖으로 걸어나갔다.

"저, 저것!"

밖으로 나선 일행은 일제히 눈을 동그랗게 떠야 했다. 실로 놀라운 일이 그들을 기다리고 있었던 것이다.

산자락 전체를 휘감은 희뿌연 안개를 헤치고 언덕을 내려오는 흑의 사내, 분명 그는 아도였다.

한데 그는 등에 묘한 것을 짊어지고 있었다. 손목 두께의 생나무를 잘라 칡덩굴로 엮은 물건인데, 물건을 쌓아두는 선반이나 부두의 일꾼들이 물건을 나를 때 사용하는 짐받이와 흡사했다.

'그럼, 그렇고 말고!'

자신의 생각이 옳았다는 기쁨에서였을까, 이환의 입가로 환한 미소가 어렸다.

어느새 일행에게 다가온 아도는 돌연 위청란을 향해 등을 돌리며 손짓을 했다.

그 행동이 뜻하는 바를 처음 알아챈 이는 곽연이었다.

뒤에 타라는 것이 분명했다. 즉, 등 뒤의 물건은 위청란만을 위한 일인용 교자(轎子)인 셈이었다.

'허허! 헛살았군, 헛살았어!'

새벽녘에 이뤄졌던 진 노인과 자신의 대화를 엿들은 것이 분명했다. 그렇지 않았다면 이렇듯 떠나는 시간을 정확히 맞춰 준비까지 마칠 수는 없었다.

그러나 전혀 눈치 채지 못했다는 자괴감(自愧感)보다 더 그를 괴롭히는 것은 소방주를 향한 아도의 지극한 정성이었다. 자신은 엄두도 내지 못하는······.

뒤늦게 이 사실을 안 이환이 조용히 물었다.

"소방주, 괜찮으시겠습니까?"

"······."

기대했던 대꾸는 없었지만 무표정한 얼굴로 아도를 바라보는 모습을 이환은 승낙의 뜻으로 받아들였다.

그는 조심스레 위청란을 안아 들어 아도의 등 뒤에 올려놓았다.

"그만 가십시다."

곽연이 출발을 종용하자, 노인이 먼저 길을 열었다.

"이쪽입니다!"

일행의 모습은 곧 자욱한 안개 속에 묻혀 버렸다.

*　　　　*　　　　*

"꺼억! 좋구나!"

노가구(魯家口)에 하나뿐인 의원(醫院)에서 일하는 팽효(彭孝)는 이침부터 얼큰하게 술에 취한 채 집으로 돌아가는 길이었다.

그의 손에는 새끼줄에 줄줄이 꿰인 생선 꾸러미가 들려 있었다. 비단 그것뿐이 아니었다. 보이진 않아도 그의 품속에는 아내가 갖고 싶다고 그렇게 조르던 비단으로 만든 한 벌의 침의(寢衣)가 들어 있었다.

"루루루……."

콧노래를 부르며 팽효는 가만히 품속을 더듬었다. 선물을 받고 자지러질 아내의 얼굴을 떠올리며 그는 바삐 걸음을 재촉했다.

'며칠 꿈자리가 좋더니만 이런 횡재가…….'

이 모두가 얼마 전 억수같이 쏟아지는 빗줄기와 함께 찾아온 환자들 덕이었다. 삼십 대로 보이는 사내는 왼팔이 잘렸고, 눈이 튀어나오도록 예쁜 낭자는 허벅지에 심한 상처를 입은 상태였다.

마침 사부는 왕진 때문에 며칠 간 출타 중이었다.

사사로이 진료를 금한다는 사부의 엄명이 아니더라도 일정한 경지에 이르지 못한 그는 함부로 환자를 돌볼 정도로 어리석은 인물은 아니었다.

그러나 그 모든 것도 그들이 보여준 금덩이의 유혹 앞에서는 한낱 사상누각(砂上樓閣)처럼 스러졌고, 결국 그는 치료를 해주고야 말았다.

엄한 스승 덕택에 실상 그의 의술은 그런대로 쓸 만했다. 채 반 시진도 되지 않아 치료는 끝났고, 그에게 묵직한 금덩이를 건네주고 그들은 떠났다.

오늘 아침이 되어서야 비로소 사부는 돌아왔다. 물론 그는 굳게 입을 다물었다.

그런 속사정을 알 리 없는 사부는 이틀 밤을 홀로 의거를 지킨 그를 곧장 집으로 돌아가도록 배려를 해주었고, 그는 아내의 선물을 사 들고 거나하게 술에 취해 집으로 돌아가게 된 것이었다.

그의 집은 마을에서 약간 떨어진 외딴 곳이었다.

어느덧 지붕이 보일 만큼 가까워지자, 팽효의 발걸음은 나는 듯 빨라졌다.

사립문을 들어서며 그는 큰소리로 외쳤다.

"여보, 나왔소!"

한데 이상하게도 인기척이 없었다. 목소리가 나기 무섭게 문을 열곤 하던 아내는 고사하고 두 살배기 아들이 보채는 소리마저도 들리지 않았다.

'그새 잠이 들었나?'

그는 고개를 갸웃하며 마당을 걸어갔다. 핏덩이였던 아들 녀석이 점차 커감에 따라 아내가 몹시 피곤해하는 것을 알고 있는 그였다.

행여 아내를 깨울까 까치발을 떼며 걷던 팽효는 갑자기 걸음을 멈춰야 했다.

흠칫!

등줄기를 가르는 서늘한 기운에 그는 부르르 몸서리를 쳤다. 마치 새벽녘에 소피를 보러 나왔다가 바람에 날리는 흰 소복을 본 듯한 그런 축축한 느낌이었다. 그리고 그의 예감은 틀리지 않았다.

스스슥!

돌연 그를 에워싸며 나타나는 복면의 그림자들!

"누, 누구요?"

겁에 질린 그의 복부에 다짜고짜 주먹이 틀어박혔다.

'허억!'

창자가 끊어지는 통증에 그는 딜씩 주저앉았다. 딜게 마셨던 술이 목구멍 안쪽에서 꾸역꾸역 밀려 나왔다.

"우웩! 우웨엑!"

새우처럼 구부린 그의 등쪽으로 한겨울의 북풍(北風)처럼 싸늘한 음성이 들려왔다.

"수일 전에 외팔이와 계집이 낀 일행을 치료한 적이 있을 것이다. 그들에 대한 것을 모두 털어놔라!"

"그, 그게 무슨? 난 아무것도 모르오!"

간신히 고개를 쳐든 팽호의 입가에는 오물 찌꺼기가 가득했다. 눈자위는 두려움에 떨리기는 했어도 눈빛은 살아 있었다. 여전히 입을 다물겠다는 약속을 지키려는 생각이 뇌리를 지배하고 있는 것이다.

"호오, 그래? 의원 나부랭이치곤 제법 뼈대가 굵은 놈이로군. 하지만 곧 말하게 될 것이다!"

씨익!

우두머리로 보이는 자의 입가에 어리는 미소를 대한 팽호는 하마터면 오줌을 지릴 뻔했다.

그런 팽호를 한차례 응시한 사내는 곁의 수하에게 손짓을 했다.

"삼호, 이자는 네 몫이다. 즐겨보도록!"

"존명(尊命)!"

'삼호'라 불린 사내는 팽호와 마찬가지로 바닥에 주저앉았다. 그리고는 팽호의 주먹을 가만히 움켜쥐었다.

"무, 무슨 짓을?"

팽호의 전신이 딱딱하게 굳어졌다.

그러나 사내는 반응이 없었다. 좌수로는 팽호의 손목을 고정시키고, 우수로는 손가락을 쓰다듬기 시작했다. 마치 여인의 나신을 애무하듯 부드러운 놀림이었다.

어느 순간!

사내의 우수에 무지막지한 힘이 주어졌다.

꽈드득!

엄지와 검지를 제외한 나머지 손가락이 수수깡처럼 부러져 나갔다. 단지 뼈가 부러진 것에 그치지 않고 아예 작은 조각으로 바스러진 것이다.

"우아악!"

팽호는 짐승처럼 울부짖었다. 멀쩡한 손가락이 맷돌에 갈리는 듯한 고통을 어찌 필설로 형용하랴. 음식 찌꺼기가 가득한 입가로 두 줄기 눈물이 흘렀다.

"말해라! 그러면 고통을 가시게 해주마!"

스윽!

사내가 남은 두 개의 손가락을 쓰다듬기 시작했다.

'으으……! 안 돼, 안 돼!'

팽호의 얼굴은 아예 까맣게 죽어갔다.

비록 이제 의술을 배우는 초심자에 불과했지만, 그의 목표는 엄연히 의원이었다. 오른손잡이인 그가 우수를 잃는다면 맥진(脈診), 촉진(觸診), 약재를 만지는 것은 그나마 왼손만으로도 가능했다.

그러나 의술의 백미(白眉)라 할 수 있는 침술(鍼術)은 어찌할 것인가!

입막음하는 대가로 치료비 외에 받았던 금 다섯 냥이 아무리 거금이라 한들 의원의 생명을 걸 만큼 값어치가 있는 것은 아니었다. 게다가 손가락만으로 끝낼 자가 아니라는 사실이 뇌리를 스쳤다.

"안에 누가 있는 것 같더군!"

사내가 지나가는 말투로 한마디 거들자, 결국 그의 의지는 와르르 무너져 내렸다.

"마, 말하겠습니다! 어흐흐!"

결국 팽호는 어린아이처럼 울음을 터뜨리고 말았다.

고통은 이미 안중에도 없었다. 자신의 목숨 역시 두 번째였다. 삼십 줄에 뒤늦게 얻은 행복, 아내와 아들의 안위를 위해서라면 무슨 짓이라도 할 수 있었다.

"그, 그들은 모두 넷이었소. 치료를 해준 사람은 허벅지에 큰 상처를 입은 낭자와 왼팔이 잘린 사내요. 남은 둘은 상처가 심하지 않아 약간의 금창약(金瘡藥)을 발라주었을 뿐이오. 치료가 끝나고 그들은 곧 떠났소. 떠나기 전에 비밀로 해달라며 내게 금 다섯 냥을 주었소. 그게 전부요. 제발 믿어주시오!"

바닥에 머리를 대는 팽효를 외면하고 사내는 우두머리에게로 시선을 모았다.

끄덕!

우두머리의 고개가 숙여졌다. 아마도 그 역시 팽효의 말에 거짓이 없다고 판단한 듯싶었다.

그러자 '삼호'라 불렸던 자는 다시 팽효를 다그쳤다.

"좋아. 그 말은 믿어주지! 하지만 부족해. 생각해 봐라, 그들과 나눈 대화나 그들이 말한 것을! 분명 무언가 실마리가 있을 것이다."

팽효는 숨이 멎을 것만 같았다. 아무리 머리통을 쥐어짜도 별반 생각이 떠오르지 않았다. 머리 속이 터질 것만 같았다. '반드시 기억해 내야 한다!'는 중압감이 더욱 그의 사고를 방해했다.

사력을 다한 노력 덕분인지 마침내 그는 환자들이 떠나기 전에 나눈 몇 마디 말을 떠올릴 수 있었다.

"서, 서쪽입니다! 그들은 서쪽으로 간다고 했습니다."

"서쪽? 너무 막연하군!"

사내는 다그쳐 물었다.

"서쪽 어디냐? 좀 더 자세히 말해라!"

"그, 그건 저도 잘 모르겠습니다. 그 소리 역시 얼떨결에 흘려들은 탓에!"

"서쪽! 흠… 서쪽이라……?"

순간, 우두머리의 싸늘한 음성이 들려왔다.

"그만 됐다!"

그러자 사내는 가슴에서 비수를 꺼내더니 번개처럼 팽호의 심장에다 찔러 넣었다.

"커억! 다, 모두 다 말해 주었는데 왜 나를?"

사내의 눈이 희미하게 웃었다.

"고통을 없애준다고 했지 살려주겠다는 소리가 아니었어. 그리고 내가 아는 한 고통을 가시게 하는 가장 빠른 방법은 바로 죽는 거야!"

촤아악!

비수가 뽑히며 세찬 피 분수가 치솟았다. 그 사이로 팽효의 몸뚱이는 맥없이 앞쪽으로 넘어갔다.

털썩!

흐릿해지는 시선 일각으로 방문이 열리는 것이 눈에 들어왔다. 그리고 목이 비정상적으로 비틀린 아들과 발가벗겨진 채 피바다에 누워 있는 그의 아내도.

'아, 악마 같은 놈들!'

툭!

팽호의 머리가 바닥으로 떨어졌다. 원통함을 하소연이라도 하듯 부릅떠진 그의 눈엔 핏발이 가득했다.

이윽고 우두머리가 신형을 날리며 일갈했다.

"본 대는 소기의 목적을 달성했다. 다른 대원들과 최대한 빨리 합류한다!"

스스슥!

나머지 인물들도 나타날 때와 마찬가지로 사라졌다.

남은 것은 마당 한구석에 덩그마니 놓인 팽효의 시신뿐이었다. 그의 심장은 아직도 꾸역꾸역 더운 핏물을 쏟아내고 있었다.

3

키욱!

허공을 빙빙 맴돌던 한 마리 혈응(血鷹)이 날아든 곳은 둥지가 아니라 관도 옆에 서 있는 다 쓰러져 가는 사당(祠堂)의 처마였다.

햇빛이 차단된 실내는 어둡고 습기로 가득했다.

부서진 벽 틈새로 새어드는 가는 빛줄기, 그래서 마치 공간을 여러 개로 나눈 것처럼 보이는 몇 가닥의 햇살 덕에 실내의 전경이 드러났다.

바닥에는 온갖 잡동사니가 널려 있었고, 두툼한 먼지와 거미줄만이 가득한 실내의 한쪽 면을 부서진 거대한 신상(神像)이 차지하고 있었다.

사당은 아마 관제묘(關帝廟)인 모양이었다.

입술 위가 남김없이 달아났을지언정 우수에 들린 언월도(偃月刀)와 턱 아래로 가득한 탐스러운 미발(美髮)을 보건대 관제(關帝)의 신상이라는 것을 알아보는 것은 그리 어려운 일이 아니었다.

그 아래!

흉물스럽게 바닥에 뒹굴고 있는 신상의 머리 부분에 한 사람이 걸터앉아 있었다. 그는 원후승이었다.

팔꿈치를 나란히 무릎 위에 올리고 턱을 고인 채 생각에 잠긴 모습은 너무도 평온해 보였다.

그러나 실상 그의 뇌리 속은 악전고투(惡戰苦鬪)를 치르는 전쟁터를 방불케 할 정도였다.

칠(七) 주야(晝夜) 내로 놈들의 행적을 알아내라!

그에게 주어진 지상 명령이었다.

단지 그것뿐이었다. 상투적으로 사용되는 '만일…' 이라는 말로 대표되는 경고 문구는 전혀 없었다. 그런데도 그는 여느 때보다 긴장해야 했다.

몽롱하게 풀려가는 진무방의 눈동자가 무엇을 의미하는지 누구보다 잘 알기 때문이었다.

한데 추적을 시작한 지 벌써 수일이 지났건만 이렇다 할 성과는커녕 꼬리조차 찾아내지 못하고 있었다.

사실 그렇게 쉬운 일이 아니었다. 소주에서 호주(湖州)를 경유해 항주(杭州)로 이어지는 관도는 수많은 인파로 연일 북적거렸다. 더구나 내내 폭우가 쏟아져 흔적을 지운 관계로 그중에 특정한 마차 한 대를 찾아내기란—그것도 칠 일이라는 기한 내에 찾기란—거의 불가능한 일이라 여겨도 과언이 아니었다.

그러나 상태는 어떤 경우에도 예외를 두지 않는 철혈(鐵血)의 인물이었다. 그것이 그를 이토록 긴장하게 만드는 이유였다.

그는 가만히 손마디를 꺾기 시작했다.

뚜둑! 뚜두둑!

긴장이 극도에 이르면 저도 모르게 터져 나오는 해묵은 습관 중에 하나였다.

돌연 스륵거리는 바닥을 끄는 소리가 들려왔다. 그리고 그가 아끼는 수하가 모습을 드러낸 것은 그가 막 왼손 새끼손가락을 억지로 꺾는 순간이었다.

"전서가 또 도착했습니다!"

그는 시큰둥한 얼굴로 손을 내밀었다.

"이리 주게!"

봐야 뭣 할 것인가!

지난 며칠 동안 받은 전서만 해도 족히 이런 사당 하나를 가득 채울 정도였다. 꼬깃꼬깃 접힌 첩지를 푸느라 손가락에 쥐가 날 지경이었다. 모두가 하등의 쓸모없는 쓰레기에 불과했다는 것이 탈이었지만.

그러면서도 그는 손을 멈추지 않았다.

코앞에 들이대고 한동안 첩지를 읽어 내려가던 그의 얼굴에 희미하게 웃음기가 감돌았다.

"종석을 발견했다고 써 있군!"

무척이나 안도하는 음성이었다.

"어디랍니까?"

"호주에서 남서로 백칠십 리(里) 떨어진 노가구란 촌구석의 의원이네. 목격자의 말에 의하면 치료를 받고 막연히 서쪽으로 떠났다고 하는군."

"그렇다면 결국 우리가 잘못 짚은 셈이군요."

"그런 셈이지!"

가만히 중얼거리며 원후승은 인상을 찡그렸다.

인적이 빈번하고 시끄러운 곳을 피하는 것이 도망자의 보편적인 심리였다. 의도적이라기보다는 혹시라도 누구의 눈에 띌까 전전긍긍하는 불안한 마음이 자연스레 그렇게 만드는 것이다.

그렇기에 조금이라도 머리가 돌아가는 자들은 그것을 곧잘 역이용하곤 하는 것이다. 게다가 놈들은 부상자가 있기 때문에 마차를 버릴 수 없는 처지였다.

하면 어떻게 이동하겠는가?

당연히 하루에 수백, 수천 대의 마차가 오고가는 관도를 따라 이동했으리라 믿어 의심치 않았다. 이른바 '나뭇잎은 숲에 감춘다!' 라는 술책이었다. 생각이 그러하니 당연히 관도를 따라 오가는 마차를 추적하는 데 총력을 기울일 수밖에 없었다.

한데 뜻밖에도 '혹시나?' 하는 마음에 풀어놓은 전혀 엉뚱한 곳에서 종적을 발견한 것이다.

그는 수하에게 첩지를 건네며 불쑥 물었다.

"어떻게 생각하나?"

"글쎄요……!"

첩지를 살피며 고개를 갸웃거리는 그의 수하는 오 척 단구(短軀)에 가무잡잡한 피부와 유난히 두꺼운 입술을 가진 이십 대 후반의 사내였다.

드러난 외모로는 출신을 짐작키 어려웠지만, 한 가지 분명한 것은 결코 중화인이 아니라는 점이었다.

이윽고 사내의 입이 열렸다.

"현재로썬 우선 두 가지로밖에 볼 수 없겠군요. 그들에게 상당히 수완이 좋은 자가 있어 교란책을 쓴다거나, 일관되게 한 방향을 고집하는 것으로 보아 그들의 목적지가 서쪽 어딘가에 있다고 여겨야겠지요. 일단 종적을 발견한 이상 앞으로 추적하는 데는 큰 무리가 없을 것으로 사료됩니다. 어떻게 하시겠습니까?"

"쫓아야지!"

"직접 가시렵니까?"

"여부가 있겠나. 당연히 직접 해야지! 자네와 내 목이 걸린 중대한 일인데 아랫것들에게만 맡길 수는 없는 노릇 아닌가?"

순간, 사내의 입에 웃음기가 돌았다.

"아무튼 미리 축하드려야겠군요."

"뭘 말인가?"

사내의 웃음이 짙어졌다.

"이번 일을 무사히 마치면 총관 직을 얻기로 내정된 것이 아니었습니까?"

"원, 싱거운 사람 하고는!"

휘휘 손을 내젓는 원후승은 내심 싫은 기색이 아닌 듯했다. 이어지는 말이 그것을 증명했다.

"내 자네 공을 잊지 않겠네!"

이런저런 얘기를 주고받으며 두 사람은 재빨리 사당을 벗어났다.

잠시 후, 사당의 뒤편 숲에서 두 마리의 흑마가 뛰어나왔다. 흑마는 뿌연 흙먼지를 일으키며 순식간에 관도 저 멀리로 사라졌다.

*   *   *

오시(午時) 말엽!

중천에 솟구친 태양이 뜨겁게 대지를 달구는 시각, 일행은 쏟아질 듯 가파른 언덕을 오르는 중이었다.

노인이 선두를 맡은 것은 너무도 당연한 일이었다. 그 뒤로 곽연과 한몸으로 연결된 아도와 위청란이 묵묵히 따랐고, 앞서 가는 이환의 꽁무니를 쫓기 바쁜 소운평은 맨 마지막이었다.

무더운 날씨에 높은 산을 오르는 것은 꽤나 많은 체력을 필요로 한다. 그렇다고 체력만 월등히 강하다 해서 수월하게 오르는 것 또한 아니다.

긴 여정이니만큼 목적지로 삼은 곳의 거리와 자신의 체력을 적절히 감안한 힘의 안배가 절대적으로 필요한 법이다. 만일 그렇지 않다면 탈진해 낙오하는 것은 불을 보듯 뻔한 일이었다.

소운평은 그 사실을 뼈저리게 느끼고 있었다.

'애고, 힘들어 죽겠다!'

반쯤 부러져 나간 나뭇가지를 움켜쥔 채 숨을 헐떡거리는 얼굴엔 땀방울이 비오듯 흘렀다.

엉덩이를 뒤로 쑤욱 빼고 두 손을 앞으로 내민 실로 기묘한 자세였지만, 워낙에 언덕이 가파랐는지라 그렇게 하지 않으면 서 있기조차 곤란할 지경이었다.

이미 수백 길에 달하는 봉우리를 두 곳이나 넘어오긴 했지만, 그의 능력으로 보아 애초에 무리만 하지 않았다면 이렇듯 낙오되지 않고도 충분히 따라잡을 수 있었다. 초장부터 젊은 혈기(血氣)만 믿고 노인에게 뒤질세라 깝죽거린 것이 화근이었다.

이미 체력이 바닥 가까이 떨어진 상태에서 일행들과 보조를 맞추려니 아예 죽을 맛이었다.

'내 두 번 다시 산에 오면 성을 간다!'

씩씩대며 숨을 고르는 사이, 가장 뒤에 있던 이환조차 저만치 멀어져 버렸다. 얼마나 거리가 떨어졌는지 선두에 선 인물들은 아예 코빼기도 보이질 않았다.

"아이고, 같이 가요!"

행여 이환의 그림자마저 놓치면 큰일이었다. 졸지에 산속에서 미아가 돼야 하는 것이다.

다급한 마음에 바삐 손발을 놀려보았지만 한번 멀어진 거리를 몇 걸음 만에 만회한다는 것은 거의 불가능한 일이었다. 결국 그는 집채만한 바위를 마주하고 홀로 남겨지고야 말았다.

'제기랄……!'

온몸에 기운이 쭈욱 빠졌다. 다리가 후들거려 더 이상 서 있을 수 없는 그는 바위 아래 좁은 공간을 비집고 아예 털썩 주저앉았다.

바위에 기댄 채 아래를 내려다보니 쭉쭉 뻗은 침엽수림 사이로 동전 크기만한 마을이 눈에 들어왔다. 그나마 꽤 먼 거리를 올라온 셈이었다.

"멍청한 놈 같으니! 노인네 말이라 우습게 여기지 말라고 재삼 당부까지 했거늘, 진작에 내 말을 귀담아 들었으면 이런 꼴은 안 당하지!"

난데없는 호통 소리에 급히 올려다보니 바위 위에서 고개를 내민 노인이 혀를 차고 있었다. 한심스럽다는 눈초리로 내려다보는 얼굴이 그렇게 반가울 수 없었다.

"좀 도와줘요!"

그러자 노인은 주변을 두리번거리더니 이내 근처의 칡덩굴을 잘라 던져 주었다.

"끌어 올려줄 테니까, 그걸 허리에 감아!"

이후의 일은 일사천리(一瀉千里)로 진행되었다. 소운평은 그저 손을 내밀어 근처의 바위나 나뭇가지를 짚으면 그만이었다. 위쪽에서 당기는 힘에 이끌려 발을 내딛는 대로 쑥쑥 위로 올라갔다.

노인이 곱빼기로 힘이 들었음은 말할 나위도 없었다. 여태 한 방울의 땀도 흘리지 않았던 노인의 얼굴에 굵은 땀방울이 줄줄 흘러내렸다.

노인이 수고를 아끼지 않은 덕에 두 사람은 곧 일행에게 도착했다. 그들은 둘레가 오 장 정도 넓이의 평평한 바위에 모여 앉아 휴식을 취하고 있었다.

"에구구, 죽겠다!"

소운평은 바닥에 주저앉았다.

한데 그가 도착하자마자 다른 이들이 미리 말을 맞추기라도 한 듯 분분히 몸을 일으키는 것이 아닌가. 다시 길을 떠나려는 것이 분명했다.

"벌써 떠나면 나는 어쩌라고요. 다들 그러지 말고 좀 쉬었다 가요!"

악을 써봐도 돌아보는 이가 있을 리 없었다. 결국 그는 바닥에 대자(大字)로 누워 눈까지 감았다.

"난 죽어도 못 갑니다!"

"그래? 그럼 푹 쉬어라!"

어쩐 일인지 순순히 허락을 하는 이환이었는데, 성큼성큼 곽연에게 다가간 그의 입에서는 실로 뜻밖의 말이 흘러나왔다.

"저놈은 도무지 못 가겠다고 우기는군요. 아무래도 여기다 버리고 가는 게 좋겠습니다!"

'그럼 그렇지! 잠시나마 믿은 내가 바보지.'

가만히 귀를 기울이던 소운평은 기가 막혔다. 그런 마음도 잠시, 그는 곧 용수철처럼 튀어 올랐다.

"아, 아닙니다! 갑니다, 가요! 갈 수 있다구요."

그러자 이환이 어깨를 으쓱하며 말했다.

"금세 마음이 바뀌었다는군요."

언제나 마찬가지로 노인이 선두로 나섰다. 그때까지 서로 칡덩굴로 연결된 상태였던 바, 소운평 역시 어쩔 수 없이 뒤를 따라야만 했다.

문득 곽연이 노인의 걸음을 멈추게 했다.

"근처에 혹시 쉴 만한 곳이 없겠소? 우리야 그렇다 쳐도 노인장은 좀 쉬어야 할 게 아니오. 이미 미시를 넘긴 것 같은데 식사도 해야 하겠고."

그는 슬그머니 아도를 응시했다. 사실 그가 노인을 들먹인 것은 핑계에 불과했다.

비록 무예를 지녔다 하더라도 한 사람을 등에 지고 험준한 절봉(絶峰)을 타는 것은 견디기 힘든 고된 일이었다. 고스란히 얼굴에 드러나는 고통을 참으며 조금도 불만의 기색을 보이지 않는 그를 위해서였다.

더욱이 간밤은 물론 새벽에도 음식물을 전혀 접하지 않았던 위청란을 위해서이기도 했다.

"그렇지 않아도 말씀드리려 했습니다만."

노인은 입가로 흐르는 땀을 닦고는 말을 이어갔다.

"이곳을 오르면 곧바로 '사곡(蛇谷)'이라 불리는 완만한 골짜기가 나옵니다. 거기서 멀지 않은 곳에 작은 폭포가 있는데, 그곳에서 쉬는 게 어떨는지요? 물 근처라 비교적 안전하고 음식도 조리할 수 있으니까요."

"거리는 얼마나 되오?"

"가까운 편이나 여름철이라 길이 좀 험한 편이지요. 그것을 감안해 본다 해도 반 시진 안쪽이면 족히 도착할 수 있을 겁니다."

'반 시진이라⋯⋯?'

어차피 같은 산길임이 분명할진대 그리 먼 거리는 아니었다. 문제는 이곳보다 길이 험하다는 거였다.

이환 역시 그와 같은 걱정을 하는 듯했다.

"우려할 정도로 길이 험하다면 굳이 경로를 바꾸면서까지 그곳으로 갈 필요는 없지 않겠소?"

그러자 노인은 정색을 했다.

"그게 아닙니다. 운애곡(雲崖谷)에 가려면 반드시 그곳을 통과해야 합니다. 한 가지 다른 방법이 있긴 합니다만, 설마 두 분께선 맨몸으로 백오십 장 높이의 절벽을 오르고 싶으십니까?"

찔끔!

두 사람은 꿀 먹은 벙어리 신세가 되었다.

더 이상 이견(異見)이 있을 리 없는 일행은 서둘러 움직여 갔다. 이윽고 오 장 정도 남은 거리를 주파하자 노인의 말대로 완만한 경사의 골짜기가 눈에 들어왔다.

마치 항아리 뚜껑을 뒤집어놓은 듯한 오목한 모양새를 이루고 있어 언덕의 정상에 이르기 전엔 발견할 수 없는 그런 곳이었다.

"과연 그 이름에 걸맞는 곳이구려."

곽연의 음성은 가늘게 떨렸다. 비단 그런 느낌은 그에게만 국한된 것은 아니었다.

한낮인데도 불구하고 골짜기 깊은 곳은 안개가 낀 곳이 많았다. 지금까지와는 다르게 높이가 이 장에도 못 미치는 활엽수가 대다수인 골짜기는 거친 바위와 가시덤불로 가득 차 몹시 삭막해 보였다. 게다가 군데군데 덩어리를 이룬 안개는 끈끈한 불쾌감이 일 정도였다.

미지의 영역에 대한 모호한 느낌은 은연중 두려움으로 변해 일행의 가슴을 무겁게 짓눌렀다.

문득 노인이 입을 열었다.

"다른 것은 몰라도 한 가지에 대해서만은 신경을 곤두세워야 할 겁니다. 치명적이니까요."

"그게 무엇이오?"

"뱀이지요. 습하고 바위가 많은 곳에 사는 놈들은 대개 극독을 품고 있지요. 여긴 그런 놈들이 부지기수니 극도로 신경 써야 합니다. 시간이 넉넉했으면 명반(明礬)을 챙겼을 테지만, 특별한 대책이 없으니만큼 개인적으로 주의를 하는 수밖에 없겠지요."

눈이 동그래지는 이환을 뒤로하고 노인은 다시 소운평에게 다가왔다.

"자, 이건 네 몫이다. 뒤를 바짝 따라와라!"

노인이 건넨 물건은 길이가 두 자 남짓한 도(刀)였다.

살상용으로 사용하는 일반적인 도와는 달리 도극이 밋밋했고, 도신 역시 비교적 두꺼웠다. 도병 역시 쇠 위에 짐승 가죽을 둘둘 말 조악한 형상이었는 데 비해 날은 상당히 예리해 보였다.

무엇에 쓰일 것인지는 누구나 알 수 있었다. 소운평도 그 사실을 잘 알았기에 군소리 않고 받아들었다.

"그럼 갑니다요!"

노인은 번개처럼 손을 놀렸다.

팍! 팍!

굵은 칡덩굴과 가시덤불이 우수수 잘려지는 것은 물론이고, 웬만한 두께의 나무조차도 맥없이 잘려 나갔다. 그러면 소운평이 뒤따르며 잔가지와 미처 자르지 못한 주변의 것들을 남김없이 베어내는 것이다.

이런 종류의 일을 함께하는 것이 처음임에도 불구하고 두 사람의 호흡은 그런대로 잘 맞는 편이었다.

팍! 팍!

노인은 거칠 것 없이 앞으로 나갔다. 그때마다 덩굴만 빽빽하던 숲속에 사람 하나가 지날 만한 길이 생겨났다. 지도를 가지고 있다 해도 알아보기 힘든 넓은 숲 속을 노인은 손바닥의 손금처럼 꿰뚫고 있는 듯했다.

그런 모습에 이환은 절로 탄성을 발해야 했다.

"실로 믿기 어려운 일 아닙니까? 일 장 앞을 분간하기 어려운 이런 곳에서 원하는 곳을 찾아 정확하게 이동할 수 있다니 말입니다. 저로선 죽었다 깨어나도 엄두조차 못 낼 일입니다."

"그건 나도 마찬가질세."

곽연이 맞장구를 쳤다.

맨 뒤를 차지한 두 사람이 소리를 죽여 소곤댔는데도 아마 노인의 귀에까지 들린 모양이었다.

"그저 오랜 습관에서 비롯된 사소한 것입니다, 내세울 만한 게 아니지요. 이제 십여 장만 더 가면 폭포를 보실 수 있을 겝니다."

쿠쿠쿠쿠……!

아닌 게 아니라 수면을 치는 물소리가 들려왔다. 약간만 신경 쓰면 누구라도 들을 수 있을 정도였다. 더불어 일행의 손발 놀림이 눈에 띄게 바빠졌다.

한데 죽어라 노인을 따라가던 소운평이 돌연 걸음을 멈추는 것이 아닌가!

그것은 다름 아니라 좀 전부터 기묘한 소리가 들려와 그의 호기심을 자극했기 때문이었다.

툭툭! 툭툭툭!

마른 나뭇가지로 바닥을 두드리는 듯한 소리!

그런데 누가 들어도 수상하게 여길 만한 것은 갈수록 소리가 들리는 간격이 짧아진다는 사실이었다.

'거참, 요상하단 말야? 누가 장난치는 것도 아닌데…….'

소리의 진원지가 궁금해진 소운평은 허리를 숙이고 주변을 두리번거렸다.

흠칫!

문득 아도는 신형을 멈췄다. 앞서 가던 자가 갑자기 걸음을 멈췄다는 단순한 이유만은 아니었다.

왠지 느낌이 좋지 않았다. 전신으로 스멀스멀 피어 오르는 간지러움, 언젠가 경험했던 표적이 되었을 때의 그런 느낌이었다.

스륵!

그는 저도 모르게 일 장 뒤로 미끄러졌다.

그 덕에 뒤따라오던 이환과 곽연은 영문을 모른 채 공중제비를 넘으며 물러나야 했다.

"무슨 일인가?"

이환이 묻는 것과 때를 같이해 아도의 우수가 매섭게 불을 뿜었다.

슈슉!

날카롭게 허공을 가르는 비도(飛刀), 그리고 무엇인가 잘려지는 섬뜩한 파육음(破肉音)!

스거걱!

그 상반된 두 가지의 소리로 미루어 이환과 곽연은 상황을 충분히 이해한 듯 보였다.

'으헉!'

여전히 주변을 살피는 것에 열중하던 소운평은 코앞으로 잘려진 뱀 머리가 떨어지자 기절할 듯 놀랐다.

노인이 다가와 무언가를 주워 들었다.

그것은 목이 댕강 잘린 뱀의 몸통이었다. 전신은 짙은 갈색이었으며, 목덜미 아래로 새카만 점이 줄줄이 박혀 있었다. 두 자(尺)에 못 미치는 길이였는데, 몸통은 웬만한 장정의 손목 두께보다도 더 굵었다.

이미 목이 달아난 상태인데도 놈이 친친 감은 노인의 손목에선 연신 뿌득거리는 소리가 울려 나왔다.

"이놈은 '흑점사(黑點蛇)'라고 불리는데, 자칫했으면 정말 큰일 치를 뻔했습니다. 맹독을 지닌 것으로도 모자라 서너 마리가 가까이 붙어다니는 특이한 습성을 가진 것으로 유명한 놈들이지요. 혹시 모르니 상처가 있나 살펴보십시오. 이놈들의 독니는 너무 작아 물린다 해도 거의 감촉을 느끼지 못하니까요."

노인은 서둘러 하의를 걷고 하체를 살폈다.

그 모양이 여간 신중한 게 아닌지라 일행은 허겁지겁 맨다리를 드러내는 기경을 연출해야 했다.

'어, 이거 봐라?'

소운평은 고개를 갸웃했다.

왼쪽 종아리 부근에 아래위로 두 개씩 구멍이 뚫려 조금씩 피가 배어 나오고 있었다. 언뜻 봐서는 가시에 찔린 다른 상처와 흡사해 구분이 가질 않았기에 어쩔 수 없이 그는 노인에게 물어야 했다.

"영감님, 그놈한테 물리면 어떻게 되는데요?"

"사실 물릴 때 통증이 거의 없기 때문에 발견이 늦어 태반이 목숨을 잃곤 한다네. 증세도 역시 그렇지. 시간이 좀 지나면 물린 곳이 약간 부어오르는 정도고, 다음엔 상처 인근부터 감각이 없어진다네."

말이 끝나자마자 소운평은 종아리를 어루만졌다.

한데 공교롭게도 갑자기 몇 백 리 길을 걸은 터라 양쪽 종아리가 퉁퉁 부은 데다 느낌 또한 제 살이 아닌 듯하니 어찌 여부를 가려낼 수 있겠는가!

"그 다음엔요?"

"글쎄… 당해보지 않아 잘 모르겠네만, 아마 곧 정신을 잃게 되지 않을까?"

'망할, 이거 틀림없구만!'

아찔한 기운이 뇌리를 강타하는 것과 동시에 소운평은 기어이 나무 토막처럼 뒤로 넘어갔다.

털썩!

"젊은이, 왜 그러나?"

놀란 노인이 황급히 다가들었다.

"나리, 여기, 여길 좀 보십시오! 흑점사에게 물린 게 확실합니다!"

노인이 사색이 된 채 상처를 가리켰다. 곧 송장 하나 치우게 됐다는 그런 눈치였다.

"어디 좀 봅시다!"

곽연이 노인을 밀쳐 내고 상처를 살폈다.

왼쪽 종아리는 허벅지만큼 부풀었고, 미간에 검은 기운이 감도는 것이 중독된 것이 분명했다. 물린 지 채 반 각도 되지 않았거늘 지독한 독이었다.

"도(刀)를 이리 주시오!"

노인에게서 도를 건네받은 곽연은 종아리를 십자로 베고 허벅지 안쪽부터 발끝까지 차례로 혈도를 눌러갔다.

시커먼 독액이 줄줄 흘러나왔지만, 문제는 내부 장기에 스며든 독이었다. 독 기운은 벌써 온몸을 푸르스름하게 잠식해 가는 중이었다.

'좋지 않아. 서둘러야겠군!'

곽연은 소운평의 상반신을 일으켰다.

파파파팍!

곽연의 쌍수가 현란하게 춤을 추었다.

그러기를 수십여 차례, 이윽고 활짝 퍼진 손바닥이 경추(頸椎)가 끝나는 부분에 위치한 대추혈을 세차게 가격하는 순간이었다.

"으웨엑!"

시커먼 피 화살이 뿜어졌다. 족히 한 사발에 달하는 흑혈을 토한 소운평은 도로 축 늘어졌다.

곽연은 길게 심호흡을 하며 몸을 일으켰다.

"급한 대로 응급조치를 했으니 당분간은 생명에 지장이 없을 것이오. 그렇다 해도 한 시진을 전후로 여독(餘毒)을 모두 몰아내지 않는다면 회생을 장담키 어렵소이다. 운애곡까지는 얼마나 남았소?"

"적어도 한 시진 반은 더 가야 하지요."

노인은 자신의 잘못이라도 되는 듯 울상을 지었다.

"너무 촉박하군요. 어쩌면 가는 도중에······."

이환은 묘한 표정으로 소운평을 응시했다. 사사건건 꼬투리를 잡아 괴롭히던 그도 막상 상대가 생사지경을 헤매게 되자 연민지정이 생기는 모양이었다.

곽연은 서둘러 소운평을 안아 들었다.

"이 대주, 서두르세. 멀쩡한 젊은이를 눈앞에서 죽게 할 수는 없는 노릇 아닌가?"

"알겠습니다."

이환은 다짜고짜 노인을 옆구리에 끼고 몸을 날렸다.

아도와 곽연 역시 재빨리 그 뒤를 따랐고, 일행의 모습은 금세 가시덤불 사이로 모습을 감췄다.

"아이고, 나 죽는다!"

놀란 노인의 외침만이 산중을 뒤흔들었다.

제 15 장

이환은 오열하고 소운평은 기사회생하다

1

    계곡의 삼면(三面)은 칼로 자른 듯한 절벽이었다. 어림잡아도 기백 척은 됨직한 절벽 중간에는 뿌연 운무(雲霧)가 가득했고, 간간이 드러난 절벽의 표면은 나는 새도 앉지 못할 정도로 매끄럽기 그지없었다.

    계곡 앞쪽엔 계류(溪流)가 흐르고, 주위로는 끝이 보이지 않을 정도로 넓은 송림이 펼쳐져 있었다.

    산중은 참으로 고즈넉했다. 산새들이 짝을 찾는 소리와 물 흐르는 소리, 가끔 길 잃은 바람이 송림을 흔드는 소리만이 들려올 뿐이었다.

    한데 그 고요함을 무참히 깨는 소란이 일었다. 계곡으로 드는 유일한 입구인 남동쪽 계류가의 소로를 따라 빠르게 움직이는 일단의 인물들은 바로 혼절한 소운평을 안고 운애곡으로 향한 일행이었다.

    곽연은 선두에서 질풍처럼 달리고 있었다. 흐트러진 의복과 머리칼, 땀으로 후줄근하게 젖은 온몸이 그가 전력을 다한다는 것을 쉽게 알 수 있었다.

그것은 뒤따르는 이환 역시 마찬가지였다. 붉게 달아오른 얼굴이며 쉴 새 없이 뿜어지는 더운 김이 금세 쓰러질 것처럼 위태로워 보였다.

그래도 한 시진 반이 걸리는 산길을 무려 반 시진을 단축하는 성과를 이룬 덕에 내심만은 더없이 밝았다.

이윽고 계곡의 초입에 도착한 일행이 표석(表石)으로 여겨지는 커다란 바위를 지나치는 순간이었다.

"나리, 이젠 그만 절 내려주십시오!"

노인이 돌연 사지를 버둥대는 터라 이환은 마지못해 노인을 내려놓았다.

노인은 대뜸 곽연에게 허리를 숙였다.

"나리, 무척 송구스럽습니다만, 우선 안에 기별을 드리고 허락을 받아야 합니다. 이대로 무작정 곡에 들어가시면 소인의 처지가 난처하게 됩니다요."

"물론 기다리겠소. 대신!"

곽연은 조심스레 소운평은 건넸다.

"이 젊은이를 잘 부탁드리오! 조속히 치료를 받지 못하면 무사하지 못할 게요."

"아이고, 그건 걱정 마십시오, 나리!"

노인의 얼굴에 화색이 돌았다. 뭔가 거창한 것을 바라지나 않을까 걱정했는데 퍽 다행이라는 눈치였다.

"한데 어떻게 여쭈어야 할지……."

"나는 곽연이라 하오. 이쪽은 이환, 뒤쪽은 아도, 그리고 소저 분은 본 방의 소방주시오."

"예, 예! 식사를 전혀 못하셨으니 이거라도 드시며 계시지요. 최대한 빨리 돌아오겠습니다요."

노인은 등에 두른 보퉁이와 물 주머니를 풀어 건네고 황망히 계곡 안쪽으로 사라졌다.

"예서 이럴 게 아니라 우선 자리를 좀 옮기세."

"이리 주시죠!"

이환이 빼앗듯 보퉁이를 받아 들었다.

가까운 나무 그늘로 옮겨간 두 사람은 체면도 잊은 채 흙 바닥에 주저앉아 이마를 훔쳤다.

아도 역시 위청란을 내려놓았다. 그녀는 두 사람과 떨어진 반대쪽에서 더위를 식혔고, 아도는 언제나 그랬듯 그녀가 가장 잘 보이는 곳을 선택해 자리를 잡았다.

목적지는 같아도 서로가 가진 생각이 조금씩 달랐기 때문이었을까, 겨우 네 명밖에 되지 않는 일행이 무려 세 부류로 나뉜 형국이었다.

문득 곽연의 시선이 보퉁이로 향했다.

"이 와중에도 뭘 먹어야 한다는 사실이 우습네만, 어쩌겠는가? 먹지 않으면 살 수 없는 게 인간인 것을!"

"그거야 당연한 거 아닙니까?"

이환은 서둘러 보퉁이를 풀었다.

"이것 좀 보십시오. 육포(肉脯)와 말린 과일이 제법 넉넉하게 들었군요."

이환의 음성이 환히 밝아졌다. 그는 곧 물 주머니와 보퉁이를 통째로 들고 위청란에게 달려갔다.

그러나 그녀는 물만 몇 모금 마시고 시선을 거뒀다. 이환이 막무가

내로 재촉을 해대자 마지못해 말린 살구 하나를 집어 들었을 뿐이었다.

그것은 아도 역시 마찬가지였다. 그가 택한 것은 손바닥 안에 들어가는 작은 육포가 전부였다.

이윽고 이환은 원래 자리로 돌아왔다.

"당주께서도 좀 드셔야지요?"

"소방주님이야 그렇다 치고, 저 친구 참 대단하네. 저렇게 먹고도 버틸 수 있다니 말일세."

"그러게 말입니다."

두 사람은 누가 먼저랄 것 없이 보퉁이로 손을 가져갔다.

"허, 운애곡이라… 누가 지었는지 몰라도 참으로 어울리는 이름이로구나!"

육포를 입으로 가져가며 곽연이 중얼거렸다.

멀리 운무가 가득한 산정을 향해 서서히 태양이 기울어가고 있었다.

*   *   *

"그럼 소인은 곡구(谷口)에 다녀오겠습니다요!"

진 노인은 소운평을 조심스레 내려놓고 서둘러 동굴 밖으로 달려나갔다.

화기(火氣)가 없는 동굴 안은 꽤 어두운 편이었지만, 어이없게도 공기는 무척 뜨거웠다. 노인이 도망치듯 빠져나간 것도 무리가 아니었다.

그 속에 괴인은 서 있었다. 머리까지 덮은 검은 장포 덕인지 전혀 영향을 받지 않는 듯했다.

이윽고 괴인은 소운평을 안고 걸어갔다.

미로처럼 얽힌 동굴 속을 괴인이 제집 드나들 듯 움직여 갈수록 공기는 더욱 강렬한 열기를 띠었다. 급기야 숨 쉬기가 곤란할 지경이었다.

그렇게 십여 장을 이동하자 비로소 열기의 정체가 드러났다. 연못이었다. 삼 장 너비의 연못은 핏물을 연상케 할 만큼 붉었고, 죽을 부어 놓은 듯 걸쭉했다.

부글거리며 연신 뜨거운 거품을 토해내는 연못 속엔 한 인물이 목만 내놓고 잠겨 있었다.

노인이었다. 어둠 속에서도 선명한 은빛을 발하는 머리칼과 수염, 온통 주름살로 가득한 얼굴이 도무지 나이를 짐작키 어려울 정도였다.

살이 익어버릴 것만 같은 열기에 온몸을 맡긴 노인은 두 눈을 감은 채 미동조차 보이지 않았다.

괴인은 연못 옆의 석단(石壇)에 소운평을 내려놓고 공손히 허리를 숙였다.

"흑점사에 물려 사경을 헤매는 사람이 생겨 부득불 이곳까지 오게 되었지요. 일각 이내로 치유치 않으면 목숨을 잃게 될 겁니다, 어르신!"

음성은 분명 젊은이의 것이었다. 낭랑한 반면, 노인을 방해하는 것에 대한 송구스러움이 가득했다.

번쩍!

노인의 눈이 뜨여졌다.

"네 호흡이 거칠고, 혈류(血流)가 비정상적으로 빠른 걸 보아 환자는 외부에서 온 자가 분명하구나. 그것도 같은 또래의 젊은일 테고!"

그저 아무렇지도 않게 뱉은 말일진대, 흡사 눈으로 살핀 듯 정확하다.

한순간 괴인의 장포가 부르르 경련을 일으켰다.

이윽고 노인은 느릿하게 몸을 일으켰다.

상체에 이어 하체가 드러났다. 붉은 액체가 묻어 번들거리는 나신을 적나라하게 내보인 채 노인은 천천히 연못 밖으로 걸어나왔다.

오 척 단구(短軀), 비쩍 마른 통나무처럼 비틀린 전신에는 놀랍게도 거미줄 같은 흉터가 가득했다. 그중에 가장 눈에 띄는 것은 좌측 목덜미 아래서 우측 옆구리까지 사선으로 이어진 열상(裂傷)이었다. 한마디로 몸이 두 동강 나지 않은 것이 신기할 지경이었다.

축 늘어진 물건을 덜렁이며 다가온 노인은 이내 석단 위에 앉아 가부좌를 틀었다.

우드득 하며 새우등처럼 굽었던 등뼈가 일자로 펴지고, 부드럽게 허공에 수를 놓던 양손이 단전 어림에 가지런히 자리를 잡는 순간이었다.

스스스……!

노인의 전신으로부터 안개 같은 희뿌연 기운이 흘러나왔다. 동시에 단전 부위에 붉은 점이 생겨났다.

처음엔 주먹만했던 혈점(血點)은 수면에 파문이 일 듯 점차 전신으로 번져 갔고, 순식간에 노인을 삼켜 버렸다. 사지(四肢)는 물론이고 혈발(血髮)에 혈안(血眼), 심지어 손톱과 발톱까지 붉게 물들었다.

눈으로 보면서도 믿을 수 없는 광경이었다.

스윽!

금세 핏물을 뚝뚝 흘릴 것 같은 혈수(血手)가 소운평의 단전 위에 올려졌다.

그 순간.

파아아앗!

눈부신 빛무리가 폭발했다.

혈광(血光)은 소운평과 노인을 삼키고 멀리 떨어진 동굴 벽까지 붉게 물들였다. 그렇게 열 호흡 정도가 지나자 마침내 혈광은 씻은 듯 사라졌다.

"후우……!"

가볍게 숨을 고르는 노인의 안색은 눈에 띄게 창백해진 반면, 거무튀튀하던 소운평의 안색은 언제 그랬냐는 듯 원래의 모습으로 돌아온 상태였다.

발그레하게 혈색이 돌았고, 미약했던 가슴의 기복도 어느새 힘차게 변해 있었다.

한데 그는 노인처럼 나체로 변해 있고, 그가 누워 있는 주변의 석단이 푹 패인 것이 아닌가!

놀랍게도 혈광은 소운평의 체내에 남은 독 기운을 남김없이 태우고도 모자라 의복과 주변의 바위까지 녹여 버린 것이다. 실로 무시무시한 양강지기(陽剛之氣)였다.

'으, 으……!'

내부를 들쑤시는 열기(熱氣), 고통이라 불러도 좋을 그 기운 덕에 소운평은 신음을 흘렸다.

그렇다고 온전히 정신을 차렸다고 보기는 어려웠다. 눈은 여전히 감겨 있었고, 고통을 견디다 못한 육신이 무의식적으로 정신을 일깨운 것에 불과했다.

가물거리는 와중에 누군가의 목소리가 들려왔다.

"이 친구 무슨 금제를 당했다고 하던데, 혹시 못 느끼셨습니까?"

"옥당, 단중, 중정혈에 약간의 흔적이 남아 있기는 해도 별문제는 없을 것이다. 손을 쓴 자가 애초에 일정 시간이 지나면 자연스레 풀리게 해놨으니 한잠 자고 내일쯤이면 아마 정신을 차릴 수 있을 게다."

"그렇다면 다행이군요."

'망할, 그럼 난 여기 왜 온 거야? 그냥 봉서를 들고 튀었어야 하는 건데……'

소운평은 또다시 혼절의 나락 속으로 빠져들었다.

그사이 연못으로 돌아간 노인은 처음과 마찬가지로 목만 내놓고 몸을 묻었다.

"그만 돌아가도록 해라! 그놈 덕에 난 혈담(血潭)에서 삼 주야(晝夜)를 더 머물러야 한다."

"알겠습니다, 어르신!"

괴인은 소운평을 안아 들고 동굴 밖으로 걸어갔다.

이윽고 두 사람의 모습이 사라지자 노인의 입에서 뜻 모를 한숨이 새어 나왔다.

"정작 죽어야 할 사람은 이렇듯 살아 있거늘……."

           *   *   *

"나리, 너무 늦어 죄송합니다요!"

"괜찮소, 노인장."

송구스러운 얼굴로 연신 손을 비벼대는 노인을 향해 곽연은 빙긋 웃었다.

"그리고 이것… 시장하던 차에 정말 잘 먹었소이다!"

"제대로 드실 거나 있으셨는지…….'"

노인은 계면쩍게 웃으며 보퉁이를 받아 들었다.

"그래, 그 젊은이는 어찌 되었소?"

"걱정 붙들어 매십시오, 나리. 이미 치료를 받도록 조치가 내려졌으니 지금쯤이면 깨끗이 완쾌되었을 겁니다요. 이곳엔 만병(萬病)을 다스리는 신인(神人) 어른이, 아, 아닙니다! 제가 그만 실언을 했습니다요!"

노인은 '어이쿠!' 하며 황망히 손을 저었다.

그러나 어찌 쏟아진 물을 도로 담을 수 있겠는가!

'허, 신인이라……?'

곽연은 내심 실소를 지었다.

뭐가 뭔지, 근래 일 주야 간은 도무지 이해할 수 없는 일들의 연속이었다. 단 한 가지라도 속시원히 해결하고 싶은 마음이 간절해졌다.

"이젠 곡에 들 수 있겠소?"

"물론입니다. 저를 따라오시지요!"

노인이 앞서 나가며 길을 열었다.

곽연을 필두로 한 일행은 노인을 따라 계곡 안으로 걸음을 옮겼다.

꼬불꼬불한 소로를 걸어 작은 둔덕을 넘어가자, 이윽고 계곡의 전경이 한눈에 들어왔다.

안쪽은 벌판을 연상케 할 정도였다. 계류 옆을 따라 너비가 백 장은 되는 평지가 이어져 있고, 나머지는 산비탈을 개간한 농지였다. 산중 깊은 곳에 이토록 넓은 장소가 있다는 사실이 무척 놀라웠다.

벌판 너머 이십여 채의 인가(人家)도 보였다.

"저기를 좀 보십시오!"

어느새 바짝 따라붙은 이환이 손짓을 했다.

계류 반대 편엔 농부로 보이는 몇 사람이 밭일을 하는 중이었는데, 그들 모두는 약속이라도 한 듯 얼굴까지 가려지는 헐렁한 검은 장포를 걸치고 있었다.

"기이한 광경 아닙니까?"

"그러게 말일세. 나 역시 그것이 궁금하던 차였네."

두 사람은 잠시 멈춰 건너편을 주시했다.

그러자 저만치 앞서 가던 노인이 재촉을 했다.

"나리, 이러다 해 떨어지겠습니다요."

아닌 게 아니라 계곡의 태반이 검게 변해가고 있었다.

덕분에 바삐 걸음을 재촉한 일행은 일각 정도 후에 목적지에 도착할 수 있었다.

이십여 채의 인가가 양쪽으로 늘어서 있었다.

전부가 나무를 통째로 쌓아 벽을 만들고 마른 풀을 엮어 지붕을 올린 목옥(木屋)이었는데, 길이 끝나는 곳에 위치한 두 채만은 정원과 정자, 연못 등등 가옥의 구조를 고루 갖춘 모습이었다.

노인은 그중 한곳에서 걸음을 멈췄다.

"죄송한 말씀이지만, 두 분은 다른 곳에서 기다리셔야 됩니다. 아가씨와 이환이란 분을 먼저 모셔오라는 분부 때문이지 제 탓은 아닙니다요."

"아니 노인장, 그게 무슨 말씀이오? 절대 그럴 수는 없소이다!"

이환이 발끈 소리쳤다.

아도 역시 싸늘한 눈빛으로 노인을 살폈다.

"아무 일도 없을 걸세. 방주님이 계신 곳일진대 무슨 다른 의도가 있겠는가? 난 괜찮으니 어서 소방주님을 모시고 다녀오도록 하게."

두 사람을 달랜 곽연은 이내 위청란을 응시했다.

위청란도 반대하는 눈치는 아니었다. 가볍게 등을 두드리자 아도는 조심스레 그녀를 내려놓았다.

"이미 연락이 된 상태니 저기 보이는 곳으로 그냥 들어가시면 됩니다요."

노인이 입구를 가리켰다.

"당주, 잠시 후에 뵙도록 하지요."

간단히 목례를 한 후 이환은 위청란을 부축해서 사립문 안으로 들어갔다. 그들의 모습은 금세 정원수(庭園樹)에 가려 사라졌다.

"나리, 쉬실 곳은 이쪽입니다요."

노인이 주위를 일깨웠다.

홀린 듯 두 사람이 사라진 곳을 주시하던 곽연이 정신을 차렸을 땐 노인은 벌써 저만치 걸어가고 있었다.

탁!

문 닫히는 소리가 유난히 묵직했다.

열 평 남짓한 실내 중앙엔 고사목(枯死木)의 밑 부분을 잘라 만든 탁자와 몇 개의 의자가 놓여 있었다. 창문 옆으론 꽤 많은 양의 서책이 빼곡이 자리했고, 그 위로는 몇 폭의 화조도(花鳥圖)가 걸려 있었다.

침상은 맞은편 구석에 자리했다. 그 위에 한 사람이 앉아 있었는데, 드리워진 휘장에 가려 희미한 윤곽 외엔 아무것도 알아볼 수가 없었다.

낡은 목조 건물의 주는 어두운 색채와 무거운 공기, 실내는 묘한 기운이 감도는 듯했다.

이질적인 느낌은 막 실내로 들어선 이환과 위청란을 석상(石像)처럼 굳어지게 만들었다.

그러자 휘장 안에서 음성이 흘러나왔다.

"그쪽에 앉도록 하세요!"

뜻밖에도 중년 여인의 것이었다. 청아한, 그러면서도 어딘가 슬픔이 배어 나오는 그런 음성이었다.

두 사람은 목소리의 주문대로 탁자에 자리를 잡았다.

한 겹 휘장을 격하고 어색한 침묵이 이어졌다. 그사이 창문 새로 들어오던 빛은 거의 자취를 감추어 실내는 태반이 어둠에 물들어갔다.

지루한 침묵을 깬 이는 이환이었다.

"저희가 누구인지는 이미 알고 계실 테니, 뉘신지 여쭈어도 되겠습니까?"

그러나 대꾸는 없었다.

견디다 못한 이환이 재차 입을 여는 순간이었다.

"어머님, 제가 왔습니다!"

인기척에 이어 실내가 환히 밝아졌다.

유등(油燈)을 받쳐 들고 나타난 이는 전신을 검은 장포로 감싼 이였다. 다름 아니라 혈담의 노인에게 소운평의 치료를 부탁했던 그 괴인이었다.

"오랜만에 뵙습니다."

괴인은 공손히 허리를 숙였다.

말투로 보아 분명 자신을 잘 아는 듯했기에 이환의 눈이 한껏 커진 것은 너무도 당연했다.

　뒤를 이어 고개를 드는 괴인의 입에서 실로 뜻밖의 소리가 흘러나왔다.

　"외숙(外叔)!"

2

"무슨 망발을!"

이환은 세차게 자리를 박찼다. 괴인을 노려보는 눈엔 분노가 가득했다.

그를 외숙이라 칭할 수 있는 이는 단 한 사람!

방주의 적자(嫡子)인 그는 이미 십오 년 전에 의문의 실종을 당했다. 누이가 출산의 후유증으로 병사하고 오 년이 지난 후에 벌어진 일이었다.

하루 이틀도 아니고 무려 십오 년이었다. 시간이 흘러감에 누구나 그의 죽음을 기정 사실로 받아들였다. 그 점은 자신 역시 다르지 않았다. 방주가 돌연 칩거를 선언한 것도 충격을 벗어나지 못했기 때문이라 여겼던 그일진대 난데없이 외숙이라니…….

그러나 괴인의 태도는 뭐라 말할 수 없이 진지했다. 장포로 가려진 공간, 뻥 뚫린 검은 공간으로 새어 나오는 눈빛은 잔잔하게 떨리고 있었다.

'혹시?'

갑자기 머리칼이 쭈뼛 곤두섰다.

십오 년이 되었든 백오십 년이 되었든, 중요한 것은 시간의 흐름이 아니었다. 정작 중요한 것은 자신이 아는 어느 누구도 그의 죽음을 확인하지 못했다는 사실이었다. 그런 일말의 가능성이 이환을 무섭게 긴장시켰다.

"소방주, 진정 소방주란 말씀이오?"

음성은 폭풍을 만난 듯 떨렸다.

서서히, 아주 느리게 괴인의 고개가 숙여졌다.

"그렇습니다. 외숙께서 그리도 귀여워해 주셨던 후아(侯兒)가 바로 접니다."

쿵!

청천벽력이나 다름없었다.

휘청! 이환은 쓰러질 듯 비틀거리다 탁자를 짚고 간신히 몸을 지탱했다. 채 정신을 수습하기도 전에 또 다른 사실이 그를 경악게 했다.

어머니!

괴인은 침상의 여인을 그렇게 호칭했던 것이다.

"어, 어찌 이런 일이……."

이환은 기어이 바닥에 주저앉았다.

이미 한 줌 부토(腐土)로 변해 있어야 할 사람이었다. 자신의 손으로 직접 무덤까지 만들었고, 그의 처소엔 누이의 극락왕생(極樂往生)을 바라는 향불이 이십 년 내내 단 한 차례도 꺼진 일이 없었다.

그런 누이가 멀쩡히 살아 있는 것이다. 어찌 기사(奇事)가 아니라 하겠는가!

휙 하고 고개가 침상을 향했다.

"정녕 누님이오? 내 누님이 맞소?"

놀라움과 배신감, 그에 따르는 분노, 이환의 시선에는 오만 가지의 감정들이 가득했다.

"하아……."

휘장 밖으로 가녀린 한숨이 흘렀다.

여인이 말문을 연 것은 훨씬 더 시간이 지나서였다. 조용하면서도 짙은 감정이 배어나는, 그래서 흐느낀다고 여겨도 좋을 그런 음성이었다.

"그렇구나. 언제, 어디서, 어떻게 만나든 우리가 오누이란 사실은 바뀔 수 없는 게로구나, 환아."

"누님!"

이환은 급기야 비명 같은 신음을 터뜨렸다. 이십 년 회한은 그의 뺨에 굵은 눈물 자국을 만들었다.

한쪽에 서 있던 괴인은 이내 실내를 나섰다. 의도적이었는지 문을 닫기 전에 위청란을 슬쩍 응시했다.

그러자 그녀도 조용히 몸을 일으켰다.

오열하는 이환을 뒤로하고 두 사람은 조용히 실내를 빠져나갔다.

밖은 이미 짙은 어둠에 싸여 있었다. 저만치 떨어진 집집마다 가늘게 불빛이 흘러나왔고, 어느새 두둥실 떠오른 달은 연못에 자신의 분신을 새겨놓았다.

실내를 나선 두 사람은 연못가의 정자에 도착했다.

"이곳에 앉으렴."

정자의 댓돌에 앉은 괴인은 장포로 옆 자리를 문질러 흙먼지를 닦아 냈다.

위청란은 별반 거부하는 기색없이 괴인의 옆에 자리했다. 그녀는 여전히 무표정했다. 상처가 부담이 되었는지 다리를 곧게 뻗고, 두 팔로 가슴을 감싼 모습으로 물속에서 찰랑이는 만월(滿月)을 응시했다.

괴인은 작은 돌멩이를 주워 들었다.

"양 총관을 통해 소식을 전해 듣곤 했지. 상상했던 것보다 훨씬 더 어여쁘게 자라주어 무척 기쁘구나!"

퐁!

수면에 작은 동그라미가 생겨났다. 파문은 점차 커져 가며 수면의 만월을 형편없이 일그러뜨렸다.

"내 이름은 위청후(偉淸侯), 실종되었다던 배 다른 오라비다. 널 청한 것은 그간의 일을 설명해 주기 위함이다. 왜 어머니께서 죽음을 가장해야만 하셨는지, 다섯 살 어린 나이에 실종자(失踪者)가 된 나, 그리고 네가 아버님과 소원(疏遠)한 관계가 된 것까지!"

위청후는 붕대가 감긴 손으로 얼굴을 가린 두건(頭巾)을 뒤로 넘겼다.

"모든 것은 이것에서 비롯되었다. 내 몸을 잠식한 저주받은 병(病)이 바로 원흉(元兇)이다!"

드러난 위청후의 몰골은 실로 끔찍했다. 머리칼은 한 줌밖에 남아 있지 않았고, 눈썹은 아예 없었다.

살이란 살은 모조리 썩어 들어가는 중이었다. 그나마 오관(五觀)이

제자리에 붙어 있기는 했지만, 손만 얹어도 썩은 살점이 묻어날 것 같았다.

위청란의 전신이 흠칫 경직되었다.

그러나 단지 그것뿐이었다. 놀란 외침도 없었고, 자리를 피하려 들지도 않았다. 조금 창백해진 얼굴로 조용히 수면을 응시할 뿐이었다.

두 사람은 약속이라도 한 듯 서로의 시선을 피하고 있었다.

"처음 병의 징후가 나타난 것은 나를 낳으시고 한 달쯤 후로 알고 있다. 그분은 어머니를 진정 사랑하셨기에 누구에게도 알리지 않으셨다. 아니, 알릴 수 없었다고 하는 것이 더욱 정확하겠지."

위청후의 마지막 말은 너무 작아 귀를 기울여야 간신히 알아들을 수 있을 정도로 미약했다.

나병(癩病)!

의학적(醫學的)으로는 분명 병의 일종이었지만, 민간에서는 거의 주술(呪術)적인 의미로 받아들여졌다.

천형(天刑). 하늘이 단죄를 내릴 정도로 극악(極惡)한 자들로 치부되는 것이다. 그것은 전염병이란 사실을 뛰어넘어 더욱 무서운 결과를 초래했다. 주거(住居)는 불살라지고, 살던 곳에서 쫓겨나 이리저리 떠돌다 돌에 맞아 죽는 것이 보통의 순서였다.

관(官)에 발각되어도 비슷한 꼴을 당했다. 법률(法律)에 의하면 관외나 무인도로 추방하는 것이지만, 대개가 목을 베어 불태우는 것을 관례(慣例)처럼 여겼다.

그런고로 사실을 밝히는 것은 죽음이나 진배없었다.

"그날 부로 모친은 이곳에서 지내시게 되었지. 치료법을 찾기 위해 수많은 시행착오(試行錯誤)가 이어졌지만, 그 어떤 영약(靈藥)으로도 치유되지 않았다. 다만 해동(海東)의 인삼(人蔘)과 몇 가지 약재를 함께 복용하면 병의 진행을 더디게 한다는 사실을 알아냈을 뿐이다."

위청후는 나직이 한숨을 불어냈다.

그러나 그것은 또 다른 문제의 시발점이었다.

결과를 얻어내는 데만도 물경 수만 금이 들었다. 거기다 해동산(海東産) 인삼(人蔘)은 탁월한 약효만큼이나 구하기도 어렵거니와 가격 또한 상상을 불허할 정도로 비쌌다. 오죽했으면 같은 무게의 금덩이와 맞바꿔야 한다는 얘기까지 떠돌았겠는가!

그래서 등장한 것이 오늘날의 대풍방이었다.

"오룡방과의 일전은 피할 수 없는 일이었다. 네가 생각하는 것처럼 물욕(物慾)이나 명예욕(名譽慾)에 의한 것이 아니었다는 사실만은 꼭 알아주었으면 좋겠구나. 그때의 일로 내내 가슴 아파하셨다. 비록 아내와 아들을 위한 일이었다 해도 숱한 인명이 희생된 것을 평생의 고뇌로 삼아 번민하신 그런 분이셨다."

스윽!

돌연 위청후가 몸을 일으켜 어디로 걸어갔다.

그때까지도 위청란은 조용히 앉아 있었다. 가슴을 감싸 쥔 두 팔이 상의 자락 속으로 좀 더 파고들었을 뿐 여전히 표정엔 변화가 없었다.

잠시 후, 원래의 자리로 돌아온 위청후의 양손에는 술병이 하나씩 들려 있었다.

"술을 즐긴다고 들었다. 내세울 만큼 훌륭한 술은 아니다만, 맛은 그런 대로 괜찮을 거다."

그의 입가로 어색한 미소가 흘렀다.

"꿀꺽꿀꺽!"

빼앗듯 받아 든 위청란은 끊임없이 술을 들이켰다.

입가로 쏟아진 술줄기가 질펀하게 상의 자락을 타고 흘렀다. 흡사 주귀(酒鬼)가 현신(現身)이라도 한 것 같은 모습이었다.

가볍게 한 모금 삼킨 위청후가 말을 이어갔다.

"내게 병마(病魔)가 찾아든 것은 다섯 살이 되던 해 여름, 네가 채 첫 돌이 지나기도 전이었다. 그분을 잃는 대신 어머니를 찾을 수 있었지. 그후로 십육 년을 이곳에서 보냈지만, 단 한 번도 이곳을 나선 적이 없었다. 외부 사람을 만나는 것도 육 년 만에 처음이구나."

"꿀꺽!"

감정이 격해져서일까. 전과는 달리 위청후는 거칠게 술병을 세웠다.

"병마는 그분께도 어김없이 찾아왔다. 십 년 전, 이곳을 한차례 찾으신 적이 있으셨는데, 그때 감염되었을 거라는 얘기가 분분했다. 하지만 그리 쉽게 전염되는 병은 아니라니, 어쩌면 운명처럼 그렇게 되도록 정해져 있었는지도 모르겠구나. 팔 년 전부터 상세가 드러나기 시작하더니, 삼 년이 지나기도 전에 급속히 진행되었다. 이후에 벌어진 일은 네가 아는 그대로다."

길었던 과거의 얘기는 그것으로 일단락되었다.

시간은 흘러 어느새 술시(戌時)도 반 이상을 넘기고 있었다. 밤하늘은 먹물과도 같이 어두웠다. 그래서 별과 달은 저리도 몸을 사르는 것인가!

휘이잉!

건조한 바람이 두 사람 사이를 훑고 지나갔다.

술병이 달빛을 받아 반짝였다.

문득 위청후의 입이 열렸다.

"이곳에 남은, 아직까지 숨 쉬고 있는 여든아홉 명의 남녀는 모두 같은 신세나 마찬가지다. 어디가 어떻게 얼마나 망가졌는지 서로 잘 알고 있지. 한데 왜 거추장스러운 물건으로 몸을 가리는지 궁금하지 않더냐?"

뜻밖의 질문이었던지 위청란이 약간 변화를 보였다.

그러나 노골적으로 관심을 드러내거나 소리 내어 묻는 일 따위는 없었다.

"썩어가는 몸뚱이를 내보이기 수치스러워서? 더러운 악취를 감추기 위해? 대다수가 아마 그렇게 여길 게다. 하지만 그건 오산이다."

위청후는 힘차게 고개를 저었다.

누구든 자신보다 병세(病勢)가 심한 자를 대할 때면 곧 다가올 지옥의 끔찍함을 맛봐야 했다. 반대의 경우에도 마찬가지였다. 부러움과 고통으로 일그러지는 상대의 얼굴을 보며 죄의식에 몸을 떨어야 했다.

장포는 서로를 위한 최소한의 배려인 셈이었다.

사실 언제부터 시작되었는지는 누구도 몰랐다. 그저 그가 철이 들고 병을 자각하게 될 때부터 그도 자연스레 다른 이들과 같은 모습이 되어 있었다.

"그렇듯 눈에 보이는 것이 전부는 아닌 법이다. 그분도 마음만은 늘 네 곁에 함께하셨다. 오히려 그렇기에 더욱 고통스러우셨을 게다. 아내와 자식으로 인해 원치 않는 피를 뿌려야 했고, 눈앞을 맴도는 딸아이에게 손 한번 건네지 못하는 고통을……"

"그, 그만 좀 눕고 싶군요!"

위청란이 신음처럼 외쳤다. 한기(寒氣)를 느낄 날씨도 아니었거늘 그녀는 가늘게 떨고 있었다.

"그렇구나. 상처를 입었다는 걸 잠시 잊고 있었어. 내 생각만 해서 미안하구나!"

위청후는 이내 몸을 일으켰다.

"이쪽이다!"

두 사람은 연못가를 따라 걸었다. 정원수 사이로 난 작은 길을 따라 건물을 돌아간 그들은 불이 훤히 밝혀진 작은 독채에 도착했다.

"네가 머물 만한 곳은 이곳밖에 없으니 다소 불편하더라도 참아주었으면 좋겠구나. 혹시 필요한 것이 있다면 지금 말해 주렴. 가능한 빨리 구해보마."

"그냥 쉬고 싶을 뿐이에요!"

"그래. 나중에라도 언제든지 말하렴. 이만 쉬거라!"

그녀를 한차례 응시하고 위청후는 발길을 돌렸다.

그의 모습이 채 어둠에 묻히기도 전에 위청란은 문을 열고 안으로 들어갔다. 막 실내로 들어선 그녀는 저도 모르게 흠칫 굳어지고 말았다.

'다소 불편하더라도…….'

그제야 그녀는 좀 전에 위청후가 했던 말이 무엇을 의미하는지 확연히 깨달을 수 있었다.

똑같았다!

다탁(茶卓)과 문갑의 모양새, 하다못해 족자와 장식품이 놓인 위치까지도 한 치의 오차가 없었다. 크기만 약간 달랐다 뿐이지 실내는 여섯 살 이후로 두 번 다시 들리지 않았던 부친의 침실이었던 것이다.

털썩!

방문에 등을 기댄 채 위청란은 허물어지듯 바닥에 주저앉았다.

또르륵!

한 방울 눈물이 떨어졌다.

*　　　　*　　　　*

"이봐 젊은이, 눈 좀 떠봐!"

"끄응!"

누군가가 세차게 팔을 흔드는 느낌에 소운평은 억지로 잠을 깼다. 눈을 뜨자마자 보이는 건 눈곱이 덕지덕지 붙은 진 노인의 얼굴이었다.

"새벽부터 왜 깨우고 난리예요? 잠 좀 잡시다, 제발 잠 좀 자자구요!"

겨울잠을 방해 받은 굼벵이가 또르르 몸을 말 듯 전신을 움츠린 그는 이불을 뒤집어썼다.

그러나 상황이 바뀐 것은 오래지 않아서였다.

"어떻게 된 겁니까? 여긴 또 어디구요?"

소운평은 화들짝 놀라 몸을 일으켰다. 어이가 없다는 투로 볼을 실룩이는 노인을 응시하며 그는 조심스레 조각난 기억을 더듬었다.

'뱀에 물려 혼절한 것까지는……'

그후론 기억이 없었다. 뭔가 희미하게 떠오를 것도 같았는데 마치 화로(火爐)에 빠진 것처럼 전신이 뜨거웠다는 느낌을 빼면 아무것도 기억나지 않았다.

시간이 지났는데도 멀쩡하다는 사실은 퍽 다행스런 일이었지만, 궁금한 것만은 어쩔 수 없었다. 결국 그는 노인을 빤히 바라보아야 했다.

노인은 그럴 줄 알았다는 듯 비웃음을 흘렸다.

"이곳은 운애곡 안이지. 네놈은 사경을 헤매다 간신히 살아났고!"

여전히 퉁명스런 말투였다.

"이걸 마셔!"

노인이 불쑥 물잔을 내밀었다.

"이게 뭡니까?"

"독약은 아니니까 먹고 죽지는 않을걸? 거 젊은 놈이 의심은 많아
서!"

노인이 핀잔을 주었다.

그래도 소운평은 안심하는 눈치가 아니었다. 사실 물잔에 담긴 것은
종류를 알 수 없는 다갈색 액체였다. 술 냄새가 약간 풍기는 것도 같았
는데, 술의 한 종류라 여기기에는 아무래도 석연치 않았다.

그러자 노인이 설명을 해주었다.

"그건 네놈을 문 흑점사의 쓸개즙이다. 뱀에 물린 사람은 그걸 마시
는 게 회복에 도움이 되지. 사실 그냥 먹기도 하니까. 술을 탄 것은 담
즙(膽汁)이 말라 버리는 것을 방지하기 위해서이고!"

"그렇군요."

소운평은 그제야 얼굴을 폈다. 아마 자신이 혼절한 후에 노인이 뱀
을 챙겨온 것이 분명했다.

며칠 전, 밤에 한바탕 드잡이질을 한 후로 내내 불편하던 차였다. 말
은 퉁명스럽기 그지없어도 생각은 그렇지 않은 모양이었다. 새삼 노인
의 호의에 고마움을 느끼며 그는 단숨에 액체를 들이켰다.

"크압!"

지독하게 썼다. 겨우 두세 모금에 불과했건만, 어찌나 썼던지 속이
울렁거렸다. 회복에 도움이 된다는 말이 아니었으면 토악질이라도 했

을 터였다.

기분 탓인지 금세 힘이 솟는 것 같았다.

"한데 무슨 일입니까? 설마 이걸 먹이려구 벽두부터 깨우진 않았을 거 같은데……."

"다른 게 아니라 난 곧 산을 내려가야겠기에 들렀네."

"그래요? 그럼 같이 가죠 뭐!"

소운평은 반색을 하더니 냉큼 침상에서 내려와 주섬주섬 옷을 꿰었다.

그러자 노인의 눈이 휘둥그레졌다.

"가다니, 그게 무슨 소린가?"

"안 가면 뭐 하게요? 몸도 다 나았고, 물건도 잘 전했으니 더 이상 여기 있을 이유가 없잖아요? 돈만 받으면 미련없이 떠날 겁니다!"

"돈이라니, 그건 또 뭔가?"

"아, 그런 게 있다니까요."

멀뚱히 서서 눈알만 굴려대는 노인을 향해 소운평은 흰 이를 드러내며 웃어 보였다.

황산으로 향하는 도중에 필요한 모든 경비는 그가 지불했기에 도착하는 대로 이자까지 붙여 되돌려 받기로 미리 약정이 되어 있었다. 다른 사람도 아닌 곽연의 입에서 나온 말이니만큼 의심의 여지가 있을 리 없었다. 느긋하게 돈을 챙겨 떠나는 일만 남은 셈이었다.

콧노래를 부르며 옷을 챙겨·입은 소운평은 노인을 재촉했다.

"그만 나가죠?"

"그, 그래! 알겠네."

노인이 떨떠름한 표정으로 대꾸했다.

막 두 사람이 실내를 나서려는 순간이었다. 누군가 먼저 문을 열고 들어왔다.

"가긴 어딜 간다는 말이냐? 네놈이 없으면 소방주님 수발은 누가 들고?"

싸늘한 목소리의 주인은 이환이었다.

대뜸 호통이 터지자 소운평은 찔끔 놀랐지만, 그래도 이곳에 머무를 생각이 눈곱만치도 없는지라 조심스레 자신의 생각을 말했다.

"그거야 제가 아니라도 누구나 할 수 있지 않습니까? 굳이 멀리서 찾을 필요도 없네요. 요리도 잘 하겠다, 여기 노인장이 하면 딱 맞겠군요."

"난 주점에 내려가 봐야 한다니까!"

노인은 황급히 손을 내저었다.

'쳇, 손님 하나 없는 그깟 곳이 뭐 대수라고…….'

있는 대로 노인을 흘겨본 다음 소운평은 서둘러 말을 이어갔다.

"아, 그리고 저도 먹고 살려면 돈을 벌어야 하는데, 마냥 산속에서 썩고 있으면 대체 어떡하라는 겁니까? 그렇다고 돈이 생기는 것도 아니구요."

"이놈, 터진 입이라고 함부로 지껄이다니!"

이환이 발끈해 소리쳤다. 주먹이라도 날려야 직성이 풀릴 것 같았지만, 그는 애써 기분을 달랬다.

'역시 그런 건가?'

이환은 쓸쓸하게 웃었다.

조직 사회를 겪어보지 못한 자에게 소속감을 가지라고 바라는 것 자체가 무리였는지도 몰랐다. 또한 먹고 살아야 한다는 주장 역시 일리 있는 항변으로 여겨졌다.

그러나 소운평이 아니면 안 될 이유가 있었기에 그로서는 무르게 처신할 수는 없었다.

"여하간에 넌 이곳을 떠날 수 없다!"

마치 만고불변(萬古不變)의 이치를 말하기라도 하듯 이환의 음성은 확고부동(確固不動)했다.

"그럼 돈은요?"

"현명한 자라면 당분간 받을 생각을 않겠지!"

'망했다!'

백날 떠들어봐야 씨도 먹히지 않을 것 같았다. 맥 빠진 얼굴로 소운평은 침상에 걸터앉았다.

그사이 노인과 이환은 밖으로 걸어나갔다.

잠시 후, 우렁찬 목소리가 들려와 넋 나간 소운평을 일깨웠다.

"빨리 안 나오고 뭐 하냐?"

3

"젠장, 이게 무슨 꼴인지⋯⋯."
연신 눈가를 훔치며 소운평은 푸념을 토했다.

"늦기 전에 아침식사를 준비해라!"

이환이 내뱉은 첫마디였다.
덕분에 소운평은 눈물 콧물 쥐어짜며 화덕에 불을 지펴야 했다. 덜 마른 나뭇가지에선 어쩌나 연기가 피어 오르는지 눈도 따갑고 목이 칼칼해 죽을 지경이었다.
"애고, 도무지 못해 먹겠다!"
견디다 못한 소운평은 외마디 비명과 함께 부엌 밖으로 뛰쳐나갔다.

"후, 후아……!"

몇 차례 심호흡을 한 연후에야 목의 통증이 가셨다. 그는 바닥에 주 저앉았다.

'배고프면 직접 해먹을 것이지!'

새삼 짜증이 치솟았다. 돈은 고사하고 졸지에 부엌데기로 전락한 꼬 락서니라니…….

계곡은 태반이 어둠에 물들어 있고, 멀리 끝도 보이지 않는 절벽 가 엔 안개가 가득했다. 그 사이를 비집고 뿌옇게 동이 터오는 것으로 보 아 아직 묘시(卯時)가 지나지 않은 것이 분명했다.

지금이라도 훌훌 털고 떠나고 싶은 마음이 굴뚝같았지만, 나름대로 다 이유가 있었다.

"이 시간 부로 넌 소방주님의 손발이 된다!"

이환이 두 번째로 뱉은 말이었다.

특별히 그녀만을 지칭했다고는 해도 실상은 일행 모두를 포함한 것 이나 마찬가지였다.

그런데도 불구하고 찍소리도 못하는 까닭은 그가 받아야 할 돈이 이 환의 수중에 있기 때문이었다.

은 백 냥짜리 전표(錢票) 석 장!

그것이 아니었다면 당장 눈앞에서 하늘이 무너져도 이런 수고는 하 지 않았을 터였다.

'차라리 벼룩의 간을 내먹지…….'

매사에 분별(分別)이 명확한 곽연은 분명 자신에게 주라고 일렀을 것이다.

중간에서 농간을 부리는 이환이 한없이 얄미웠지만, 은 삼백 냥이 뉘 집 강아지 이름인가!

'암, 당장 하늘이 쪼개지는 한이 있어도 그건 절대 포기할 수 없지!'

마음을 다잡고 분연히 일어섰건만!

비좁은 부엌 귀퉁이에 쭈그리고 앉아 연기에 찌들 생각을 하니 벌써부터 지끈지끈 골치가 아팠다.

그 와중에 멀리 계곡을 굽이돌아 흐르는 계류가 눈에 들어온 것은 퍽 다행이었다. 아무리 적은 양이 흘러도 물이 고여 소(沼)를 이루는 곳이 있을 테고, 그곳엔 분명 물고기가 살고 있을 터였다.

'좋아! 오늘 아침은 생선구이로 정했다!'

소운평은 총총히 걸음을 옮겼다.

                    *   *   *

"흐아암!"

악무비는 입 언저리를 두드리며 요운각을 나섰다.

막 동이 터 오는 새벽 무렵이었다. 방금 세안(洗顔)을 마친 탓인지 바깥 공기가 유난히 서늘하게 다가왔다.

'이게 무슨 꼴인지 원……'

때 이른 기상에 문득 짜증이 솟았다.

지난 일 주야 동안 격무에 시달린 그였다. 암혼영에서 급보가 당도했다는 보고가 없었다면 결단코 침실을 나서는 일은 없었을 터였다.

그러나 한 가지 사실을 떠올리자, 곧 훈풍에 녹아드는 눈덩이처럼 흔적도 없이 사그라졌다.

그는 걸음을 늦추며 힐끔 뒤를 돌아보았다.

요운각(曜雲閣)!

과거 진무방이 사용하던 곳이 그의 처소로 할당된 것은 어제 아침이었다. 늦은 아침 식사를 즐기던 그의 처소를 찾은 금갑위가 전해준 사실이었다.

단지 그것뿐이었거늘, 저 세상으로 떠난 아내를 처음 만난 날처럼 묘하게 그를 들뜨게 만들었다.

실상 거사 이후에도 그의 신분엔 변화가 없었다. 그는 여전히 청룡당의 당주일 뿐이었다.

피부에 와닿는 것이라면 현무와 주작, 두 당이 해체되어 그와 원후승의 휘하로 흡수된 것과 평소 눈엣가시처럼 여겼던 몇몇 인물들이 사라졌다는 정도랄까. 가장 큰 변화는 역시 새로운 방주가 탄생했다는 것이겠지만, 그것이야 이미 오래전부터 예정되었던 일이니만큼 거론할 가치도 없는 일이었다.

그런 와중에 요운각이 자신의 처소로 정해졌다는 사실은 상당히 고무적인 현상이었다.

어찌 되었든 원후승과는 경쟁자의 입장이었다. 새로이 등장한 종쾌와 그의 의형제들은 그다지 부담스럽지 않았지만, 그들과 원후승은 엄연히 달랐다.

무공과 경험은 자신이 앞선다 해도 원후승은 지략에 밝았고, 무엇보다 젊음이라는 강력한 무기를 가졌다. 거기다 이십 년이란 오랜 기간을 함께 보낸 처지라 아무래도 껄끄러운 상대였다.

각설하고, 정황으로 보건대 그가 유리한 고지를 선점(先占)한 것은 부인할 수 없는 사실이었다. 상대는 고달픈 추적자 신세인 데 비해 자신은 상전이 십여 년을 사용하던 거처에 안착했으니 말이다.

악무비는 저도 모르게 빙그레 웃었다.

이윽고 저만치 청풍각이 눈에 들어오자 그는 바삐 걸음을 재촉했다.

"당주를 뵈옵니다!"

그의 그림자가 이르기도 전에 네 명의 금갑위가 황급히 허리를 숙이며 예를 표했다.

"수고하는구나!"

언뜻 위사들의 눈이 휘둥그레졌다. 오갈 때마다 항시 찬바람만 쌩쌩 감돌던 그의 입에서 나온 말이라고는 도무지 믿을 수 없다는 듯 서로를 마주 보았다. 은연중 그들은 긴장하고 있었다.

"그럼 계속 수고하거라!"

여유있게 한마디 던진 악무비는 위사들을 뒤로하고 돌 계단을 올랐다.

이윽고 그의 모습이 대전 안으로 사라지자, 위사들은 일제히 안도의 한숨을 토해냈다.

"푸하아……!"

실내에는 두 사람이 있었다. 유난히 새벽잠이 없는 그의 주인과 열서너 살 정도의 귀여운 시비(侍婢)였다. 두 사람은 찻잔을 마주하고 앉아 있었다.

"허허, 어서 오게나!"

무엇이 즐거운지 진무방은 함박 웃으며 그를 반겼다. 시비 역시 손으로 입가를 가리며 웃음을 참는 것이 뭔가 즐거운 얘기가 오고 갔음을 짐작케 했다.

"거기 앉게!"

악무비가 엉거주춤 자리하자, 맞은편의 소녀는 부리나케 자리에서 일어났다.

"저는 이만 나가보겠어요, 방주님!"

"그렇게 하려무나. 다음번에도 재치 넘치는 얘기로 노부를 즐겁게 해다오!"

"물론이죠. 아마 기대하셔도 좋을 거예요."

소녀는 빙긋 웃었다. 사뿐사뿐 밖으로 걸어간 그녀는 문을 닫기 전에 혀를 쏙 내밀더니 한마디 했다.

"설마 또 공짜는 아니겠죠? 다음번엔 이야기 값을 톡톡히 쳐 주셔야 해요."

그리곤 재빨리 사라졌다.

"헛헛, 그 녀석 하고는……."

진무방은 진심으로 즐거워했다. 한 점 거리낌 없이 대할 수 있는 편안한 주종(主從) 간, 절대 인위적으로 만들지 못하는 그것이 너털웃음을 짓게 하는 이유였다.

"그래, 갑자기 어쩐 일인가?"

"그게 저……."

느닷없는 질문에 악무비는 말문이 콱 막혔다. 내심 우습지도 않은 짓거리라 비웃었던 것을 혹시나 들킬세라 그는 저도 모르게 마른침을 삼켰다.

어느새 진무방은 싸늘하다 싶을 정도로 무관심한 평소의 신색으로 돌아와 있었다. 능소능대(能小能大), 한 마리 팔색조(八色鳥)처럼 변화무쌍한 그의 모습은 여전히 두려움의 대상이었다.

"추격조로부터 연락이 도착했습니다. 지시하신 일의 추이도 보고를 드려야겠고, 주변을 정리하던 중에 예상치 못했던 것을 발견했기에!"

"흠!"

진무방이 콧김을 뿜어냈다. '예상치 못했다!' 는 말 한마디가 그를 자극한 것이 분명했다.

덕분에 악무비는 가장 나중에 꺼내려던 생각을 뒤집어야 했다.

"아시겠지만 이틀 전부터 대륙전장(大陸錢莊)에서 새로운 주인을 맞이하는 축하연이 열렸기에 어제저녁 무렵 소관이 다녀왔지요. 신임 지부주는 모국충(牟國忠)이란 자인데, 유난히 말이 잦은 데다 지위만을 내세워 거들먹거리는 것이 전형적으로 나약한 자더군요. 잘만 다룬다면 장차 본 방에 많은 도움을 줄 것이라 사료됩니다. 한데 술에 취한 이자가 연회를 파한 후에 소관과 독대를 하게 되자, 실로 뜻밖의 말을 하더군요."

"험! 험!"

줄기차게 이어진 얘기에 지치기라도 했는지 악무비는 연속해서 헛기침을 하고는 말을 이어갔다.

"그러니까 거사가 있던 날, 본 방의 인물 중에 하나가 은 십만 냥에 달하는 액수를 전표로 발행했답니다. 그자가 말하는 인상착의를 종합해 볼 때 영락없이 양 총관, 아니, 양태로 보여집니다. 친절하게도 놈은 전임자가 남긴 말까지 중얼거렸는데, 액수만 적을 뿐이지 과거에도 수 차례에 걸쳐 그런 거래가 있었답니다."

"자네 생각을 말해 보게!"

"글쎄요. 그건……."

평생 살아온 나날 중에 가장 어려운 주문이었다. 차라리 생사대적
(生死大敵)과 혈투를 벌이는 것이라면 몰라도 이런 종류의 일에는 문외
한인 악무비였다.

"혹 개인적으로 치부한 것이 아닐런지요. 인간인 이상 욕심이 없다
고 볼 수는 없지 않겠습니까?"

"……"

진무방은 이렇다 할 대꾸가 없었다. 그저 어린아이 눈처럼 투명한
눈을 반짝일 뿐이었다.

내심 긴장한 악무비는 부랴부랴 화제를 돌리는 것으로 어색한 순간
을 모면했다.

"원 당주로부터 탈출한 자들의 종적을 발견했다는 낭보가 도착했습
니다. 놈들은 호주를 경유해 계속해서 남서쪽으로 향하고 있답니다.
다소 시일이 걸리겠지만, 일단 종적이 드러난 이상 앞으로 추격하는 데
는 별 무리가 없다는 보곱니다."

"지시한 일은?"

"체제를 재정비하는 일은 생각 외로 순조롭게 마무리되었습니다. 개
중에는 진실로 승복하는 자들도 있을 뿐더러, 그렇진 않더라도 최소한
반기를 들 자는 없는 것으로 사료됩니다."

악무비는 은연중 한숨을 내쉬었다.

기실 대풍방은 소주에 터를 잡고 오 대(代)를 이어져 내려온 위(偉)
가(家)의 대풍장(大風莊)이 원류였다.

외부에서 영입된 자들이 많다고는 하나, 그에 반해 대를 이어 충성
을 바치는 자들도 적지 않았다. 각 대의 수장(首長)으로부터 청소를 하
는 말직(末職)에 이르기까지 고루 분포되어 상당한 숫자였다.

머리를 제압하기는 했어도 과연 그 몸통과 꼬리가 따라줄지는 누구도 알 수 없는 일이었다.

악무비 역시 그것을 걱정했었다.

"막지 않겠다. 떠날 자는 언제든 떠나도 좋다!

그러나 남은 자는 즉각 자신의 업무에 복귀해라!

기존에 누렸던 지위와 재산을 그대로 인정함은 물론 능력에 맞는 대우를 보장하겠다!"

진무방은 억압(抑壓)과 강권(强勸)이 아니라, 가장 단순하면서도 근본적인 문제를 제시함으로써 그들 스스로가 선택하게끔 만든 것이다.

하루하루 날이 가면서 떠나는 자가 부쩍 늘었지만, 대다수가 과거의 향수에 젖은 늙은이들뿐이었다.

자의(自意)에서든 어쩔 수 없는 현실에 타협을 했든 실질적인 세력에는 전혀 타격이 없는 셈이었다. 완벽하게 장악했다고 봐도 무방했다.

문득 진무방의 입이 열렸다.

"원 당주에게 급전(急傳)을 띄우게!"

"무어라……?"

"그들의 최종 위치만 파악되면 곧바로 되돌아오도록 이르게. 한창 공을 다툴 나이니만큼 쓸데없이 나서지 않도록 단단히 주의를 주도록 하고!"

"전원 철수입니까?"

"최소한의 인원은 남겨야겠지."

"존명(尊命)!"

우렁차게 대답은 했건만 입맛이 썼다. 추격에 나선 암혼영은 열 다섯 개 조(組)에 도합 칠십여 명, 그것도 하나같이 최고를 다투는 정예 요원이었다.

그깟 계집아이 하나와 상처 입은 패잔병 몇 명 해치우는 데는 과분하다 싶을 정도였다.

그러나 일인자(一人者)가 아님에야 생각만으로 그쳐야 하는 일이 부지기수인 법이다. 악무비는 자신의 처지를 누구보다 잘 아는 자였다.

"한 가지 문제는 운영루의 재건(再建)이 아무래도 어렵게 됐다는 사실입니다. 지난날 양태의 지시로 무리하게 위로금을 지급한 데다, 금번 재정비에 소요된 자금이 만만치 않기에 이대로 강행하다가는 조만간 비축해 둔 자금이 모두 바닥날 것으로 여겨집니다."

"흠, 그 정도였나?"

"보름 후에 각 업소에서 이익금이 들어온다 해도 겨우 봉록(俸祿)을 지급할 정도에 불과합니다. 현 상태론 두 달 이상은 버티기 어려울 것 같습니다!"

악무비는 저도 모르게 인상을 찌푸렸다.

대역사(大役事)를 처음 거론한 이는 원후승이었다.

"새 주인을 기리는 뜻으로 삼대기루를 보다 성대하게 재건하고, 청명절(淸明節)을 맞아 매년 여는 축연(祝宴)에서 방의 개명(改名)을 공표하자!"

여건이 좋지 않았기에 악무비는 반대했다.

무슨 까닭에선지 진무방은 선선히 승낙했지만 역시 그답게 제한을 두었기에 운영루만 재건하게 된 것이다.

문득 진무방이 입을 열었다.

"완공(完工)이 언제라 했지?"

"내년 청명절까지이니, 앞으로 십 개월이 조금 넘게 남은 셈이지요."

"계속 추진하게!"

"하지만… 그렇게 되면……."

악무비가 짙은 우려의 빛을 보였지만 진무방은 냉정히 화제를 돌렸다.

"등소의 미친 개는 여전한가?"

"그렇습니다. 첫번의 도발 이후 이상하리만큼 조용합니다. 세작들의 보고에 의하면 날이면 날마다 계집을 찾아 기루에 드나든답니다. 본 방의 사정을 알고 있을 것이 분명한 데도 변화가 없다는 건 아무래도… 뭔가 다른 꿍꿍이가 있어서일까요?"

고개를 갸웃거리던 악무비는 내친 김에 그동안 신경 쓰였던 것에 대해 물었다.

"한데 요즘 도통 종 대협과 그 일행들을 만나볼 수가 없더군요. 혹시 무슨 일이라도 생긴 건 아닌지……."

"궁금한가?"

희미하게 입술 한쪽에 아주 작은 선이 그어졌다.

"아마 수삼 일 후면 다시 볼 수 있겠지!"

끼익!

의자가 비명을 내지르는 것과 동시에 진무방은 푹신한 호피에 등을 기댔다. 미소는 이미 흔적도 없이 사라진 후였다. 스르르 그의 두 눈이 감겨졌다.

축객령(逐客令)이었다.

'허, 이거야 도깨비 놀음이 따로 없구나!'

어이가 없었다. 이거야말로 손톱 자르려다 손가락을 뭉텅 자른 꼴이 아닌가 말이다.

머리 속이 뒤죽박죽된 것도 모자라 아예 터질 것 같았다. 확실히 의문을 해소하고 싶었지만, 상전의 휴식을 방해할 정도로 담력이 크지는 않았다.

"그럼 속하는 이만 물러가겠습니다!"

악무비는 이내 신형을 돌렸다.

"악 당주, 요운각이 불편하진 않던가?"

막 문고리를 잡아가는 찰나에 재차 진무방의 음성이 들려오자 악무비는 황급히 허리를 꺾었다.

"방주님의 은혜 백골난망(白骨難忘)이옵니다. 그저 감읍할 따름입니다!"

"흠, 마음에 들었다니 다행이군. 하지만 자만하지는 말게나. 자고로 건물의 주인이란 때에 따라 언제든 바뀔 수 있으니까 말이네."

"속하, 신명을 다하겠습니다!"

우렁찬 기합이 실내를 뒤흔들었다.

＊　　　　＊　　　　＊

계곡의 수량(水量)은 매우 적었다. 겨우 발목에 찰랑거렸고, 어떤 곳은 물길이 끊겨 맨바닥을 한참 걸어가야 다시 물 냄새를 맡게 될 정도였다.

후회가 막심했지만 내친걸음이라 소운평은 계곡을 거슬러 올라가는 중이었다.

굴곡(屈曲)은 갈수록 심해졌고, 경사가 극심해 거의 기어오르다시피 해야 하는 경우도 생겨났다. 고생 끝에 낙이 온다고, 드디어 만족할 만한 결과를 얻을 수 있었다.

졸졸…….

이 장 높이의 바위 언덕을 통과해 아래로 흐른 물은 고여서 제법 큰 웅덩이를 이뤘다.

웅덩이는 길이만 길었다 뿐이지 폭은 채 삼 장도 안 되어 보였다. 역시 물이 적기는 마찬가지라서 가장 깊은 곳이라 해도 허리 어림을 넘기지 않았다.

'이래서 고기가 있을라나?'

소운평은 잔뜩 긴장한 채 물가로 내려갔다.

그러나 우려와는 달리 물고기가 바글바글 했다. 대다수가 손바닥 남짓한 크기였는데, 개중엔 한 자(尺)에 달하는 거대한 놈도 눈에 띄었다. 생김새나 색깔로 보아 가어(嘉魚:산천어)인 듯싶었다.

소운평은 재빨리 의복을 벗었다. 달랑 속바지 하나만 걸친 채 다짜고짜 물속에 발을 담갔다.

'으으……!'

짜르르 솜털이 모조리 곤두섰다.

때는 유월 중순, 산중의 계곡이라는 점과 새벽이라는 점을 감안해도 이건 너무했다. 시리다 못해 완전 얼음장이나 다름없었다. 얼마 안 됐는데도 불구하고 종아리는 벌써 벌겋게 변해가고 있었다.

'그래, 삼백 냥이다, 삼백 냥!'

소운평은 이를 악물었다.

춥다는 것만 제외하면 상황은 좋았다. 밖에서 볼 때와는 다르게 완전 물 반, 고기 반이었다. 가만히 서 있으면 종아리를 치며 지나가는 놈이 있을 정도였다.

"쉬이! 쉭!"

목표는 팔꿈치만한 가어였다.

입으론 연신 기묘한 소리를 내며 소운평은 놈의 뒤를 쫓아 이리저리 뜀뛰기를 했다.

그렇게 한참을 따라다니자 가어는 갈라진 바위 틈새로 기어 들어갔다. 놈은 꽤나 지쳤는지 바위에 몸을 기댄 채 입만 뻐끔대고 있었다.

은빛으로 빛나는 몸에 검은 반점이 깨알처럼 뿌려진 것이 무척 아름다웠다.

"그래 이놈, 거기 가만있어라!"

행여 달아날까 소운평은 조심조심 다가갔다.

'흐흐, 넌 꼼짝없이……'

두 손을 갈고리처럼 활짝 펼친 채 소운평은 득달같이 달려들었다.

첨벙!

그러나 득의에 찬 일격은 무참히 빗나갔다. 놈은 포위망을 유유히 빠져나가 지느러미를 살랑거렸다.

"이 망할 놈이!"

소운평은 얼굴 가득 뿌려진 물방울을 털어내며 악다구니를 써댔다.

물고기가 아무리 많으면 뭐 할까? 일단 손에 넣어 먹음직하게 굽기 전에는 길가의 돌멩이나 마찬가지인 것을. 그나마 돌멩이는 약은 안

올리지!

놈은 '나 잡아 봐라!' 식으로 주위를 맴돌았다.

'망할, 저 자식을 어떻게 해치워야 잘 해치웠다고 소문이 나지?'

두리번거리던 차에 반 이상 말라가는 고사목(枯死木)이 눈에 들어왔다. 그는 재빨리 다가가 손목 두께의 나뭇가지를 두 개나 꺾어 들고 돌아왔다.

바야흐로 든든한 몰이 도구가 생긴 셈이었다.

'놈, 이제 죽었다고 복창해라!'

소운평은 회심의 미소를 지었다. 양팔을 넓게 벌린 모습으로 그는 서서히 놈에게 다가들었다.

철썩! 철썩!

물줄기가 얼굴에까지 튀었다.

그러나 그는 전혀 개의치 않았다. 당황하여 어쩔 줄 모르는 놈의 모습은 오히려 그를 즐겁게 했다.

그렇게 하기를 일각여, 마침내 소운평은 서너 마리를 구석으로 몰아넣는 데 성공했다.

'이번엔 반드시……'

두 번 다시 실패를 되풀이하지 않겠다는 듯 소운평은 전에 없이 신중했다. 살그머니 나뭇가지를 내려놓고 살얼음판을 걷듯 조심조심 다가갔다.

한데 너무 신중을 기한 것이 실수였다.

비가 오랫동안 내리지 않은 탓인지 웅덩이는 계속해서 말라가는 중이었다. 가장자리의 바위엔 말라붙은 물 자국이 선명했다. 수중의 돌멩이에도 한결같이 검푸른 수초(水草)들이 빽빽이 달라붙어 있었다. 그러니 몹시 미끄러운 것은 당연지사(當然之事)였는데……

시선을 놈에게 고정시킨 채 다가서던 소운평은 그만 발을 헛디디고야 말았다.

기우뚱 몸이 기울어지고!

'어어……!'

사지를 버둥대는 것도 잠시, 결국 그는 두 다리를 허공에 쳐들고 물속에 고꾸라지고 말았다.

첨벙!

"어푸푸!"

얼굴의 구멍이란 구멍으로 일제히 물이 쏟아져 들어왔다. 구부정히 몸을 일으키고 토악질을 하는 소운평의 콧구멍으로 주르르 핏물이 흘렀다.

재수없는 놈은 뒤로 넘어져도 코가 깨진다는 처절한(?) 진리를 몸소 실현해 보이는 그 순간,

"아하하하!

어디선가 박장대소(拍掌大笑)가 일었다. 비웃음이라기보다는 즐거움이 가득했다.

'대체 어떤 놈이…….'

소운평은 홱 고개를 돌렸다.

어느새 물줄기가 흘러내리는 바위 언덕 위에 한 사람이 앉아 있었다. 전신을 검은 장포로 감싼 인물, 다름 아닌 위청후였다.

제 16 장

소변광은 위청후를 만나고 북수는 삼 개월 뒤로 미뤄지다

1

"기분이 상했다면 용서하시구려. 나도 모르게 그만, 절대 고의가 아니었음은 알아주시오!"

근처의 바위 위로 사뿐히 내려선 위청후는 포권하며 사과의 말을 건넸다.

'명가(名家)의 예법(禮法)이란 이런 것이로구나!' 하고 느끼게 해주는 정중하기 그지없는 태도였다.

그러나 목소리는 여전히 들떠 있었다. 부모 몰래 불장난을 하는 어린아이처럼 말이다.

'대체 뭐 하는 작자야?'

소운평은 고개를 갸웃했다. 목소리는 그와 비슷한 연배임을 말해 주었지만, 일단 거부감부터 일었다.

전신을 한 점도 드러내지 않은 수상스러운 몰골이 그랬고, 기름 칠이라도 한 것처럼 번지르르한 어투가 은근히 그의 비위를 건드렸다. 게다가 난데없이 나타나 자신을 비웃었던 것이었으니…….

"넌 누군데?"

대뜸 나오는 것이 반말이다.

그런데도 위청후는 가볍게 웃었다. 물론 밖으로 드러나지는 않았지만.

"본인은 위청후란 사람으로 이곳 운애곡에서 지내고 있소. 산책을 나섰다 우연히 형장의 흥취를 방해하게 된 것이니 더 이상 마음에 담지 마시기를 바라오!"

"그래? 난 소운평이야!"

"이미 알고 있소."

'응?'

일행을 제외하고 자신을 알아보는 자가 있다는 사실이 무척 놀라웠다.

하기야 그가 아니었으면 목숨을 부지하기 어려웠다는 사실을 소운평이 어찌 알 수 있겠는가!

슬쩍 고개를 흔들고 그걸로 끝이었다. 무엇보다 이환의 지상명령을 엄수하는 것이 급선무였다. 소운평은 재차 물고기를 몰아가는 데 열중했다.

"이놈들, 꼼짝마라!"

나뭇가지가 쉴 새 없이 수면을 난타했다. 이리 뛰고, 저리 뛰는 한바탕 난리 굿이 연출되었다.

그사이 계곡 안은 점점 밝아졌다. 산자락 위로 삐죽이 드러나는 양광(陽光)을 받으며 위청후는 조용히 앉아 소운평이 벌이는 일인극(一人

劇)을 감상했다.

그렇게 얼마나 지났을까. 결국 제풀에 지친 소운평은 물속에 주저앉고야 말았다.

"아이고, 죽겠다!"

월척은 고사하고 잔챙이 한 마리도 못 건지다니, 거기다 이놈의 팔다리는 왜 이리 후들거리는지.

이젠 의욕조차 없었다. 애초에 싹수가 노란 바에야 더 이상 달려들어봐야 소득이 없음을 절감한 소운평은 이내 물 밖으로 걸어나왔다.

다시 비좁은 부엌으로 되돌아갈 생각을 하니 벌써부터 짜증이 물밀듯이 밀려들었다.

'될 대로 되라지!'

소운평은 신경질적으로 나뭇가지를 내던졌다.

"내가 좀 도와드려도 되겠소?"

어느새 다가온 위청후가 옆에 서 있었는데 우수엔 그가 버린 긴 나뭇가지가 들려 있었다.

도움이 된다면 하다못해 고양이 손이라도 빌고 싶은 심정인 소운평으로선 절대 마다할 리 없었다.

"그래 주면 고맙기는 한데……."

왠지 말을 얼버무리는 소운평이었다. 그리곤 눈을 게슴츠레 뜨며 일견하는 것이 '자식, 너라고 뭐 다를 것 같으냐?', 영락없는 그런 투의 눈빛이었다.

그렇거나 말거나, 위청후는 변함이 없었다.

나뭇가지는 의외의 모습을 보였다. 위청후가 아래쪽 겉 부분을 뜯어내자 반들거리는 심지가 나타났다. 겉은 부서질 듯 다 삭아 보여도 안은 수액(樹液)이 뭉쳐 웬만한 금속에 비할 정도로 단단해진 것이었다.

끝이 뾰족해진 나뭇가지를 들고 위청후는 물속에 반쯤 잠긴 바위로 이동했다. 장포로 가려진 얼굴이 뚫어져라 수면을 응시했다.

시간은 점점 흘러갔다.

'그럼 그렇지, 저라고 달라?'

소운평이 피식 비웃음을 터뜨리는 순간이었다.

피융!

나뭇가지가 매섭게 수면에 꽂혔다

혹시나 싶어 물가로 달려간 소운평은 저도 모르게 엄지손가락을 추켜세웠다.

"이야, 정말 끝내주는데!"

그가 들어 올린 나뭇가지에는 가어가 꿰여 퍼덕댔다. 한 자에 달하는 크기의 엄청난 대어(大漁)였다.

한차례 시범을 보였으니 이젠 알아서 하라는 걸까. 위청후는 어느새 원래 자리로 돌아가 앉아 있었다.

'쳇, 잘난 척은! 나는 못할까?'

소운평은 언제 좋아했냐는 듯 인상을 긁었다. 호승심(好勝心)이 지나쳐 아예 물속으로 들어갔는데…….

한 번 봤다고 다 되면 전부 용(龍)되게?

그저 의욕만 하늘을 찌를 뿐이지, 애초부터 제대로 될 턱이 없었다. 던졌다 하면 돌을 맞추거나 찌르는 곳마다 전혀 상관없는 엉뚱한 곳에 불과했다.

그러자 예의 주시하고 있던 위청후가 다시 다가왔다.

"이리 좀 주시오!"

거의 빼앗다시피 나뭇가지를 받아 든 위청후는 시야가 좋은 곳을 택해 자리를 잡았다.

"우선 물고기의 움직임을 잘 관찰하는 게 순서요. 어떤 조건에 의해 몸을 비트는지, 어떻게 방향을 바꾸는지, 꼬리 지느러미가 일으키는 미미한 물결의 파동까지 느낄 수 있도록 노력해 보시오."

'좋아. 그러면 된단 말이지?'

그새 고깝게 여기던 마음이 바뀌었는지 소운평은 수면 아래를 맴도는 가어를 뚫어져라 응시했다.

"동작을 느낄 수 있다면 머리 속에 한번 그려보겠소? 어느 순간에, 어느 정도의 자극을 주어야 놈이 자신이 원하는 방향으로 움직일지. 눈을 감고도 놈의 움직임이 선명하게 그려진다면 적당한 때를 골라 놈을 자극하는 거요. 바로 이렇게!"

화악!

서늘한 기운이 등줄기를 훑었다. 살기(殺氣)였다.

소운평은 흠칫 놀랐다.

그것은 물속의 가어들도 마찬가지였다. 아니, 오히려 더 예민하게 반응했다. 번갯불이 이는 듯한 짧은 순간에 한차례씩 용트림을 해댔다.

순간, 위청후의 우수가 허공을 갈랐다.

파악!

반쯤 수면을 파고들고 다시 모습을 드러낸 나뭇가지 끝에는 가어가 꿰여 파닥대고 있었다.

"이젠 알 수 있겠소?"

그러나 느닷없는 살기에 놀라 정신이 없던 소운평이 제대로 보았을 리가 없었다. 넋 나간 얼굴로 멀뚱히 위청후를 응시할 뿐이었다.

'허……!'

대충 상황을 알아챈 위청후는 난색을 지었다.

상대가 무공을 모르니만큼 확실히 알려주려면 몸으로 겪게 하는 것이 가장 빠른 방법일 것 같았다.

스윽!

나뭇가지가 움직였다. 빠르지도, 느리지도 않은 평범한 속도로 소운평의 가슴패기를 노렸다.

"허억!"

소운평은 황급히 우측으로 이동해 공격을 피했다.

'이 자식이 갑자기 미쳤나?'

상대가 무공을 안다는 점이 새삼 떠오른 탓에 목구멍 안쪽까지 치민 소리를 애써 집어삼켰다. 대신 그는 잡아먹을 듯 위청후를 노려보았다.

순간, 나뭇가지가 움찔거렸다.

'이크, 또?'

제풀에 놀란 소운평은 화다닥 움직였다.

그의 몸이 최대한 우측으로 기울어지는 순간!

마치 기다렸다는 듯 나뭇가지가 가슴을 노리고 뻗어왔다. 빠르기는 전과 동일했다.

한데 어이없게도 소운평은 피하지 못했다. 정확히 심장 부근에 닿아 있는 날카로운 첨단(尖端)을 응시하며 그는 경악에 찬 신음을 흘려야 했다.

"바로 이런 거라오!"

위청후는 희미하게 웃었다.

모든 생물은 위기를 느끼면 본능적으로 위험을 피하려 노력하게 된다. 인간은 그 대표적인 존재였다. 촌각을 다투는 짧은 시간에 전신 근육과 신경은 팽팽히 긴장하여 가진바 최대한의 역량을 찰나간에 쏟아내기에 비로소 위험을 피할 수 있게 되는 것이다.

일례로, 누군가 전력으로 달리다 갑자기 방향을 바꾸려 한다고 생각해 보자!

그의 두 다리는 잔뜩 힘이 들어가 바닥과의 마찰을 극대화시킬 것이고, 전신이 톱니바퀴처럼 맞물려 원심력을 거슬리기 위해 노력을 경주할 것이다.

그리고 막 방향을 바꾸는 찰나, 원심력(遠心力)과 구심력(求心力)의 크기가 일치되는 순간에 이르면 그의 육체는 완벽한 정지 상태가 된다. 즉, 스스로의 의지와는 무관하게 무방비 상태가 되는 것이다.

움직임이 반전되는 찰나지간의 허점!

만약 누군가가 고의로 그 순간을 노려 손을 쓴다면 결과는 불을 보듯 뻔했다.

이것이 위청후가 설명하고자 하는 것의 요지였다.

비록 물고기를 잡는 하찮은 일을 설명하는 데 쓰였고, 예와 도리를 앞세우는 명문정파에선 주저없이 사도(邪道)라 멸시하겠지만, 변변한 사문(師門) 없이 무예에 입문한 자들에겐 근간(根幹)이라 불려도 좋을 만한 실전적인 수법이었다.

물론 소운평이 그것을 알 리는 없겠지만!

'그러니까 갑자기 놀래켜서 혼을 뺀 다음에 찔러 잡아라! 뭐 그런 얘기가?'

뭔가 알듯 말듯 알쏭달쏭했다.

이어 나뭇가지가 다시 돌아오자 소운평은 될 대로 되라는 심정으로 폴짝 바위 꼭대기로 뛰어올랐다.

'음, 어떤 놈이 좋을까?'

원래 헐벗고 굶주려 자란 이들은 뭘 해도 질보다 양에 관심이 많은 법이다. 소운평도 예외는 아닌지라 눈에 띄는 것 중에 가장 큰 놈을 선택했다.

이제는 놈이 사정 거리에 들길 기다릴 때였다. 소운평은 창을 든 석상의 모양새로 숨을 죽였다.

약간의 시간이 지나자 놈은 제 발로 다가왔다. 반 장 정도의 거리, 목숨이 경각에 달린 상황일진대 고맙게도 놈은 유유자적이었다.

'넌 죽었다, 이놈아!'

단지 우수가 조금 흔들린 것뿐인데, 가어는 그 미미한 기척을 단박에 알아차렸다.

급히 손을 떨쳐 보았지만, 희희낙락하느라 반응이 늦을 수밖에 없었기에 냅다 엉뚱한 곳을 찌르고 말았다.

그사이 십수 번이나 위치를 바꾼 가어는 물속 깊은 곳으로 달아났다.

"저, 저 망할 놈을 그냥!"

발을 동동 구르는 소운평을 달래기라도 하듯 등 뒤로 조용한 음성이 들려왔다.

"움직임이 교차하는 순간을 포착하는 것이 무엇보다 중요하오. 단순히 시력에만 의지하지 말고 감각으로 느껴보시오."

'감각? 그게 말처럼 쉬워?'

"쉽지 않은 일이라는 건 익히 알고 있소. 그러나 집중만 하면 누구나 가능한 평범한 일이기도 하오."

'그래, 너 잘났다!'

부글부글 끓는 속마음과는 달리 소운평은 서둘러 자세를 취했다. 곧 진시(辰時)가 될 테고, 별다른 일이 없다면 아침 식사는 보통 그쯤에 하기 마련이었다.

"시력에 의존하지 말고 감각으로 느껴라!"

짜증 나는 통에 그냥 한 귀로 듣고 흘리려 했지만 어찌 된 영문인지 줄곧 뇌리 속을 둥둥 떠다녔다.

"그게 되긴 되는 걸까?"

반신반의하며 소운평은 수면을 살폈다.

그새 벌써 십여 마리의 물고기가 몰려와 주변을 맴돌고 있었다.

'일단 움직임을 잘……'

크기도 다르고 종류도 각각인 녀석들 중에 소운평이 선택한 놈은 툭 튀어나온 눈이 유난히 시선을 끄는 아주 못생긴 녀석이었다.

녀석은 뚫어져라 지켜보는 눈동자가 있다는 사실을 모르는지 자갈을 헤집으며 먹이를 찾는 데 열중했다.

"엇! 저, 저것!"

돌연 소운평의 눈이 한껏 커졌다. 마치 물속에 보석이라도 떨어져 있다는 듯 말이다.

놈이 어느 쪽으로 내뛸지 미리 알 수는 없을까. 어차피 눈으로 보고 찌르면 절대 성공하지 못한다는 건 잘 알고 있었다. 그래서 유독 지느러미의 움직임을 주목하던 차에 해답에 근접하는 것을 알아내기에 이른 것이다.

사실 내용은 아주 간단했다.

정지했을 때나 짧은 거리를 움직일 때 놈은 꼬리 지느러미를 거의 사용하지 않았다. 먼 거리나 빠른 속도를 낼 때만 쓰이는 것 같았다.

한데 묘한 것이 꼬리가 움직이는 방향과 진로가 일치한다는 거였다. 다시 말해, 머리와 꼬리가 같은 방향으로 쏠리면 영락없이 그쪽으로 움직였다.

스윽!

소운평은 우수를 들어 올렸다.

수면에 드리워진 그림자에 움찔 놀란 놈은 황급히 몸을 비틀었다.

'왼쪽이냐?'

파앗!

물방울이 세차게 튀었다.

손끝에 아무런 느낌도 없었지만, 소운평은 전혀 실망하지 않았다. 실망은커녕 예감이 꼭 들어맞았다는 사실에 오히려 만세라도 부르고 싶었다.

그러나 그는 금세 시무룩한 얼굴이 되었다.

어찌어찌 해서 움직이는 방향을 알아냈다 해도 그로서는 도무지 물고기의 빠름을 당할 수가 없는 것이다.

'그래, 누가 이기나 한번 해보자!'

불끈 오기가 치솟았다. 서둘러 자세를 잡은 소운평은 예의 눈이 튀어

나온 놈을 찾았다. 멍청하게도 놈은 여전히 근처를 배회하고 있었다.

'어쭈! 이놈은 왼쪽밖에 모르나?'

방향을 가늠하는 것은 어렵지 않았다. 문제는 역시 양자 간 속도의 차이였다.

하지만 이번에는 소운평도 준비해 둔 비장(?)의 한 수가 있었다. 이른바 '대충 찍기!', 애초에 허탕칠 각오하고 멀찌감치 앞쪽을 표적으로 삼은 것이다.

첨벙!

전에 없이 물보라가 일었다.

'또 실팬가?'

순간, 나뭇가지로부터 세차게 퍼덕거리는 느낌이 전해졌다. 그것이 무엇을 의미하는지는 너무도 확연했다.

"끼야아!"

소운평은 기어이 환호성을 질러댔다.

크기는 겨우 손바닥을 벗어나는 정도였지만, 그 기쁨을 무엇에 비기랴. 세상을 다 얻은 것 같은 기분에 제자리에서 펄쩍펄쩍 뛰어오르는 그였다.

"하하하, 정말 믿기 어려운 성취요!"

위청후는 박수까지 치며 기뻐했다. 가르친 자의 뿌듯함과 놀라움이 섞여 있었다.

그러나 그 놀라운 일이 소 뒷걸음질에 쥐가 밟힌 격이라는 사실을 알면 과연 어떤 표정을 지을지……

"뭐 이 정도를 가지고……"

소운평은 거만스레 턱을 들었다.

"그나저나 이렇게 속도가 느려서야 되겠소? 함께 온 사람들이 모두 먹을 만큼 잡으려면 적게 잡아도 앞으로 반 시진은 더 걸리겠구려."

"뭐, 뭐야?"

이미 진시를 훌쩍 넘긴 뒤였다. 높이 솟은 태양은 계곡 전체를 뜨겁게 달구는 중이었다.

벌써부터 잔소리를 늘어놓는 이환의 성난 얼굴이 아른거렸다. 어쩌면 말 몇 마디로 끝나지 않을지도 몰랐다. 협박을 해대는 기세가 자못 심각했으니까.

'흐흐, 그러면 되는구나!'

문득 소운평은 히죽 웃으며 위청후를 응시했다. 모든 걸 그에게 뒤집어씌우기로 작정한 것이다. 이유야 뭐 적당히 꾸며대면 그만이고.

그러나 위청후는 전혀 다른 의미로 받아들였다.

"알겠소. 내 그 정도는 도와드리리다!"

'응? 뭘 도와준다는……?'

소운평이 황당해하는 동안 위청후는 바닥에 널린 조약돌을 한 움큼 집어 들었다.

"만나서 즐거웠소. 나중에 또 봅시다!"

위청후는 이내 자리를 박찼다. 빙글빙글 연달아 공중제비를 돈 그는 허공에 뜬 채로 우수를 떨쳐 냈다.

파파파파팍!

물기둥이 사람 키만큼이나 튀었다.

그사이 위청후는 처음 자리했던 바위 언덕을 박차고 재차 도약하고 있었다.

"다음엔 시간을 단축할 수 있기를 바라겠소!"

낭랑한 음성을 마지막으로 그의 모습은 언덕 너머로 사라졌다.

"우와앗!"

뭔 도깨비 놀음인가 하며 수면을 살피던 소운평은 기절할 듯이 놀랐다.

위엔 허연 배를 드러낸 가어가 둥둥 떠 있었다. 전부 다 팔꿈치만한 것들로 무려 일곱 마리씩이나!

'빌어먹을 자식 같으니, 이럴 거라면 진작에 도와주면 좀 좋아!'

대뜸 울화부터 치밀었다. 끙끙거리는 걸 구경하면서 희희덕거렸을 것을 생각하면 냅다 치도곤을 안겨주고픈 생각이 굴뚝같았는데…….

은연중 고맙게 느껴지는 건 어쩔 수 없었다.

소운평은 서둘러 물고기를 건져 올렸다. 그리곤 칡덩굴로 줄줄이 꿰어 어깨에 둘러멨다. 그의 손엔 여전히 나뭇가지가 들려 있었다.

'이걸 잘 연구해서 아예 생선 장수로 나서?'

소운평은 히죽 웃고는 나뭇가지를 바위 아래다 소중히 갈무리했다. 그리곤 서둘러 계류를 따라 내려갔다.

멀리 보이는 촌락의 굴뚝에선 벌써 뭉게뭉게 연기가 피어 오르고 있었다.

*　　　　*　　　　*

푸드덕!

허공을 선회하던 한 마리 흑구(黑鳩)가 날아들었다. 놈은 먼지가 가득 쌓인 창문 틀에 매달린 향낭(香囊) 옆에 다소곳이 내려앉았다.

곧 주름살이 가득한 손이 나타나 흑구를 잡아갔다.

곽연은 재빨리 흑구를 뒤집었다. 흑구의 다리엔 작은 대롱이 매달려 있었는데, 곧 동그랗게 말린 지편(紙片)이 바닥으로 떨어졌다.

지편을 펴는 손길이 가늘게 떨렸다.

누구로부터, 어떤 소식이 담겨 있을지 잘 아는 이상, 노련한 그로서 도 긴장하는 것은 당연한 일이기도 했다.

이윽고 지편이 활짝 펴지고 눈에 익은 서체(書體)가 시야를 가득 메 웠다.

돌연 곽연은 전신을 부들부들 떨어댔다. 수많은 글자 중에 유독 네 글자만이 눈에 들어왔다.

(방주 서거(逝去)!)

"으음……!"

실룩이는 그의 입술 새로 낮은 신음이 흘렀다.

이미 짐작했던 일이었다. 운애곡에 도착한 이후에 누구도 방주를 거 론하지 않은 것은 사실을 받아들이기가 두려웠기 때문이었고, 주인의 안위도 모른 채 달아나야 했던 과오(過誤)를 인정하기 싫은 탓도 있었 다.

그러나 모든 것이 현실로 드러난 지금, 더 이상 거리낄 것은 없었다. 치욕(恥辱)과 자격지심(自激之心)으로 번민할 필요 또한 없었다.

복수!

그리고 재탈환!

바야흐로 뚜렷한 명제가 생긴 것이다.

곽연은 재빨리 실내를 나섰다.

작수(柞樹:참나무)를 다듬어 만든 탁자 상판엔 선명한 손도장이 찍혀 있었다.

2

"놓으십시오!"

이환은 만류하는 손길을 거칠게 뿌리쳤다.

"당주께서도 내용을 아시지 않습니까? 뭇사람들의 구경거리가 되어 썩어가는 방주의 옥체를 두고 이대로 방관할 수는 없습니다!"

"진정하게, 이 대주! 자네가 가서 해결될 문제라면 어찌 연 부당주가 조치를 취하지 않았겠는가!"

곽연은 필사적으로 앞을 막았다.

"자네 심정은 십분 이해하네. 나 역시 같은 심정일세. 하지만 지금은 차후의 일을 생각할 때이네. 자네가 이토록 허망하게 목숨을 버린다면 우린 아무것도 할 수 없네. 그렇게 되길 바라는가?"

'크흑!'

이환은 애써 신음을 억눌렀다.

어찌 그것을 모르겠는가!

그렇지만 참을 수 없었다. 이대로 아무것도 하지 않는다면 도무지 자신을 용서하지 못할 것 같았다.

"죄송합니다, 당주!"

처연히 곽연을 응시한 이환은 이내 신형을 돌렸다. 낮은 음성이 들려온 것은 그때였다.

"그만 자리에 앉으시오, 이 대주!"

흠칫!

이환은 멈춰 섰다. 외숙(外叔)이 아니라, 이 대주라는 한마디엔 그도 어쩔 수 없었다. 공석임을 깨우치라는 위청후의 따끔한 일침이었다.

결국 이환은 떨어지지 않는 발길을 돌려야 했다. 그가 도로 자리하자 곽연 역시 조용히 맞은편에 앉았다.

"이것이 우리가 가진 전부요."

위청후는 품속에서 두 가지 물건을 꺼냈다.

하나의 옥패와 전표 뭉치였다. 바로 양태가 소운평을 통해 보낸 물건이었다.

전표야 그렇다 치고, 여전히 옥패의 용도를 알지 못하는 두 사람은 자못 궁금하다는 투였다.

"이것은 신분패요. 대륙전장이란 곳의 최고 고객임을 증명하는 물건이라 들었소."

위청후는 조심스레 옥패를 매만졌다.

"대풍장 때의 농지(農地)와 가산(家山)을 처분한 것을 기초로 십육 년 전부터 벌어들인 수익금의 일부를 떼어 매달 예치한 것으로 알고 있소. 본인과 양 총관 이외에는 누구도 모르는 사실일 뿐더러, 나 그것 외에는 아는 바가 없소. 액수도 전혀 모르고."

"허!"

"그, 그런 일이!"

두 사람은 한동안 입을 다물지 못했다.

십육 년 전부터 꾸준히 이어진 일이라면 필경 적은 액수가 아닐 터이지만, 두 사람이 놀라는 진실한 이유는 다른 데에 있었다.

다섯 살이 되던 위청후가 실종된 것이 그 해였다. 공교롭게도 양태가 후사를 준비하던 해와 일치했다. 그것이 무엇을 의미하는 것인지 모를 리 있을까.

고개가 절로 숙여지는 한편, 양태의 커다란 어깨가 유독 그리워지는 두 사람이었다.

위청후는 이내 자리에서 일어났다.

"십육 년 동안 어머님께 받은 가르침을 제외하면 내가 얻은 모든 것들은 이 속에서 비롯된 것이오."

과연 벽면엔 서책(書冊)이 가득했다. 세워지고, 혹은 눕혀지고, 켜켜이 쌓인 그것들은 어림잡아도 수만 권은 되어 보였다.

"경험이 결여된 지식은 하등의 쓸모가 없다는 것을 잘 알고 있소. 살아 있다고는 하나, 솔직히 난 세상사엔 문외한이오. 그래서 두 분께 부탁을 드려야겠소."

털썩!

말이 끝나자마자 위청후는 무릎을 꿇었다. 곧 피를 토하는 처절한 음성이 흘러나왔다.

"두 분께선 부디 미욱한 청후(淸侯)가 생전에 선친의 복수를 마칠 수 있도록 도와주시오!"

"소방주, 어찌 그런 말씀을!"

이환은 황급히 일어났다. 위청후를 부축해 도로 의자에 앉힌 그는 대뜸 한쪽 무릎을 꿇었다.

"속하 이환, 천지신명께 맹세컨대 소방주를 보필해 반드시 방주님의 원한을 갚도록 하겠습니다! 만약 이 맹세를 어긴다면 내세엔 개나 말로 태어나도 원망치 않겠습니다!"

"이 곽 모도 분골쇄신(粉骨碎身)하여 기필코 진 가 놈의 목을 취하겠소이다!"

곽연 역시 무릎을 꿇고 일갈했다. 실내는 두 사람이 뿜어내는 기운으로 폭풍을 만난 듯했다.

'두 분, 진정 고맙소이다! 아버님께서도 편히 눈감으실 수 있을 것이오.'

뜨거운 무엇이 가슴에서 치솟아 눈가를 타고 흘렀다. 위청후는 생전 처음 얼굴을 가린 두건에 고마움을 느꼈다.

"두 분의 가르침을 바라겠소."

먼저 말문을 연 것은 이환이었다.

"이미 진 가 놈이 본 방을 완전히 장악한 이상, 그에 상응하는 세력을 갖추는 것이 급선무라 여겨집니다."

어쩐지 풀이 죽은 듯한 음성이었다. 당연한 말이긴 해도 이십 년 이상 쌓은 세력을 상대할 인원을 단기간에 마련할 수 없음을 잘 아는 까닭에서였다.

"물론 쉽지 않은 일이긴 하지만, 연 부당주가 암중으로 노력하고 있고, 곽 당주와 소방주님을 주축으로 인원을 모은다면 가능하리라 봅니다. 그러기 위해서는 일단 이곳을 벗어나 소주 근교로 이동해야겠지요."

"그건 불가(不可)하오!"

돌연 위청후가 반대를 표명했다. 해연이 놀라는 이환을 응시하며 그는 자르듯 못을 박았다.

"무슨 일이 생긴다 해도 앞으로 석 달 간은 이곳을 떠날 수가 없소!"

무릇 살부지수(殺父之讐)는 불공대천(不共戴天)이라 했다. 과연 무엇이 있어 그로 하여금 석 달씩이나 유예 기간을 두게끔 만들었는지, 무릎까지 꿇어가며 복수를 주창하던 것이 불과 잠시 전이었거늘……

침묵으로 일관하던 곽연이 조심스레 입을 열었다.

"소방주, 감히 이유를 물어도 되겠소이까?"

"……"

위청후는 나직한 한숨과 더불어 입을 열었다.

"그것은……"

"대체 어딜 갔다가 이제야 나타나?"

짜증 섞인 목소리와 동시에 등줄기가 불침이라도 맞은 듯 화끈했다. 황급히 돌아보니 진 노인이 고리눈을 하고는 노려보고 있었다.

늦어서 가뜩이나 불안에 떨던 차였는지라 소운평은 있는 대로 소리를 질러댔다.

"아, 눈은 됐다 뭐 합니까?"

"뭘 잘했다고 큰 소리를! 이놈아, 너 때문에 내려가도 못하고 졸지에 이 꼴이 된 게 아니냐!"

숯 검댕으로 범벅이 된 얼굴을 가리키며 막 발작하려던 노인은 눈을 동그랗게 떴다. 그제야 줄줄이 꿰인 채 매달린 가어를 발견한 모양이었다.

"허, 그놈! 생긴 건 그래도 재주는 꽤 용하네."

"내가 생긴 게 어때서요? 어떤 놈이든 제발 나만큼만 생기라고 그래요!"

'주둥이만 발랑 까져서는…….'

노인은 곱지 않은 시선으로 아래위를 훑어보더니 곧장 부엌으로 향했다.

"아, 빨리 안 들어와!"

"그 매운 데를 내가 미쳤다고 들어갑니까? 보아하니 음식도 거의 다 된 것 같은데!"

연기에 섞여 구수한 음식 냄새가 풍겨오자, 소운평은 눈까지 지그시 감고 코를 벌름거렸다. 잔소리 집어치우고 빨리 음식이나 내오라는 그런 태도였다.

'내 이놈 자식을 그냥!'

흰자위가 홱 돌아갔다. 씩씩대는 노인의 눈에 문가에 놓인 물 항아리가 커다랗게 확대되었다.

촤아아악!

'이 빌어먹을 노인네가…….'

졸지에 물벼락을 뒤집어쓴 소운평은 전신을 푸들푸들 떨며 노인을 노려봤다.

그렇거나 말거나, 노인은 본 척도 않고 분주히 손을 놀려댔다. 약간의 시간이 지난 후에 노인은 음식이 가득 차려진 소반을 들고 부엌을 나섰다.

"옛다. 이건 네 몫이다!"

노인은 꿍꿍대며 소반을 건넸다.

찹쌀에 고기를 넣어 끓인 고기 죽과 엷은 분홍빛이 도는 두툼하게 썬 편육(片肉), 살짝 데쳐서 양념한 수근(水芹:미나리)을 비롯해 이름조차 모르는 산채들이 접시마다 수북했다. 그야말로 진수성찬이 따로 없었다.

그에 비해 진 노인이 차지한 소반은 가짓수는 똑같았지만, 양이 적어 비할 것이 못 되었다.

목이 콱 메였다. 그런 줄도 모르고 잠시나마 악담을 퍼부었던 자신의 머리통을 사정없이 쥐어박고 싶었다.

'아무튼 무진장 감사히 먹겠습니다!'

바닥에 주저앉은 소운평은 편육을 한 주먹 움켜쥐고 입 안으로 구겨 넣었다.

순간, 노인이 사정없이 주먹을 휘둘렀다.

빠악!

"이 후레자식아, 네놈은 위아래도 없더냐? 감히 상전이 드실 것에 손을 대다니!"

"아까는 분명히 내 몫이라고 그랬잖아요!"

'어이구, 속 터져!'

노인은 가슴을 펑펑 두드렸다.

사실 '네 몫이다!' 라는 말은 '네가 날라야 할 몫이다!' 라는 것이 본뜻이었다. 바삐 서둘러야 하는 상황인지라 대충 말한다는 것이 그만……

"그럼 진작에 그렇게 얘길 했어야죠."

말은 그렇게 하면서도 소운평은 여전히 편육을 주워 삼키기 바빴다.

"그나마 남은 게 있었으니 다행이지, 다른 거에 손대면 초상 치르는 줄 알아라!"

노인은 부리나케 접시를 뺏았다. 곧 부엌으로 들어가 접시를 바꾸고 깨끗한 음식을 담아 왔는데, 양은 처음보다 훨씬 적어 반 정도에 불과했다.

"난 내일 새벽같이 산을 내려가야 하기 때문에 일찍 쉴 테다. 해서 점심까지는 내가 준비할 테니까, 저녁은 네놈이 알아서 해라. 무슨 소린지 잘 알아들었지? 또 귀찮게 만들면 아예 머리털을 몽땅 뽑아버리겠다!"

"아, 글쎄, 알았다니까요!"

"어서 서둘러라! 저기가 네가 가야 할 곳이다."

노인은 창문이 활짝 열려진 건물을 손짓해 가리키곤 부랴부랴 반대쪽으로 달려갔다.

"행여 도중에 딴짓할 생각 말고!"

'거, 무지 시끄럽네.'

등 뒤로 들려오는 우려 가득한 음성을 한 귀로 흘리며 소운평은 느릿하게 걸었다. 비교적 가까운 거리였기에 그는 곧 노인이 가리켰던 곳에 도착했다.

"식사 왔는데요!"

덜컹!

낯익은 얼굴이 보였다가 사라졌다. 이환이었다.

'어째 좀……'

이환의 잔뜩 굳은 얼굴도 그렇고, 실내에선 심상치 않은 기운이 풀풀 풍기는지라 소운평은 황급히 눈을 내리깔았다. 실내로 들어선 그는 오직 탁자 상판만 응시한 채 부리나케 음식을 차렸다.

"꽤나 고생했겠구나!"

역시 그를 생각해 주는 사람은 곽연밖에 없었다.

"고생은요, 뭐. 조금 분주했던 것뿐이죠."

"허허, 이 정도를 마련하려면 조금 분주한 정도로는 어림도 없었을 것 같은데?"

곽연은 부드럽게 턱수염을 매만졌다. 모든 음식을 소운평이 홀로 마련한 걸로 여기는 것 같았다.

"그거야 당연히 제 일이니까요! 산기슭을 오르내리느라 약간 피곤하긴 해도 맛있게 드실 어르신을 생각하면 피곤이 싹 사라지던걸요."

한술 더 떠 소운평은 어깨를 으쓱해 보였다. 소기의 목적을 달성하려면 그에게 잘 보이는 길이 최선이라는 얄팍한 생각에서였는데, 곧 낭랑한 음성이 들려와 인상을 찡그리게 만들었다.

"하하, 형장은 재주도 훌륭하구려. 물고기가 그새 산채와 고기 죽으로 변했으니 말이오."

"어, 너는 물가에서 만났던 그……?"

소운평은 해연이 놀랐다. 치부를 고스란히 드러낸 것은 둘째 치고, 위청후가 두 사람과 함께 자리한 것이 무척 신기했다.

"네가 여긴 어쩐 일이냐?"

"이놈, 함부로 주둥이를 놀리다니!"

둘 사이의 사정을 모르는 이환은 무섭게 분노했다. 이런저런 이유로 잔뜩 격앙되어 있던 차였는지라, 그는 대뜸 탁자에 놓여 있는 물잔을 내던졌다.

빠각!

대나무를 마디째 잘라 만든 물잔은 소운평의 이마 한가운데를 정통으로 강타했다.

'아이고!'

눈앞에 불이 번쩍 하는 것과 동시에 소운평은 뻣뻣해진 채 뒤로 넘어갔다.

우당탕!

*　　　*　　　*

산발한 머리칼!

때 국물이 줄줄 흐르는 누더기…….

유상(裕湘)은 구더기가 들끓는 손목을 코앞에 들이대며 시퍼런 비수를 휘둘렀다.

"이놈, 내 손목을 내놔라!"

"으아악!"

소운평은 소스라치며 몸을 일으켰다.

유시(酉時) 말쯤이나 되었을지, 창문 틈으로 가늘게 어둠이 새어들고 있었다. 애써 잠을 청한 지 겨우 한 시진 만에 깨어난 셈이었다.

악몽(惡夢), 과거에 벌인 일이 꿈속에 나타난 것은 처음이었다. 그런 만큼 두려움도 컸다. 후줄근 젖은 등판, 서늘한 기운이 곧장 전신을 집어삼켰다. 소운평은 한동안 침상 위를 벗어날 수 없었다.

갑자기 극심한 갈증이 찾아오지 않았으면 그는 결코 밖에 나설 엄두도 내지 못했을 터였다.

대충 옷을 꿰고 내키지 않는 걸음을 뗐다.

끼이익!

한데 놀랍게도 시커먼 그림자가 문 앞에 버티고 서 있는 것이 아닌가!

'허억!'

상황이 상황인지라 숨통부터 콱 막혔다. 나타난 이가 아도라는 것은 금세 알 수 있었다.

"여, 여긴 웬일로……?"

아도는 문 앞에 쭈그리고 앉더니 손을 놀렸다. 비수를 꺼내 바닥에 글을 쓰는 것이다.

'제길, 뭐가 뭔지 알아야 할 것 아냐!'

소운평은 답답하다 못해 골치가 아플 지경이었다.

한 사람은 벙어리요, 한 사람은 까막눈이다. 그러니 애초에 대화가 통한다는 것 자체가 무리였다. 아도 역시 그것을 곧 깨달았는지 대뜸 손목을 잡아끌었다.

"대체 왜 이러는 겁니까?"

아무리 비틀어봐도 소용없었다. 뼈만 남은 것 같은 앙상한 손마디에서 어찌 그런 힘이 생기는지, 아도의 손아귀는 갈고리처럼 손목을 옥죄였다.

저항을 포기한 소운평은 순순히 아도를 따라갔다. 아니, 끌려갔다는 표현이 더 정확할 것이다.

이리 돌고, 저리 돌고, 구불구불 길을 재촉한 두 사람은 불이 밝혀진

한 채의 별원에 도착했다. 등을 떠밀린 소운평은 어쩔 수 없이 실내로
들어섰다.

"우왁! 이게……!"

코를 쏘는 냄새, 주고(酒庫)에서 일한 경력이 있는 그로서도 참기 어
려운 지독한 술 냄새였다.

아니나 다를까, 바닥엔 술병이 어지러이 널려 있었다. 그리고 다탁
엔 쓰러진 술병 사이로 한 사람이 머리를 처박고 있었다. 그녀는 위청
란이었다.

"설마… 청소를 하라고 부른 건가?"

기웃대던 중에 침상에 놓인 보퉁이가 눈에 들어왔다.

대충 짚이는 것이 있는지라 소운평은 황급히 다가가 그녀의 하체를
살폈다.

역시 생각한 대로였다. 전엔 핏물만 조금 배어 나와 의복을 적시는
정도였는데, 이번엔 양도 많고 색깔까지 달랐다. 누런 진물에선 심
한 악취가 풍겼다. 외관상 그럴진대 의복 안은 또 어떻겠는가!

하기야 술을 저토록 마셔댔으니 화농(化膿)이 생기지 않는다면 그게
더 이상한 일일 터였다.

"저기, 좀 일어나 봐요."

슬며시 어깨를 흔들어도 그녀는 요지부동이었다. 방법은 역시 한 가
지밖에 없었다.

'세상에!'

조심스레 그녀를 안아 든 소운평은 깜짝 놀랐다.

그녀를 안은 것은 처음이 아니었다. 처음 만나던 날 쫓기던 그녀를
담 너머로 넘겨준 이후로 두 번째였다.

한데 차이가 심했다. 너무 가벼워 흡사 다른 사람이 아닌가 싶을 정도였다.

사실 무리도 아니었다. 가문의 몰락과 부친의 죽음, 천형으로 서서히 죽어가는 오라비, 어느 것 하나 열일곱 나이로 쉽게 받아들일 수 없는 것들이었으니!

곧 그녀는 침상 위에 놓여졌다.

'그나저나 이거…….'

막상 시작하려니 무척 곤혹스러웠다.

마음대로 옷을 벗겼다고 울고불고 할 성격이 아니란 것은 분명했지만, 전엔 그녀가 시키는 대로 한 것에 불과했다. 방년 소녀의 마음은 여름날 소나기와 같이 언제 어떻게 변할지 누구도 모르는 일이 아닌가!

행여 청백(淸白)을 더럽혔다고 소동이라도 벌인다면 큰일이었다.

돌이켜 보면 이 먼 곳까지 따라오게 된 것도 순간의 욕구를 참지 못했기 때문이었으니, 그가 몸을 사리는 것은 어쩌면 당연한 일이기도 했다.

돌아 나가고 싶은 마음이 굴뚝같아도, 그렇게 못하는 이유는 순전히 문밖에 서 있는 아도 때문이었다.

'그 밥맛없는 인간 때문에 진짜!'

긴 한숨을 내쉬며 소운평은 손을 뻗었다.

한 번쯤 술에 취해 인사불성이 된 여자의 옷을 벗겨본 사람이면 그것이 얼마나 힘겨운 일인지 잘 안다. 꽉 끼는 옷을 입었다면 더욱 그렇고, 상대가 정신을 차렸을 때 곤란한 상황이라면 더 더욱 그럴 것이다.

일각 가까이 전전긍긍하던 소운평은 결국 진땀을 닦으며 물러났다.

'확 찢어버릴 수도 없고… 응?'

소운평은 바삐 실내를 뒤졌다. 문갑 구석에서 녹이 잔뜩 슨 전자(翦子:가위)를 찾아낸 것은 실로 다행이었다.

'이거 잘 들려는지 몰라?'

서걱서걱!

우려에도 불구하고 하의는 맥없이 잘려 나갔다.

이어 피와 고름이 말라붙은 붕대가 갈라지며 드러난 상처는 며칠 전과는 비교할 것이 못 되었다.

환부는 불로 지진 것처럼 녹아 내리는 중이었다. 실밥은 죄다 터져 붉은 속살이 고스란히 드러났고, 흘러나온 고름은 촛농처럼 이불을 적셨다.

누워 있는 자세로는 아무래도 치료가 불편했기에 그는 조심스레 그녀를 엎드리게 만든 다음, 하반신을 침상 아래로 떨궜다. 그리곤 의자로 다친 다리를 고였다.

곧 보퉁이가 펼쳐지고, 소독약이 환부에 뿌려졌다.

치이익!

거품이 일며 심한 악취가 풍겼다.

"욱! 우욱!"

하마터면 토악질을 할 뻔했다. 한시바삐 벗어나고픈 생각만 아니라면 약병을 내던지고 말았으리라.

그런 마음을 대변이라도 하듯 거품을 닦아내고 가루약을 뿌리는 손놀림은 번갯불과도 같았다. 혼미한 와중에도 통증을 느끼는 것일까. 붕대를 감는 손끝으로 하반신의 떨림이 고스란히 전해졌다.

"후아……!"

처치를 마친 소운평은 그녀를 반듯하게 눕혔다.

어느새 실내는 부쩍 어두워진 상태였다. 그녀의 옥용은 어둠 속에서도 빛을 발하는 듯 반짝거렸다.

한순간, 소운평은 창백한 두 뺨을 어루만져 주고픈 충동을 느꼈다.

여체를 바라볼 때마다 생기는, 이제껏 그가 느껴왔던 감정과는 사뭇 달랐다. 말라 버린 눈물 자국이 아니라도 그녀의 얼굴에선 가슴을 저미는 슬픔이 묻어났다.

서서히, 아주 느리게 그는 손을 뻗었다.

부르르!

매끄러운 감촉보다 그녀의 감정이 손끝으로 옮겨지는 것 같은 착각에 소운평은 전신을 떨어댔다.

그때였다.

덜컹!

느닷없이 문이 열리는 소리가 들려오자, 소운평은 황급히 손을 거뒀다.

"두드려도 대꾸가 없기에 실례했소!"

나타난 이는 위청후였다. 혈육지간이라도 이미 성장한 여동생의 반라(半裸)를 똑바로 바라볼 수는 없었는지라 그는 황급히 시선을 돌렸다.

"상처는 좀 어떻소?"

"괜찮아. 죽을 만큼 다친 것도 아닌, 헙!"

소운평은 황급히 입을 틀어막았다. 아침나절 졸지에 물잔에 이마를 맞은 후, 곽연의 입을 통해 모든 사실을 전해들은 그였다. 습관처럼 반말을 해댔으니 불안해지는 건 정해진 순서였다.

다행스럽게도 위청후는 책망하지 않았다. 몸을 돌려 조용히 실내를 빠져나갔다.

산중 특유의 서늘한 밤 공기가 화악 밀려들었다.

막 뒤를 따르려던 소운평은 다시 돌아와 위청란의 몸에 꼼꼼히 이불을 덮어주었다.

"나답지 않게 무슨 청승이람!"

슬쩍 그녀를 일견한 뒤, 소운평은 실내를 나섰다. 문이 닫히고 실내는 이내 무거운 정적에 휩싸였다.

"하아……!"

뜻밖에도 나직한 한숨이 어둠을 갈랐다.

3

별원을 나선 위청후는 여느 때와 마찬가지로 모친의 방을 찾았다.
조석(朝夕)으로 올리는, 지난 십육 년 동안 단 한 차례도 빼먹지 않은
문안 인사였다.

방문 양편 기둥에는 붉고 푸른 등롱(燈籠)이 걸려 밤바람에 하늘거
리고 있었다.

"어머님, 소자가 왔습니다!"

위청후는 조심스레 방문을 열고 들어갔다.

곧장 모친을 살피는 것이 정해진 순서였지만, 금일 새벽부터는 먼저
해야 할 일이 생겨났다.

창문 옆 장식대(裝飾臺)가 놓여 있던 자리를 차지한 것은 바로 제단
(祭壇)이었다.

〈고(故) 위가장부충량공(偉家丈夫衝梁公) 신위(身位)〉

일필휘지(一筆揮之)로 써 내려간 위패(位牌)!

제물(祭物)은 한 그릇 정한수(淨寒水)가 전부였다. 위패 아래쪽에 놓인 향로(香爐)에선 가느다란 향연(香煙)이 쉴 새 없이 피어 오르고 있었다.

향을 사르고, 부친의 극락왕생(極樂往生)을 진심으로 빌며 위청후는 구배(九拜)를 올렸다.

'응?'

막 고개를 들던 위청후는 달라진 것을 발견했다.

자리를 비운 시간은 대략 반 시진이 조금 넘었다. 여섯 치 길이의 향은 당연히 끝 부분만 남아야 정상이거늘, 방금 꽂은 것 말고도 모두가 새것이었다.

바닥엔 무언가가 기어간 자국이 선명했다. 움직임이 멈춘 듯한 자리마다 악취 풍기는 액체가 홍건했다.

'어머니!'

울컥 목이 메였다. 서둘러 침상으로 다가간 위청후는 조심스레 휘장을 걷었다.

"아, 아……!"

위청후는 그대로 바닥에 주저앉았다.

이불은 핏물과 누런 액체로 범벅이 된 채였다. 바닥을 기는 데 필요한 모든 부위, 무릎과 팔꿈치, 손바닥은 너덜거리는 살점을 매달고 있었다.

피고름으로 덮인 앙상한 몸뚱이에서 핏물은 어찌 그리도 많이 흘러나오는지!

파르르 눈꺼풀이 말려 올라가는가 싶더니 맑은 눈동자가 드러났다.

"네가… 왔구나!"

꺼져 가는 듯한 음성, 윗입술의 태반이 달아나 발음마저도 정확치 않은 소리였다. 위청후가 아니라면 그 누구도 알아들을 수 없을 터였다.

힘겨운 한마디를 끝으로 눈꺼풀은 굳게 닫혀졌다. 혼절이었다.

"어머니!"

위청후는 서둘러 침상 머리를 뒤졌다.

곧 흰 자기병이 모습을 드러냈다. 마개를 열고 병을 기울이자 콩알만한 검은 덩어리들이 굴러 나왔다.

속명환(屬命丸)!

환약은 그렇게 불렸다.

전신이 피고름으로 덮이고, 근육과 내부 장기까지 상한 사람의 통증을 삭여주고 생명까지 연장시켜 줄 정도라면, 그야말로 불세(不世)의 영약(靈藥)이라 불려도 손색이 없을 것이다.

그러나 속명환은 약보다는 독에 가까웠다.

제조 과정에 들어가는 오십여 가지의 약초 중에 절반 이상이 독초였다. 배합의 묘를 십분 살려 최대로 중화시켰다고 해도 범인(凡人)이라면 두 알만으로도 살아날 생각을 버려야 할 정도로 지독했다.

위청후는 종지에 담긴 환약을 정성껏 으깼다.

환약이 물과 섞여 암갈색의 진득한 액체로 변해서야 그는 모친의 입

속에다 액체를 흘려 넣었다.

끄르륵!

인후를 가볍게 누르자 액체는 식도를 타고 넘어갔다.

이름에 걸맞게 약효는 탁월했다. 반 각도 되지 않아 가슴의 기복이 평온해졌다.

문득 뇌리를 맴도는 소리가 있었다.

"속명환을 써서 생명을 연장시키는 데도 한계가 있다. 따지고 보면 독의 일종! 쇠약한 육신은 오래 버티지 못할 것이고, 일시에 파국이 닥칠 것이다. 길어야 앞으로 육 개월이다. 차분히 마음의 준비를 해두거라!"

그것이 삼 개월 전의 일이었다.

모친이 서슴없이 극약 처방을 원한 것은 한번 더 부친을 만나보고 싶다는 간절한 기원에서 비롯된 것이라는 사실을 잘 아는 그였다.

허물어져 가는 육신을 지탱해 주던 마지막 소망이 산산이 부서져 버린 지금, 남은 시간이 형편없이 줄어들 것은 정한 이치였다.

위청후는 이내 창밖을 응시했다.

어느새 떠오른 만월(滿月)! 썩어버린 육신과 비탄에 젖은 울부짖음, 곧 다가올 미래의 자신이 그곳에 있었다.

"하아⋯⋯!"

휘장을 원래대로 두른 다음 위청후는 조용히 실내를 나섰다. 물론 부친의 위패에 구배를 올린 후였다.

*　　　　*　　　　*

타다닥!

장작불은 세차게 타올랐다. 화염이 키 높이만큼이나 치솟으며 주위를 뻘겋게 물들였다.

첩첩산중(疊疊山中)에 이유를 묻는 자들이 있을 리 만무하겠지만, 식사 준비를 위해 피웠다고 대꾸하면 이구동성(異口同聲)으로 외칠 것이다.

맛이 간 놈 아냐?

설마 황우(黃牛)라도 한 마리 구울 작정인 걸까? 소운평은 정자(井字) 형태로 연신 장작을 쌓아 올렸다. 이윽고, 허리 어림 높이로 쌓이자 그는 손을 멈췄다.

타닥! 타다닥!

"그놈들 참 자… 알 타는구나!"

소운평은 멀찌감치 안전한 곳에 자리를 잡았다. 열 명이 앉아도 충분한 바위 위였다.

휘영청 떠오른 만월을 타고 흐르는 시원한 밤 공기, 간간이 들려오는 야묘자(夜猫子:소쩍새)의 울음소리, 산중에서 맞는 밤은 참으로 고즈넉했다. 그래서인지 많은 것을 생각나게 했다.

'좋은 시절은 다 가고……!'

뭐든 처음이 가장 기억이 남는 법이듯, 운영루에서 보낸 짧은 시간이 그에게는 남다른 기억이었다.

최초로 얻은 번듯한(?) 일자리라는 것은 둘째 치고, 앞날을 기약할 수 있다는 사실에 가슴이 벅찼었다. 세인(世人)들이 흔히 말하길, 누구에게나 일생에 세 번의 기회가 찾아온다고 했다. 소운평에게 첫 번째는 운영루였다. 그러니 아쉬움은 더욱 클 수밖에 없었다.

아삼과 소화, 그리고 두 번 다시 떠올리고 싶지 않은 악몽의 주인공인 유상까지도 문득 그리워졌다.

우지끈!

장작 더미가 힘없이 무너져 내렸다. 일 년 동안이나 묵힌 것들이라 태반이 벌건 숯덩이로 화한 것이다. 그것은 소운평이 바라는 것이기도 했다.

힝! 하고 소라나게 코를 풀어낸 소운평은 이내 몸을 일으켰다.

'망할 노인네, 어디 두고 보라구!'

진 노인을 떠올리자 부아부터 치밀었다.

치료를 마치고, 아도의 밥맛없는 꼬락서니를 씹어대며 숙소로 막 돌아왔을 때였다. 진 노인이 나타나 대뜸 '굶겨 죽일 셈이냐!' 며 인상을 써댔다.

두 끼를 손도 안 대고 해결했기에 슬며시 생겨났던 미안한 마음이 말 한마디에 싹 달아나 버렸다.

그것뿐이면 다행이게?

젊은 놈이 게을러터졌다는 둥, 솜씨가 형편없어 망설이는 거라는 둥, 그래서 개도 안 먹을 거라는 둥 헛소리를 마구 지껄여댔다. 일부러 자극하는 것임을 뻔히 알면서도 눈이 확 돌아가는 것은 어쩔 수 없었다.

결국 소운평은 비장의 수를 동원하기로 결심하게 되었다. 다소 시간이 걸린다는 게 흠이지만 말이다.

'흐흐, 조금 후에 봅시다!'

· 놀란 노인의 얼굴을 마음껏 비웃어줄 생각을 하니 벌써부터 기분이 흐뭇해졌다. 정확히 반 시진 후에 나와보라고 큰소리를 쳤으니 아직 여유는 있었지만, 그는 바삐 서둘러야겠다고 생각했다.

소운평은 양쪽에 손잡이가 달린 커다란 물통을 들고 서둘러 계곡 아래로 내려갔다.

정확히 일각 후!

꽤나 무거운 물건을 담았는지 끙끙대며 불가로 되돌아온 소운평을 반기는 사람이 있었다.

"좀 전엔 경황이 없어 미처 고맙다는 인사도 못했소. 부디 양해하시구려."

위청후는 가볍게 고개를 숙여 보였다. 상대가 기루의 일꾼에 불과하다는 사실을 모두 알았음에도 위청후의 태도는 여전히 변함이 없었다.

"마땅히 제가 할 일인걸요."

'그 재수없는 자식만 아니라면 안 했지!'

소운평은 물통을 내려놓았다.

"그렇다고 동생의 상처를 치료해 준 일이 없던 일이 되는 건 아니지 않소?"

"그거야 뭐……."

'당연한 일 아니겠어?'

소운평은 시큰둥한 눈으로 상대를 응시하고는 원래 자리했던 바위 위에 몸을 앉혔다.

'약간 더 기다려야겠는걸. 응?'

"히엑!"

장작불의 상태를 살피던 소운평은 돌연 숨넘어가는 소릴 내질렀다.

어느새 옆 자리에 위청후가 앉아 있는 것이다. 느닷없이 신법의 고수라도 된 것인지 그는 앉은 자세에서 무려 삼 장을 이동했다.

저리 못 가!

말은 안 했지만 그 말이 몸에서 묻어났다.

"나병(癩病)은 좀처럼 낫지 않을 뿐이지, 생각처럼 쉽게 전염되는 병은 아니오."

변명 아닌 변명을 해야 하는 위청후는 내심 씁쓸함을 감출 길이 없었다. 벌레 보듯 피하는 것이 당연하다는 사실을 잘 알면서도 마음 한 구석이 불로 지지는 것처럼 새카맣게 타들어갔다.

소운평도 미안했던지 주춤거리며 바위로 다가왔다. 그래도 여전히 일 장의 거리는 유지했다.

먼저 어색한 분위기를 깬 사람은 위청후였다.

"그 안에는 무엇이 들었소?"

사실 바위 옆에 놓인 대바구니 안에 생선이 들어 있어 소운평이 무얼 하려는지 짐작할 수 있었다. 때문에 물통 안의 물건의 정체가 더욱 궁금해졌다.

"별것 아닌데……."

과연 별게 아니었다. 소운평이 집어 든 것은 어디서나 눈에 띄는 동그란 조약돌이었다. 주먹 반 개 정도의 크기에 물기에 젖어 반짝거렸다.

'생선과 돌이라……?

필경 양념이나 생선을 조리하는 데 필요한 도구가 나오리라 여겼던 위청후는 짐짓 고개를 갸웃했다. 그가 읽은 책 중에는 요리에 관련된 것도 있었다지만, 아무리 떠올려 봐도 연결을 지을 수 없었다.

"이래 봬도 다 쓸모가 있죠!"

'허, 그것참!'

소운평이 빙긋 웃기까지 하자, 궁금증은 극에 달했다.

막 그가 이유를 물으려는 순간이었다. 인기척이 들리더니 시커먼 그림자가 불가로 다가왔다. 주름살이 가득한 얼굴, 진 노인이었다.

"공자님, 여기 계셨군요!"

공자! 아마도 운애곡에 관련된 이들은 위청후를 그렇게 부르는 모양이었다.

노인은 두 사람이 정답게(?) 앉아 있는 모습이 무척 신기했는지 눈을 커다랗게 뜨며 놀라워했다. 그것도 잠시, 곧 소운평을 잡아먹을 듯 노려봤다.

그것은 이어 나타난 이환도 마찬가지였다. 표정에 변화가 없는 이는 곽연뿐이었다.

"어서 오시오!"

위청후는 두 사람을 반가이 맞았다.

"소방주께서 이곳에 계실 줄은 몰랐습니다."

곧 이어 달이 밝다는 둥, 날씨가 좋다는 둥, 의례적이면서도 간단한 인사치레가 오간 다음, 두 사람은 나란히 바위 위에 둔부를 깔았다.

연신 꾸르륵거리는 소리를 토하는 아랫배!

세 사람이 떼 지어 나타난 이유는 확실했다. 곽연이야 워낙에 그렇다 해도 이환이 침묵을 지키는 것은 역시 위청후 때문이었다. 표정으로만 본다면 소운평은 족히 반쯤 죽어야 할 것 같았다.

나서자니 왠지 그렇고!

가만있자니 창자가 끊어질 것 같고!

'끙!'

이환은 애꿎은 바위를 쥐어뜯었다.

그런 점에서 역시 노인은 눈치가 빨랐다.

"큰소리치더니 다 됐냐?"

"다 되긴요. 정작 이제부터가 시작인데. 아, 기다린 김에 조금만 더 기다려 봐요!"

묵은 감정이 있는 차라 대꾸는 곱지 않았다. 그래도 목을 빼고 기다리는 다른 이들을 떠올린 소운평이 막 자리에서 일어서려 했을 때였다.

"아서라, 아서! 네놈에게 맡기다간 언제 끝날지도 모르겠다. 넌 그저 저쪽 구석에 쭈그리고 있다가 굿이나 보고 떡이나 먹어라!"

기어코 이환이 발목을 잡았다.

평소 때 같았으면 '깨갱!' 하고 물러났을 테지만, 놀란 노인의 얼굴을 즐기는 쾌감을 빼앗기고 싶지는 않았다. 더군다나 있는 대로 큰소리까지 쳤거늘…….

"헤헤, 준비는 다 끝났으니 금방 됩니다."

그러나 이환은 냉정했다.

"어허, 빨리 못 물러나지?"

"아, 진짜 너무하시는 거 아닙니까! 헙!"

아차 싶어 황급히 입을 틀어막았지만 어쩌겠는가, 상황은 이미 쏟아진 물인 것을! 이왕에 내친걸음이라는 생각에 아예 속마음을 다 털어놓기로 작정한 소운평은 소나기처럼 쏟아부었다.

"왜 하는 일마다 사사건건 트집을 잡아 절 못살게 구시는 겁니까? 제가 뭘 잘못했다구요. 전 어릴 적에 강가에 살았기 때문에 생선 구이만큼은 자신있단 말입니다. 그래서 모처럼 기회가 왔기에 제대로 된

요리를 맛보게 해드리려는 건데, 그게 무슨 잘못입니까!'

"뭐야?"

일이 이렇게 되자 오히려 이환이 당황한 눈치였다. 예상치 못한 반발에 한동안 어이없어했다. 자신의 의도야 어찌 됐든 화가 치밀었다.

"뭐가 어쩌고 어째! 이 자식을 그냥!"

그러나 그는 발작하지 못했다. 보다 못한 곽연이 그를 제지하고 나섰던 것이다.

"그만 하면 됐네. 저 아이가 고집을 부리는 것만큼 믿는 게 있을 테니 한번 맡겨보는 게 어떤가?"

"끙!"

이환은 구겨진 얼굴로 물러났고, 결국 소운평이 요리를 하는 것은 기정사실이 되었다.

소운평은 먼저 벌건 숯불만을 따로 추려내 그 위에 조약돌을 수북하게 올려놓았다. 그런 다음 바닥에 주저앉아 생선을 손보기 시작했다.

슥! 스윽!

아가미부터 배 아래 두 번째 지느러미까지 길게 갈라지며 핏물과 내용물이 흘러나왔다.

"생선을 손질할 때는 이게 가장 중요합니다. 절대 내장을 터뜨리면 안 된다는 것이죠. 반쯤 소화된 찌꺼기나 배설물이 살을 오염시키거든요."

그는 자랑스럽게 손을 들어 보였다. 과연 내장은 어디 한군데 상처 없이 깨끗했다.

"루루루……."

콧노래가 절로 나왔다.

솜씨를 선보이게 됐다는 것보다도 평소 눈에 가시와도 같던 이환이 꼬리를 만 개처럼 물러났다는 사실이 더욱 그를 기쁘게 했다. 흥얼거리는 콧노래에 맞춰 그의 손놀림이 나는 듯 바빠졌다.

"이제 일차 손질은 끝난 셈이고! 영감님, 거기 소금 좀 집어 주시죠."

손을 털어내는 그의 발치에는 깨끗하게 손질된 가어 열 마리가 놓여 있었다.

노인이 소금을 건네자, 소운평은 한 움큼 움켜쥐고 생선의 안팎에 골고루 뿌렸다.

"자, 이제 불에 구우면 됩니다!"

그러자 곽연이 한마디 했다.

"아니, 아직도 피가 뚝뚝 흐르는데 물에 씻지도 않고 그걸 그냥 익힌다는 말인가?"

"당연하죠. 생선이란 생선은 원래 내장을 드러내고 나서 물기를 접하면 비린내가 훨씬 심해질 뿐더러 맛도 떨어지니까요. 또한 핏물이 양념 구실도 하는 셈이니 일석이조(一石二鳥)인 셈이죠."

"호오… 그렇군. 그래!"

곽연은 짐짓 놀랍다는 투로 고개를 끄덕였다. 하기야 무가의 일원으로 평생을 살아온 그가 이런 사소한 것들을 모르는 건 너무나 당연한 일이었다.

어깨를 으쓱 추인 소운평은 엉뚱하게도 바닥을 팠다. 그리고는 주변을 뛰어다니며 얼굴이 가려질 정도로 넓은 나뭇잎을 따서 구덩이에 깔았다.

곧 달궈진 돌들이 넣어졌고, 다시 나뭇잎이 덮여지고, 그 위로 소금에 절인 생선이 차례대로 올려졌다.

치익!

처음엔 매캐한 연기만 치솟는가 싶더니 점차 식욕을 자극하는 고소한 냄새가 풍겨 나왔다.

노인이 다가오더니 곁에 앉았다.

"그렇게 하면 모양새는 좋을지 몰라도 화력이 약해서 잘 익지 않을 텐데……."

아무리 돌이 뜨겁다 해도 나뭇잎을 뚫고 두터운 몸통 속 안까지 골고루 익히기에는 역시 무리였다. 주방을 드나드는 자만이 할 수 있는 예리한 지적이었다.

스윽!

소운평의 눈이 급격히 한쪽으로 쏠렸다.

"거, 나이도 웬만큼 드신 분이 왜 그렇게 조급하게 굽니까? 일단 기다려 보세요. 다 방법이 있으니까!"

면박을 준 후, 그가 한 것은 물고기의 뱃속에 두세 개씩 달궈진 돌멩이를 넣는 일이었다. 그런 다음 다시 한 번 골고루 소금을 치고 나뭇잎으로 생선을 덮었다. 그 위에 남은 조약돌을 수북히 올리고는 주변에 널린 작은 돌들을 주워 겹겹이 쌓아 올렸다.

마무리로 잡초를 뜯어 돌 무더기를 꼼꼼히 덮는 것으로 길었던 손놀림은 끝을 맺었다.

"이제 잠시만 기다리면 됩니다!"

소운평은 이내 계곡으로 내려갔다. 비린내 나는 두 손을 모래톱에 문지르며 그는 슬그머니 뒤를 돌아봤다.

생전 처음 보는 광경 때문인지 그다지 미덥지 않은 눈치를 보이는 일행을 흘겨보며 그는 비웃음을 흘렸다. 코를 킁킁대며 비린내가 전부 가신 것을 확인한 그는 느긋한 걸음으로 돌아왔다.

"이런 독특한 방법을 대체 어디서 배웠나?"

노인이 기다렸다는 듯 물었다. 아래위로 눈동자를 굴리며 재촉하는 것이 꽤나 관심이 있는 듯했다.

"그냥 여기저기서 주워들은 거죠."

소운평은 시큰둥하게 대꾸하며 자리에 앉았다.

사실대로 말하자면 코흘리개 시절부터 알고 있었다. 노름꾼에 술주정뱅이, 인간 쓰레기의 표본이었던 송 가 놈은 빚 독촉을 피해 도망다니기 일쑤였다. 그를 따라다니느라 소운평은 노숙을 하는 데 필요한 여러 가지를 소시 적부터 자연스레 깨우칠 수 있었다. 그가 남겨준 것들 중 유일하게 쓸모있는 것이기도 했다.

그새 시간은 계속해서 흘러갔다. 대략 이각 정도가 지난 것 같았다.

"대체 언제쯤이면 먹을 수 있는 게냐?"

견디다 못한 이환이 눈을 부라렸다.

'확 일을 저질러 버려?'

소운평은 진지하게 고민했다. 생선의 크기로 보아 이각 정도면 가장 알맞게 익을 터였다.

적당하게 익은 생선구이를 먹이느냐?

너무 익어 딱딱한 것을 먹여 복수를 하느냐?

고민은 금세 해결되었다. 꼬르륵! 그도 배가 고파지기 시작한 것이다.

이윽고 풀 더미와 돌멩이가 남김없이 들춰지고 누렇게 말라 버린 나

못잎이 젖혀졌다.

화악 솟구치는 뜨거운 연기와 함께 풍기는 구수한 냄새는 식욕을 자극하기에 충분했다. 일행은 무의식적으로 바짝 다가앉았다.

제 17 장

뜻밖의 제의, 소운평은 무예에 입문하다

"드시죠!"

소운평은 크기도 가장 크고 노릇노릇하게 익어 먹음직스러운 놈을 골라 건넸다.

나뭇잎에 싸여진 가어는 노인과 이환과 곽연의 손을 차례로 거쳐 위청후에게 전달되었다. 다음은 노인과 이환을 거쳐 곽연에게 갔고, 그 다음은 노인을 거쳐 이환에게, 그리고 다음은……

'암, 당연히 내 차례지!'

헤벌쭉 웃는 진 노인의 입가로 침이 줄줄 흘렀다.

하기야 기대가 될 만도 했다. 건네줄 때마다 솔솔 풍기는 냄새가 어찌나 기막힌지 하마터면 그대로 입 안으로 구겨 넣을 뻔했던 것이다.

'어서 다오. 어서, 어서!'

곧 맛보게 될 천하 진미를 그리며 노인은 눈을 지그시 감고 손을 내밀었다.

그러나!

어찌 된 영문인지 한참이 지나도 기별이 없었다. 참지 못한 노인은 슬며시 눈을 떴는데, 어이없게도 소운평은 벌써 등을 돌린 채 생선을 뜯는 중이었다. 얼굴 가득 흡족한 미소를 지으며 게걸스럽게 말이다.

'이런 후레자식 같은!'

노인은 끓어오르는 분노에 치를 떨었다.

정녕 장유유서(長幼有序), 노인공경(老人恭敬)이란 말을 무색케 하는 몰상식한 자식이 아닌가!

그래도 자리가 자리인지라 노인은 참았다.

한데 슬쩍 흘려보며 한다는 소리가…….

"영감님, 갑자기 왜 몸은 떨고 그래요. 안색이 영 안 좋은데 어디 아픈 거 아닙니까? 쯧쯧, 그러게 나이가 들수록 적당히 운동을 해야 한다니까요. 그러다 쓰러지면 이불에 똥칠밖에 더 합니까?"

영락없이 풍기(風氣)가 도는 것으로 치부하는 그 소리만 아니었어도 그런대로 참았을 것이다.

'이노…옴! 내 따끔하게 교훈을 내려주마!'

행여 눈치라도 채면 큰일이라도 날 듯 노인은 내색지 않고 나뭇잎으로 생선을 싸서 집어 들었다. 그리고는 물러나며 우연인 척 소운평의 발을 세차게 밟았다.

"아야야!"

'좀 아플 것이다, 이놈아! 장.유.유.서!'

"어이쿠!"

기우뚱! 하며 몸이 기울어지는 틈을 이용해 노인은 나뭇잎을 기울여

홍건히 고인 생선 기름을 떨어뜨렸다. 정확히 소운평의 목덜미를 향해 서였다.

"우와아악!"

그 뜨거움을 어찌 말로 형용하랴! 소운평은 발랑 뒤집어져 데굴데굴 바닥을 굴러다녔다.

'명심해라! 노. 인. 공. 경!'

"어허! 왜 이렇게 덥지?"

노인은 짐짓 딴전을 피우며 멀찍이 떨어진 곳에다 자리를 잡았다.

달도 밝고, 바람은 살랑살랑 불고, 버르장머리없는 후레자식에게 만족할 만한 교훈(?)을 내려준 터라 몹시 흡족했다. 더군다나 눈앞에는 노릇하게 익어 기름이 잘잘 흐르는 먹거리가 놓여 있으니……

'어두일미(魚頭一味)라는데 먼저!'

노인은 힘껏 어두를 씹었다. 짭짤하면서도 고소한 기운이 입 안 가득 퍼졌다.

꽈득!

한데 갑자기 돌덩이를 씹는 감촉이라니, 그리고 입 안에 돌아다니는 물건은 또 뭐지?

"퉤!"

손톱만한 누런 것과 흰 것이 손바닥에 올려졌다. 누런 것은 네 개밖에 남지 않았던 노인의 윗니였고, 흰 것은 가어의 이석(耳石)이었다.

"아이고, 내 이빨!"

노인은 울상을 지었다.

'허, 그놈 맹탕인 줄 알았더니…….'

이환은 새삼스레 소운평을 인지했다.

여인을 겁탈한 파렴치한 놈, 눈만 약삭 빠르게 굴려대고, 게으른 데다 돈을 밝히는 놈이라는 생각에 변화가 인 것은 아닐지라도 최소한 '이런 일면이 있구나' 하는 생각이 드는 건 어쩔 수 없었다.

여전히 소운평은 음적(淫敵)에 불과했다.

몰락한 가문이라 해도 부친에게 유교(儒敎)의 도리를 지겹도록 배우며 자랐기에 그가 생각하는 남녀지교(男女之交)엔 예와 존중만이 있었다.

부인, 손을 잡아도 되겠소?
부인, 옷고름을 풀어도 되겠소?

하물며 혼인했다 해도 이래야 정상이라 믿는 그에게 사람들은 입을 모아 이렇게 외칠 것이다.

미친놈! 그럼 합궁(合宮)할 때도 '진입(進入)해도 되겠소?' 하고 물어야 되냐?"
그러니까 서른을 넘긴 거야, 이 팔푼아!

아무튼 소운평에 대한 그의 평가는 크게 바뀌지 않은 듯했다. 단지 한 가지 분명한 것은 당분간 풍성한 식사를 즐길 수 있다는 사실에 만족한다는 거였다.

그사이 곽연과 위청후는 식사를 마치고 담소를 주고받고 있었다. 소운평과 노인만이 아귀처럼 음식을 두고 다투고 있었다. 그들은 벌써 두 마리째를 상대하는 중이었다. 남은 생선은 모두 세 마리였다.

'저놈, 삼 일 굶은 거지가 따로 없군.'

문득 한 가지 사실이 떠올랐기에 그는 서둘러 '삼 일 굶은 거지!' 를 제지했다.

"두 마리는 남겨라!"

"예? 왜요?"

소운평은 깜짝 놀랐다. 제지한 이환이 오히려 머쓱해져 버릴 정도였다.

혹시 독차지하려고?

소운평의 눈엔 영락없이 그렇게 쓰여 있었다.

"글쎄 남기라면 남겨!"

우두둑 소리와 함께 주먹을 쥐고 흔들어 보인 다음, 이환은 서둘러 위청후에게 다가갔다.

두 사람이 어쩌구, 식사가 저쩌구 하는 것을 보아 자리에 없는 위청란과 아도의 몫을 챙기려는 것 같았다.

그렇게 해서 이환이 가장 먼저 사라졌다.

두 번째로 자리를 뜬 사람은 곽연, 전서가 도착할 때가 됐다는 게 이유였다. 그 뒤를 따라 진 노인도 일어섰다. 새벽같이 산을 내려가야 하기에 일찍 잠자리에 들어야 하는 것은 당연했다.

자연 불가에는 두 사람만 남게 되었다.

"거어억!"

소운평은 두 팔로 뒤 땅을 짚었다. 불룩 튀어나온 배, 영락없이 새끼 밴 암퇘지였다.

남들은 한 마리로도 족한 것을 두 마리하고도 반이나 먹었으니 숨

쉬기가 곤란한 것은 당연했다. 그런데도 그는 연신 후르륵거리며 입맛을 다셨다. 남은 반쪽을 영 아쉬워하는 표정이었다.

뭔가 빠졌다는 생각이 뇌리를 스친 것은 그때였다.

입 안에 남은 끈적끈적한 기름기를 헹구는 데는 역시 술이 최고였다.

소운평은 조심스레 물었다.

"저기… 술을 좀 가져다 드릴까요?"

"그거 좋은 생각이오. 형장은 남의 생각까지 알아맞추는 재주가 있는가 보오."

위청후는 기꺼이 수락했다.

한데 막상 얘기만 꺼내놓았을 뿐, 소운평은 똥 마려운 강아지마냥 안절부절못하고 있었다. 사실 그는 절대 술을 가져올 수 없었다.

왜?

술이 어디 있는지 모르니까!

곧 낭랑한 음성이 그를 곤경에서 구해주었다.

"하하, 술은 부엌 옆의 창고에 있소!"

누누이 하는 얘기지만, 오늘 밤은 유난히 달이 밝았다.

구름도 한 점 없어 별이 보여 좋았고, 산들산들 부는 밤바람에 실려오는 초향(草香)도 좋았다. 배가 불러 더욱 좋았고, 한잔 술이 있어 더더욱 기분이 좋았다.

"카아!"

감탄사가 절로 나왔다.

하기야 소운평이 언제 이런 평온(平穩)을 느껴본 적이 있었던가!

내일은 뭘 먹어야 하나?

잠은 또 어디서 자지?

노상 이런 고민거리를 안고 살아온 날들이었다. 그런데 지금은 어떤 가? 팔을 베고 드러눕기만 하면 그대로 신선(神仙)이라도 될 것 같았다. 눈앞에서 한 사람이 사라진다는 전제 하에서 말이다.

'괜히 쓸데없는 짓은 벌여 가지고!'

소운평은 신경질적으로 술병을 내던졌다.

아무리 측소(廁所)에 갈 때와 나올 때가 다르고, 옷 벗을 때와 입을 때가 판이하게 다른 게 인간이라 해도 애꿎은 술병이 무슨 죄가 있다고!

술병은 겨우 한 근 정도가 들어갈 정도로 작았다. 기껏해야 한 근일 뿐인데, 기껏해야 한 근……

한데 위청후는 끈덕지게 버티고 있었다. 처음 다섯 잔은 빠른 속도로 마셨다. 딱 다섯 잔! 그 후에는 술잔에서 용(龍)이라도 승천(昇天)하길 바라는지, 아니면 손가락에 부목이라도 댔는지 요지부동이다.

빠르게 기울어진 만월이 자시(子時)도 말엽으로 치달았음을 일러주었다.

슬슬 잠도 오는 데다 피곤했다. 더군다나 그는 아침을 준비해야 하는 막중한 임무가 있었다.

그저 한시바삐 눕고만 싶었다.

그러나 술 얘기를 꺼낸 장본인이 중도에서 사라질 수는 없는 노릇이었다. 그건 예의 바른(?) 사람이 취할 행동이 아니었다. 그렇다고 '가서 자게 얼른 마셔라!' 할 수도 없었기에, 이제나저제나 목을 늘이고 기다리는 수밖에 달리 도리가 없었다.

'에구, 불쌍한 내 신세!'

그 순간이었다. 천지신명(天地神明)이 응답이라도 했는지 위청후가 술잔을 들었다.

"꼴깍!"

세상에! 목젖이 울리는 소리가 그렇게 반가울 줄이야. 고맙게도 위청후는 연거푸 두 잔이나 들이켰다.

쪼르르!

다시 술잔이 가득 채워졌다.

'그래, 마셔라. 어서 마셔!'

소운평은 간절히 빌고, 또 빌었다.

술잔의 크기로 볼 때, 분명 이번이 마지막이었다. 더도 말고 딱 한 잔이면 침상으로 뛰어들 수 있는 것이다.

그러나 이번에는 천지신명도 매몰차게 외면했다. 위청후는 반쯤 들었던 술잔을 내려놓았다. 대신 불쑥 입을 열어 물었다.

"혈혈단신이라 들었는데, 사실이오?"

"그렇다고 할 수도 있고, 아니라고 할 수도 있죠. 굳이 따진다면 뭐 맞는 말이죠."

"딱히 이해하기 어렵구려."

'대충 그렇다면 그렇게 알 것이지.'

입을 삐죽대면서도 소운평은 할 말은 다 했다.

"보통 부모가 죽고, 일가 친척 하나 없어야 고아가 아닙니까? 근데 전 부모가 죽었는지 살았는지도 모르겠고, 친척은 있는지, 또 있다면 몇이나 되고 어디 사는지도 전혀 모르니까요. 엄동설한(嚴冬雪寒)에 남의 집 대문 앞에 버려진 놈이 뭘 알겠습니까? 살아 있다 해도 소재를 모르니 고아나 마찬가지죠."

"미안하게 됐소. 그런 줄도 모르고……."

"안 미안해도 됩니다. 그게 사실이니까."

소운평은 쌀쌀맞게 대꾸했다. 두 번 다시 떠올리고 싶지 않은 과거지사를 들쑤시다니, 빌어먹을 자식! 욕이라도 실컷 퍼붓고 싶었다.

주워다 기른 자식!

유년 시절 내내 꼬리표처럼 붙어다닌 소리였다.

간혹 실수라도 할라치면 '부모도 모르는 놈이 그렇지 뭐!', 행여 칭찬받을 일이 생겨도 '부모도 모르는 놈이 제법이네?' 그 '부모도 모르는' 이란 소리가 죽기보다 싫어 뛰쳐나온 것이 벌써 십 년 전의 일이었다.

"노력을 해보지 그랬소. 살아 있다면 언젠가는 찾을 수도 있지 않겠소?"

"젖도 안 뗀 핏덩이를 내다 버린 것들이 어디 떵떵거리고 살겠습니까? 동전 일 문 값어치도 없는 얘기죠. 찾아가 봐야 개털일 게 분명하고, 행여 반신불수에 중병이라도 들었으면 뒷감당은 또 어쩌구요. 그냥 하늘에서 뚝 떨어졌다고 여기며 사는 게 속은 편하죠."

킹!

소운평은 소라나게 코를 풀었다. 속 편하다는 말이 왠지 신빙성이 없어 보였다.

위청후가 조용히 읊조렸다.

"혈연(血緣)은 하늘이 내리시는 것이오. 부정한다고 그리 간단히 끊기겠소? 설사 반신불수에 중병이 들었다 한들 말이오."

"말은 누구나 그렇게 하죠. 하지만 한 번이라도 버림받은 기억이 있는 사람은 이해할 겁니다."

조금씩 소운평의 얼굴이 붉어졌다. 더불어 음성도 커져 갔다.

"생각해 보십쇼. 갓난아기가 뭘 안다고 죄인 취급을 받아야 합니까? 아홉 살 어린 나이에 세상에 던져진 아이가 어떤 고생을 겪었는지 그들이 알기나 합니까? 그런데도 부모랍시고 불쑥 찾아와 '아이고, 내 새끼!' 하면 고마워해야 한다구요? 천만에 말씀입니다. 나 같으면 그 낯짝에 침이라도 뱉을 겁니다. 이렇게!"

"크아아악, 퉤!"

싯누런 가래침이 허공을 날았다.

소운평은 전에 없이 흥분했다. 호흡이 가빠졌고, 심장은 터질 듯이 두방망이질 쳤다. 의식주(衣食住) 이외의 것에 이토록 격렬한 반응을 보이는 것도 처음이었다.

혈연은 하늘이 내리는 것!

그는 애써 부정하고 있지만, 위청후의 말이 전적으로 옳다는 것을 잘 아는 탓이 아닐런지…….

인정하고 싶지 않은 마음 말이다. 그렇게 되면 십구 년 서럽디서러운 세월이 한낱 심심풀이 땅콩보다 못한 것으로 전락해 버릴 것 같은 그런 마음 말이다.

그가 그렇게 분노와 손을 맞잡는 동안, 위청후 역시 착잡한 심정에 사로잡혀 있었다.

'위청후, 너는 어떠했느냐?'

자문(自問)했다.

그러나 선뜻 대꾸할 수 없었다.

네놈 또한 그렇지 않았더냐?

부모를 원망하지 않았다고 부정할 셈이냐?

침상을 부여잡고 통곡을 한 적이 헤아릴 수 없음을 부정할 테냐?

가식(假飾)이다!

네놈은 가식이고, 위선자(僞善者)일 뿐이다.

어디선가 비웃는 듯한 소리가 들려오는 것 같았다.

드러내지 않았을 뿐, 그도 역시 마찬가지였다. 아니, 드러내지 못했다고 여겨야 옳을 것이다.

드러낼 수 없었다?

그래서 더욱 고통스러웠는지도……

'적어도… 우린 한 가지만큼은 닮았구려.'

위청후는 씁쓸하게 웃었다.

공통점!

비 오는 날 처마 밑에 나란히 서 있다는 것만으로도 함께 술 한잔을 기울일 수 있는 충분한 이유가 된다. 하물며 아픈 기억을 공유하는 사람이라면… 그런 막연한 동병상련(同病相憐)의 감정의 발로라 여겨도 좋았다.

아무튼 그가 소운평을 마음에 들어하는 것은 사실이었다. 그것은 비단 소운평이 아니라 몸 건강한 같은 연배의 젊은이라면 누구라도 마찬가지였을 것이다.

십육 년, 길고 길었던 단절된 생활을 종식시키며 누군가가 나타났다.

건강한 또래의 젊은이가!

그것 하나만으로도 그의 관심을 끌기에는 충분했다. 나중에 생각이 어떻게 바뀔지는 모르겠지만…….

그 묘한 감정은 위청후로 하여금 파격적인 생각을 떠올리게끔 만들었다.

"한 가지 부탁을 해도 되겠소?"

"뭐, 부탁이라고까지 안 하셔도 되지만……."

'부탁!' 이란 말 뒤에는 항상 손발의 수고스러움이 동반하는 까닭에 소운평은 꽤나 긴장했다.

"내 친구가 되어주시오."

"엑!"

이게 무슨 씨나락 까먹는 소리?

일설엔 우물가에서 숭늉 찾는 황당한 놈도 있다지만, 이건 그 정도를 훨씬 능가하는 경우가 아닌가!

"마, 말도 안 됩니다!"

소운평은 황급히 손을 내저었다.

그가 생각하는 친구란, 힘센 놈을 만나면 도망가게 시간을 끌어주고, 월장(越牆)을 할라치면 쾌히 엎드려 디딤돌이 돼주고, 구걸할 때면 옆에서 고래고래 소리를 지르며 바가지를 두드려 주는 그런 놈이다.

지금까지는 눈을 씻고 봐도 한 놈도 없었지만…….

그러니 애초에 말이 될 리 없었다. 더구나 나환자 친구라면 두말하면 약간 모자란 놈, 거기서 한마디 더하면 바보 천치가 아닌가 말이다.

뭐 거의 망했어도 아직까지는 빵빵한 집안이니까, 백스물다섯 번쯤 양보해서 친구가 됐다 치자!

위청란이 누군가?

이환은 또 누구고?

인자(仁慈)하고 공평무사(公平無私)한 곽연도 그냥 넘기지 않을 것이 눈에 빤한데…….

'내가 돌았냐! 그 고생을 사서하게?'

소운평은 두 주먹을 불끈 쥐었다.

"그게 불편하다면……."

위청후도 그런 분위기를 대강 눈치 챘는지라 급히 대안을 내놓았다.

어디서나 사내들이 둘 이상 모이게 되면 아래위가 정해지기 마련이다. 학사(學士)는 학문의 깊이에 의해, 무사(武士)는 무공의 고하에 의해, 의생(醫生)은 의술의 차이에 의해 자연스레 정해지는 것이다.

물론 두 사람은 학사도, 무사도, 의생도 아니었다. 그래서 가장 원초적인 방법이 동원되었다.

나이 차!

누가 됐든 간에 나이의 차이에 따라 형, 아우 하기로 결정한 것이다. 거기에도 문제는 있었다. 그래서 또한 결정하기를!

호형호제하는 것은 단지 두 사람만 있을 때로 한정했다.

"난 스물하나일세."

"전 스물……."

원래 이어질 말은 '둘!' 이었다.

그러나 소운평은 황급히 말을 바꿨다. 왠지 거지 밥그릇에서 동전을 훔치는 기분이었다고 할까?

"…이 채 안 된 열아홉입니다."

"하하핫! 이거 본의 아니게 형이 됐군, 그래. 든든한 아우가 생기다니 우형(愚兄)은 진정 기쁘다네."

말 그대로 위청후는 진심으로 기뻐했다. 말투도 아우를 대하는 형의 어조였다.

"어디 한번 불러봐 주게."

"예? 뭘요?"

"형이라 말일세."

'젠장!'

내키지 않았지만, 저토록 간절히 바라보는데 어쩌겠는가 말이다. 소운평은 도살장에 끌려가는 짐승의 심정을 적나라하게 느꼈다.

"형님!"

"어허, 이 사람! 누가 들으면 십 수 년은 연상인 줄 알겠네. 그냥 형이라 부르게. 청후 형!"

"처, 청후 형!"

"하하, 바로 그거네!"

위청후는 손뼉까지 치며 기뻐했다.

"자, 이 우형을 위해 잠시 세상사를 들려주겠나?"

"어떤 걸로 하죠?"

"우선 아우가 살아온 날들이 무척 궁금하군. 그 정도도 몰라서야 어찌 형이라 하겠나."

'뭐, 뭐얏!'

아무리 평범히 살았다 해도 일 년을 설명하는 데만도 족히 시진 단위로 계산을 해야 할 것이다.

한두 해도 아니고 무려 십구 년이다!

몇 주야(晝夜)를 쉬지 않고 떠들면 얘기를 다 할 수 있을는지… 그 파란만장(波瀾萬丈)한 세월을 말이다.

소운평은 하마터면 이렇게 말할 뻔했다.

전 태어나서부터 두 달 전까지의 기억이 한 개도 없는데요. 혹시 식물인간이라고 아시나요?

'저 망할 놈 때문에 결국…….'

소운평은 악독하게 노려봤다. 위청후가 아닌 그 앞에 놓인 술잔을.

"하핫! 어서 시작하게!"

재촉하는 위청후가 그렇게 원망스러울 수가 없었다.

뭐가 그리 궁금한 게 많은지, 그날 밤 소운평은 아플 정도로 입을 놀리다 날밤을 새야 했다. 위청후가 마지막 잔을 비운 것이 묘시(卯時) 초였기 때문이었다.

그 점은 이환 역시 다르지 않았다.

아도에게 평소 호감을 갖고 있는 터였는지라 두 사람은 실로 많은 얘기를 나누었다. 굳이 직접 식사를 챙긴 것도 다 이유가 있었던 것이다. 물론 나무토막이 닳도록 바닥에 글을 써야 했지만.

그러나 흡사한 상황이라 해도 소운평과 이환은 분명 다른 점이 있었다.

소운평은 그야말로 죽지 못해!

이환은 진심으로 즐거워하며!

2

운애곡에서 꽤 여러 날을 보내야 한다는 사실을 깨달은 사람들은 제각기 할 일을 찾았다.

평소 두문불출 책을 읽어댔다던 위청후는 부쩍 바깥 출입이 잦아졌고, 상처가 채 아물지 않은 탓인지 위청란은 꼼짝도 하지 않았다.

설마 꼼짝(?)도 안 했을 리는 없겠지만, 측소에 갈 때를 제외하곤 한 걸음도 나오지 않았기에, 그녀만의 '딸랑딸랑!' 인 아도 역시 같은 처지가 되었다.

눈에 띄게 변화를 보인 것은 이환과 곽연이었다.

두 사람은 하루의 대부분을 무공 연마에 쏟아부었다. 마을 뒤편에 이십여 장 넓이의 연무장을 만들어놓고 노상 검을 휘둘러댔다.

그들의 기합 소리에 놀라 태양이 눈을 떴고, 그들이 잠잠해져야 달이 모습을 드러낼 정도였다. 가끔 기분이 나쁠 때는 달밤에도 소릴 질러댔지만.

부엌데기 신세인 소운평은 노상 같았다.

세 끼 식사를 준비하고, 한차례씩 위청란의 상처를 돌봐주는 것이 일의 전부였다. 첫날은 하품이 날 정도로 쉬웠건만, 가면 갈수록 힘겨워졌다. 모두가 갑자기 먹성이 좋아진 이환과 곽연 덕이었다.

위청후가 가끔 도와주지 않았다면 한 끼 식사를 마련하느라 온 산을 헤집고 다닐 정도였으니까.

그렇게 닷새가 지났다.

                    *   *   *

"아으! 끝났다!"

쭈그리고 앉아 설거지를 하던 소운평이 기지개를 켜듯 양손을 치켜든 것은 미시(未時) 초엽이었다.

설마 그새 건강에 지대한 관심이라도 생긴 걸까, 갑자기 웬 맨손 체조?

우두둑!

손목부터 시작해서 발목과 허리를 돌리고, 전신의 관절이란 관절은 죄다 한 번씩 꺾어댄 소운평은 느닷없이 부엌 문에 찰싹 달라붙었다.

'없나?'

'없군!'

대체 뭐가?

사사삭!

번개처럼 부엌을 나서서 창고 그늘 속으로 숨어드는 동작이 예사롭지 않았다. 흡사 밤 사냥에 나선 한 마리 들고양이를 보는 듯했다.

빼꼼 눈만 내놓고 주위를 살피던 소운평은 꽁지가 빠져라 반대쪽 창고로 숨어들었다.

양상군자(梁上君子) 놀이라도 하는 중인가?

야반도주(夜半逃走), 아니, 주반도주(晝半逃走)라도 하려는 걸까?

설마… 은 삼백 냥을 버려두고?

아무튼 모를 일이다.

직선 거리로 이십오 장!

그냥 저냥 걸어도 반 각이 안 걸리는 거리였다.

하지만 소운평이 마을을 빠져나가 애초 목적지로 선택했던 뒷산의 야트막한 바위 언덕에 도착하는 데는 무려 이 각하고도 반이나 소요되었다.

"이게 뭔 꼴이야, 그래!"

소운평은 좁아터진 바위 틈새로 둔부를 밀어 넣으며 한껏 신경질을 부렸다.

어허, 그럼 딴 데로 가든가?

행여 분위기 파악 못하고 이따위 소리를 지껄이다가는 멱살 잡히는 건 기본이고, 여차하면 머리털이 남아나지 않을 것 같았다.

'다 그 자식, 어이구! 아예 말을 말아야지!'

떠올리기조차 끔찍하다는 듯 소운평은 세차게 고갯짓을 했다.

원망스런 '그 자식!' 은 당연히 위청후였다.

그날, 졸지에 형이 생기던 날부터 어째 일이 꼬인다 싶었는데, 닷새 내내 고행의 연속이었다.

팔팔한 젊은 놈이 산속에 처박혀 꽤 오래 지냈다니, 한편 이해도 갔다. 불쌍해 보이는 그 표정에 속아 넘어가 딱 잘라 말하지 못한 게 실수였다.

그 순간부터 악몽(惡夢)은 시작되었다.

여기는 어떻고, 저기는 어떠냐?

어디어디를 가봤냐?

쫑알쫑알, 주저리주저리…….

시간 날 때마다가 아니고, 일부러 시간을 만들어서 떠들어대니 그야말로 환장할 노릇이었다. 설마 측소 앞을 지키면서까지 물어대는 놈이 있으리라고는…….

닷새 동안 눈을 붙인 시간이 고작 일곱 시진에 불과하다는 건 제쳐 두고, 한순간 '삼백 냥을 포기할까?' 하는 생각을 했었다는 사실만으로도 소운평이 얼마나 시달림을 받았는지 능히 짐작할 수 있을 것이다.

그래서 생각해 낸 것이, 보이는 족족, 아니, 보이기 전에 피하자!

내지는 꽁꽁 숨자!

그것이 시원한 나무 그늘을 두고 따끈따끈하게 달아오른 바위 틈새를 은신처로 삼은 이유였다. 최소한 삼면(三面)은 막혀 있으니까.

탁 트인 일면은 공교롭게도 연무장을 비추고 있었다.

웃옷을 벗은 채 쉴 새 없이 검을 놀리는 두 사람의 모습이 고스란히 눈에 들어왔다.

"찻! 하압!"

연신 울려 퍼지는 기합 소리, 허공을 가르며 때때로 빛을 발하는 검신(劍身), 그들은 그렇게 연무(鍊武)에 몰입해 들고 있었다.

동작 하나마다 무공을 지니지 않은 자마저 가슴이 두근거릴 정도로 웅지(雄志)가 묻어났다.

더러 예외인 자도 있지만.

"날도 푹푹 찌는데 저게 뭔 짓이람? 그렇다고 밥이 나오나, 돈이 나오나."

소운평은 대뜸 콧방귀를 뀌었다.

'나 같으면 시원한 그늘에 앉아 술이나 마시겠다!'

설마 생각이 전염되기라도 한 걸까?

미친 듯이 검을 휘두르던 두 사람이 돌연 손을 멈추더니 나무 그늘에 주저앉아 뭔가를 마시는 게 아닌가!

'오옷, 내게 이런 능력이?'

소운평이 말도 안 되는 상상을 하는 순간이었다. 머리 위쪽에서 낭랑한 웃음이 들려왔다.

"하핫! 여기 있었군. 한참을 찾았네!"

어느새 바위 위엔 위청후가 다소곳이(?) 앉아 있었다.

'차라리… 날 죽여라, 죽여!'

하마터면… 하마터면 혀를 깨물 뻔했다.

*　　　　　*　　　　　*

"먼저 드시지요."

곽연은 사양치 않고 물통을 받았다. 마개를 열어 몇 모금 들이킨 후 다시 이환에게 건넸다.

"자네도 좀 들게."

"여부가 있겠습니까!"

이환은 상체에다 냅다 물을 들이부었다. 꽤나 만족했던지 연신 '어, 시원하다!'를 연발했다. 입으로 가져간 것은 그 다음이었다.

"카아!"

좋아라 미소를 짓는 것도 잠시, 곧 이환은 잔뜩 인상을 긁어댔다. 마치 장난감을 뺏긴 어린아이처럼 풀 죽은 모습은 곽연의 관심을 끌기에 충분했다.

"고민이라도 있는 겐가?"

"아닙니다. 제가 무슨 고민이 있겠습니까. 팔만 하나 없다 뿐이지 신체 건강하겠다, 이만하면 얼굴도 빠지지 않겠다, 신경 쓸 게 전혀 없질 않습니까?"

"허허! 딴엔 그렇군."

곽연은 너털웃음을 보였다.

그러나 '신경 쓸 게 전혀 없다!'를 강조하는 이환의 안색은 좀처럼 펴지질 않았다.

본시 유문일가(儒門一家)의 후손으로 학문에 뜻을 두었던 이환이 무공과 인연이 있을 리 없었다.

그가 무공을 익힌 것은 열여섯이 되던 해, 누이가 대풍장주 위충량과 혼인을 하면서 대풍장에 거취를 정하게 되면서부터였다.

썩 내키지는 않았지만, 그해 가을부터 방주로부터 위 가의 독문검법을 사사받게 되었다.

철검십이식(鐵劍十二式)!

누누이 이어 내려온 위 가의 가전무학(家傳武學)에서 발현된 이 무학은 현란한 기교와 수식을 배제하고 정(靜)과 중(重)을 요체로 한 상승무예였다.

산이 높으면 골이 깊은 법이다. 더구나 늦은 나이에 입문한 이환이 정수를 터득하기엔 역시 무리였다.

그렇다고 요령을 부리거나 눈속임은 없었다. 그는 항시 최선의 노력을 기울였다.

방주를 실망시키지 않기 위해 노력을 경주했지만, 결과는 그리 좋지 않았다. 전반부에 해당하는 여섯 초식, 그것도 스스로 만족할 만큼 펼칠 수 있는 것은 겨우 네 초식에 불과했다.

역시 난해한 탓이었다.

누백 년을 이어진 정화를 쉽사리 깨달을 수 있다면 검을 든 자치고 고수 아닌 자가 뉘 있으랴!

입문(入門)의 시기가 늦은 것도 큰 이유 중의 하나였지만, 무엇보다 가장 큰 이유는 본인이 궁극(窮極)에 달할 욕구를 갖지 않았다는 것이다. 스스로 최선을 다했다고는 하나, 보여지기 위한 노력은 숨은 힘까지 이끌어내기에는 무리가 있었으니 말이다.

그러나 네 초식만으로도 대풍방 내에서는 일류고수급에 속했기에 이환은 충분히 만족할 수 있었다.

지난 십여 년 간 쭉…….

'하아……!'

나오느니 한숨이다.

복수(復讐)!

그 거대한 명제에 부합되는 것은 강한 무공이었다. 어느 때보다 절실했다.

좀 더 노력을 했더라면?

물론 진전이 있었을 것이다. 탁월하기까지는 아니라 해도 분명 지금보다는 나았을 것이다.

그럼 지금부터라도?

아니, 아니었다. 남은 한 팔로는 진전은커녕 가지고 있던 실력을 유지하기도 버거웠다. 그것은 지난 닷새 동안 충분히 입증된 터였다.

그렇다면, 그렇다면…….

방법은 없었다.

'제기랄!'

이환은 남은 손목을 물어뜯고 싶은 충동을 느꼈다.

땅!

철검(鐵劍)이 바닥을 뒹구는 순간이었다. 문득 곽연이 입을 열었다.

"자네 말이네. 익히 아는 얘길 테지만 우스갯소리 한번 들어보겠나?"

"아, 예!"

이환은 퍼뜩 현실로 돌아왔다.

"예전에 한 사내가 있었네. 배운 게 도둑질뿐이라 감옥을 밥 먹듯 드나드는 자였지. 어느 날 또다시 체포되어 독방에 갇힌 사내는 문득 지난날을 후회하게 됐네. '나도 인간답게 살 수 있을까?' 사내는 진지하게 고민했네. 그때 한 마리 실솔(蟋蟀:귀뚜라미)이 나타났지. 그날 부로 사내는 변했네. 좋은 생각만을 떠올리며, 밤을 새가며 실솔에게 재주를 가르쳤지. 오 년이 지나 큰돈을 벌 수 있을 거라는 생각을 지닌 채 출소한 사내는 우선 반점엘 갔네. 음식을 주문한 사내는 문득 우쭐한 기분에 주머니 속에서 실솔을 꺼내 탁자에 올려놓았지. 의기양양 막 재주를 보이려는 찰나, '이게 웬 벌레야? 죄송합니다, 손님!' 하며 점소이가 대뜸 손바닥으로 실솔을 눌러 죽였네. 사내는 결국 거품을 물고 쓰러졌지. 어떤가, 이 얘길 들어보았나?"

"그런 것 같군요."

물론 이환도 잘 알고 있었다.

항주(杭州)에 사는 허 모(某) 재담가(才談家)가 만든 '실솔과 점소이'란 얘기로 허무감의 극치를 보여준다 하여 소주에서도 한동안 유행처럼 떠돌았던 얘기였다.

"그럼 뒷얘기도 알고 있나?"

그런 게 있었습니까?

되묻는 이환의 눈을 향해 빙긋 웃어 보인 다음 곽연은 말을 이어갔다.

"절망에 빠진 사내는 숲 속에서 목을 매달기로 작정했네. 튼튼한 동아줄로 올가미를 만들고 막 목을 끼워 넣었는데, 이번에는 어디선가 한 마리 당랑(螳螂)이 날아왔지. 순간 사내는 생각했네. '그래, 꼭 실솔이어야만 가능한 건 아니잖아?' 하며 그후 다시 오 년을 투자한 사내는 큰돈을 벌어 잘 먹고 잘 살았다고 히네."

"……."

"험!"

잠시 침묵이 흘렀다.

곽연은 바닥을 뒹구는 철검을 들어 올렸다. 그리고는 이환에게 건네며 조용히 말했다.

"이 대주, 꼭 실솔이어야 가능한 건 아니지 않은가?"

'알고 계셨습니까?'

뭉클!

이환은 목이 메었다.

그가 아는 곽연은 말이 많은 사람이 아니다. 실없는 농담을 즐기는 사람은 더 더욱 아니다.

누가 뭐라도 자넨 외팔이일세. 그 몸으로 철검을 익힌다는 건 말도 안 되는 소리지. 그러니 더 늦기 전에 다른 방도를 찾는 것이 이로울 걸세!

이렇게 말하지 않은 그의 마음이 고스란히 전해졌다. 마침내 이환의 눈에 습기가 고였다.

'당주……!'

"함께 연구해 보세. 머리를 맞대고 생각해 보면 좋은 방법을 찾을 수 있겠지!"

이환의 어깨를 툭툭 두드려 주고 곽연은 이내 몸을 일으켰다.

"오늘은 이것으로 끝내세."

*   *   *

위청후가 대뜸 말했다.

"현제(賢弟), 자네가 이토록 무공에 관심이 많은지 지금에야 알았네!"

'아이고! 아이고!'

'두(頭)야!' 라는 말은 끝내 이어지지 않았다. 비명과도 같은 외침이 대신했다.

"글쎄, 아니라니까!"

"하하! 무공에 대한 동경이 어찌 흠이 되겠나. 남아(男兒)라면 당연한 일이거늘."

'이, 이……'

망할 자식아!

여기 숨은 건 널 피하기 위해서란 말이다!

악을 쓰고 싶은 것을 참느라 전신이 푸들푸들 경련을 일으킬 지경이었다.

위청후는 여전히 눈치를 못 챈 듯했다.

"그래, 언제부터인가? 내 진작 알았으면 두 분에게 부탁이라도 할 것을!"

'두 분!' 은 물론 연무를 끝내고 숙소로 돌아간 이환과 곽연을 말하는 것이리라. 절대 빈말이 아니라는 듯이 위청후는 손을 잡아끌었다.

"가세. 내 지금이라도 말을 전하겠네."

"자, 잠깐!"

그대로 따라갔다간 코 꿰는 건 시간 문제였다. 퀭한 눈을 더욱 찡그리며 소운평은 애원조로 말했다.

"형, 죽어도 싫다니까!"

멈칫 위청후가 걸음을 멈췄다. 그리곤 나직이 한숨을 불어냈다.

"내 자네 처지를 깜박하다니, 우형의 생각이 짧았네. 좀 더 깊이 생각했어야 하거늘."

'통했다!'

소운평은 내심 쾌재를 불렀다.

그러나 위청후의 말은 여전히 이어지고 있었다. 자고로 말은 끝까지 들어야 한다.

"두 분과 자주 부딪치게 되면 자네가 불편할 거라는 것을 미처 헤아리지 못했네. 모자라는 능력이지만 내가 직접 가르쳐 주는 게 좋을 듯하네."

'뭐, 뭐야?'

"쇠뿔도 단김에 빼라더군. 어서 가세!"

위청후는 막무가내로 소매를 잡아끌었다.

엄연히 무공을 익힌 자였다. 그것도 고수. 소운평은 개 끌려가듯 끌려갈 수밖에 없었다.

"그게 글쎄, 그게 아니라니까… 아!"

자지러지는 외침만이 산중을 뒤흔드는 가운데 두 사람의 모습은 곧 언덕 아래로 자취를 감췄다.

그때였다.

화라락 옷자락 날리는 소리가 들리더니 장내로 한 사람이 떨어져 내렸다. 놀랍게도 벌써 숙소로 돌아갔어야 할 곽연이었다.

설마 내내 장내를 주시하고 있었던 것일까?

두 사람의 궤적을 향해 고정되어 있는 그의 시선은 묘하게 반짝이고 있었다.

이윽고, 곽연은 언덕 아래로 걸음을 놀렸다. 의미를 알 수 없는 한소리가 흘러나왔다.

"불쌍하신 분, 그렇게까지……."

3

다음날!

아침 식사를 끝낸 위청후가 찾아왔을 때, 소운평은 이렇게 말해야 했다.

"저기, 형이 어제 말했던 그거, 철… 철검 뭐라던 거, 아무튼 그거 배우도록 할게."

"하하하하핫!"

그럴 줄 알았다는 듯 위청후는 커다랗게 웃었다.

"겨우 하루 저녁 새에 변할 것을 어제는 어찌 그리 사양을 했나?"

"그거야 뭐, 형이 막무가내로 몰아붙이니까 그랬죠. 난 아직 준비도 안 됐는데."

이유치고는 어딘가 모자라다. 그도 그럴 것이 진실한 까닭은 다른 것에 있었으니.

'어휴, 누군 좋아서 하는 줄 알아?'

고개를 절레절레 흔들며 소운평은 가만히 어젯밤의 일을 떠올렸다.

"드디어 해방이다!"

소운평은 폴짝 침상으로 뛰어들었다.

잠자리에 들기는 다소 이른 술시(戌時) 말엽! 무려 닷새 만에 누려보는 호사(好事)였다. 감회가 새롭고 가슴이 벅찰 지경이었다.

'족히 세 시진 반은 잘 수 있겠구… 응?'

똑똑!

'어허, 바람이 꽤 부는군!'

소운평은 재빨리 이불을 뒤집어썼다.

웬 바람?

뻔히 알면서 흰소리는!

그거야 문을 두드리는 사람이 누군지 안 봐도 훤하기 때문이었다. 배가 아프다는 핑계를 대고 도망쳐 왔는데, 설마 약을 가져오기라도 한 것일까?

한참을 이어지던 소리가 뚝 끊겼다. 그리고는 삐걱! 소리에 이어 방 안이 훤히 밝아졌다.

'끈질긴 자식!'

"드르렁, 퓨우! 드르렁!"

난데없이 울리는 코고는 소리라니, 누가 봐도 뻔한 짓거리를……. 참으로 가소로운 일이다.

"벌써 잠든 겐가?"

한데 목소리가 달랐다. 연륜이 뚜렷이 묻어나는, 유등을 든 사람은 뜻밖에도 곽연이었다.

"아, 아닙니다!"

소운평은 퉁기듯 침상에서 내려왔다.

"어쩐 일이십니까, 이 누추한 곳에? 그나저나 그렇게 서 계시면 다리가 무척 아프실 텐데……."

앉아?

어디에?

결국 곽연은 침상에 둔부를 걸쳐야 했다.

"내 젊은이에게 긴히 할 말이 있어 왔네. 괴이쩍다 여기지 말고 들어주게."

"아, 예!"

"나는 자네와 소방주님과의 사이를 알고 있네!"

"그거야 당연히 아시겠, 네… 에?"

소운평은 화들짝 놀랐다. 설마 남색(男色)을 즐기는 사이도 아닐진대, 둘 사이에 무슨 일이 있었겠는가 말이다. 말 그대로 곽연은 알고 있는 것이다.

"놀랄 필요 없네. 탓하고자 온 것이 아니니."

"그, 그럼……?"

왜 온 겁니까?

대체 이유가 뭡니까?

소리쳐 묻지도 않았건만, 곽연은 단도직입적으로 그 이유를 말했다.

"그분이 원하는 대로 따라주게."

"무슨 말씀이신지 도통……."

"불쌍하신 분이네. 젊은이나 내가 생각하는 이상으로. 더구나 얼마

후면 생사(生死)를 장담 못 할 일전이 벌어지게 되네. 해서 가능하면 그분의 뜻을 거스르고 싶지 않은 것이 솔직한 내 심정일세. 다소 불편하다 할지라도 그분의 뜻에 따라주게나."

'맙소사! 그럼 그게……?

개[狗]가 한 다리 걸치면 깨[芝麻]가 된다더니, 딱 그 꼴이 아닌가!

어찌 그리 한결같이 제멋대로 생각하는지, 정작 당사자는 전혀 '아니올시다!' 인데.

'그래, 일은 벌써 벌어진 거고!'

대충이나마 그간의 상황을 설명하려던 소운평은 곧 생각을 고쳐먹었다. 곽연이라면 사실을 털어놔도 이해할지 모른다는 생각에서였다.

"어르신, 어찌어찌 해서 여기까지 오게 됐지만, 전 그저 열다섯 냥을 받고 술 창고를 관리하던 일꾼에 불과합니다. 밖에 나가면 여기서 하는 일만 갖고도 너댓 냥은 거뜬히 받습니다. 공짜로 일하는 것도 그런데, 그 힘들어 보이는 무공까지 배우라뇨. 절대 안 될 말씀입니다."

언뜻 곽연의 눈에 노기(怒氣)가 서렸다.

"돈이라면 일전에 섭섭치 않게 챙겨준 것으로 아네. 하면 어찌 떠나지 않았나? 누가 강제로 붙잡기라도 했단 말인가?"

"그거야 이환이란 분이 중간에서, 으다다다!"

소운평은 비 오는 날 먼지 나도록 입을 쥐어박았다.

"당주, 만일 그놈이 떠나면 어쩌시렵니까? 저희야 그렇다 쳐도 소방주님은……."

그날 전표를 건네받으며 걱정스런 눈초리를 보였던 이환이었다.

'엉뚱한 사람하고는!'

전표를 들이밀고 협박을 했을 것을 생각하니 피식 웃음이 새어 나왔다.

그러나 소운평은 태연자약(泰然自若) 곽연의 미소를 감상할 기분이 아니었다.

"어르신, 그 얘기를 하시면 전 끝장입니다!"

스윽!

우수로 목을 긋는 시늉을 해 보였던 이환이 눈앞에 아른거리자, 소운평은 그야말로 죽는 시늉까지 불사하겠다는 투로 애걸복걸했다.

'허, 그것 참!'

곽연은 내심 입맛이 썼다.

어쩌면 이환의 심정을 알 것도 같았다. 그렇다고 손자뻘 되는 이에게 주름진 입으로 협박을 할 수도 없는 노릇이고, 아무튼 난감하기 그지없었다.

두 사람이 모두 만족할 수 있는 공통 분모를 떠올린 것은 바로 그때였다.

"이렇게 하는 것은 어떤가? 내일부터 자넨 소방주님께 무공을 배우도록 하게. 진도(進度)에 따라 내 성과급(成果給)을 지불하도록 하겠네."

"어떻게요?"

"위 가의 철검십이식(鐵劍十二式)은 말 그대로 열두 개의 초식으로 이루어진 무예일세. 자네가 초식 하나를 완성할 때마다 열 냥씩을 지불하겠네."

'에게, 겨우?'

"금(金)으로 말일세."

'우와아앗!'

금 열 냥이면 은으로 환산하면 이백 냥이다. 어마어마한 거금인 것이다.

"철검십이식은 제대로만 익한다면 감히 적수라 자처할 이가 없을 정도로 강한 무예일세. 장차 자네 앞날에도 많은 도움이 될 것이네."

'가만있자, 그럼 얼마야? 모두 열두 초식이니까, 백이십 냥? 은으로 치면, 애고, 계산이 잘……'

그건 그렇고, 은근히 신경 쓰이는 게 있었다.

"뭐 한 가지 물어봐도 되겠습니까?"

"그러게."

승낙하면서도 곽연은 고개를 갸웃했다. '당연히 응할 줄 알았거늘!' 하는 몹시 의외라는 듯한 표정이었다.

잠시 망설이던 소운평은 눈을 질끈 감고 외쳤다.

"당일 날 현찰 박치기 됩니까?"

쾌자작! 곽연의 미간이 형편없이 구겨졌다. 그의 뇌리에서 인내(忍耐)와 자애(慈愛)란 단어가 깡그리 사라지는 소리기도 했다.

빠박!

"아이고!"

소운평은 머리통을 감싸 쥐고 바닥을 굴렀다. 몸을 일으켰을 때는 이미 곽연은 밖으로 나가고 없었다.

늙수그레한 음성이 들려왔다.

"열두 초식을 모두 완성하는 날까지는 외상일세!"

일이 이렇게 된 거였다.

주어질 대가가 어마어마하다는 건 더없이 기뻤지만, 여전히 내키지 않기는 마찬가지였다.

"예서 이럴 게 아니라, 어서 가세!"

위청후는 대꾸도 기다리지 않고 휑하니 걸어갔다. 방향이 영락없이 연무장 쪽이다.

'까짓거, 지가 힘들면 얼마나 힘들겠어? 죽기 아니면 까무러치기지!'

주먹은 불끈!

눈은 부릅!

소운평은 총총걸음으로 그를 따라갔다.

분명 전날까지 썰렁했던 연무장에는 난데없이 초막(草幕)이 하나 서 있었다.

네 귀에 굵은 통나무를 세워 기둥을 짜고, 사람 키보다 조금 높게 나뭇가지를 연결해 지붕을 올렸다.

한데 그 조악한 솜씨라니, 버팀목이 엉성해 지붕은 가운데가 움푹 들어갔고, 숭숭 뚫린 구멍으로 빛줄기가 새어들었다. 백 번 양보해서 초막이지, 그저 높이 솟은 돼지우리라 여기면 딱 맞았다.

그나마 만든 이의 배려가 섬세한 것은 평평한 바위 두 개를 옮겨와서 편히 앉을 수 있다는 거였다.

'노인네 솜씨 하고는!'

소운평은 코웃음을 치며 자리했다.

젓가락을 놀리는 곽연의 손엔 붕대가 감겨 있었다. 식사 도중 내내 까닭이 궁금했었는데, 과연 그에 걸맞는 이유가 있었던 것이다.

이윽고 맞은편에 자리한 위청후가 입을 열었다.

"수련에 들기 앞서 우선 내력을 아는 것이 순서니, 다소 지루하더라도 참아주게."

위 가가 소주에 터를 잡은 것은 위청후의 오대조(五代祖)인 위승영(偉承英) 때였다. 이때만 해도 무가(武家)라기보다는 상당한 재력(財力)과 후덕한 인심(仁心)으로 존경받는 일개 세가(世家)에 불과했다.

그렇다고 무공과 별개는 아니었다.

여타 세가와 마찬가지로 가전무예(家傳武藝)란 형태로 꽤 여러 가지가 전해졌지만, 말 그대로 가전무예 이상의 수준은 될 수 없었다.

이것을 혁신한 이가 삼대조인 위군명(偉君明)이었다.

그는 기재(奇才)였고, 타고난 무골(武骨)이었다. 십오 세가 되기도 전에 가전무예를 완벽하게 익히는 것을 필두로 갖가지 무공을 두루 섭렵했다.

장주(莊主)의 위에 오르면서 그는 본격적인 무가의 형태를 갖추기 위해 문을 활짝 열었다.

그의 호방한 성품과 열정에 이끌린 수많은 무림인이 모여들었다. 오죽하면 '대풍장의 구조를 모른다면 칼을 든 자가 아니다!' 런 말이 소주 인근을 떠돌았겠는가!

헤아릴 수조차 없는 엄청난 인물들이 대풍장을 찾아왔다 그렇게 떠났다.

그러나 남은 자도 있었다. 위군명을 추종하는 몇몇의 인물이 스스로 가신(家臣)이 되길 자청한 것이다. 양태와 곽연의 선조가 이에 해당됐다. 위군명은 그들을 흔쾌히 받아들여 무도 정진에의 동반자로 삼았다.

그렇게 하기를 무려 삼십 년, 그의 평생 심득(心得)과 경험을 집약시켜 탄생한 것이 바로 '철검십이식'이었다.

위력은 강했다.

혹자는 인근 삼 개 성(省)에서 첫손에 꼽힐 정도의 실력자라고 했고, 다른 이는 구파일방(九派一幇)의 절학에 견주어도 손색이 없다고도 했다.

그후로 삼대(三代), 근 이백여 년이 흘렀다.

위 가의 후손 중 누구도 당년의 위군명에게 필적할 정도로 철검십이식을 익힌 자는 없었다.

그것은 등소와 용호상박(龍虎相搏)이라는 위충량조차 마찬가지였다.

"자네가 이 같은 전례를 깨준다면 우형은 더할 나위 없이 기쁘겠네. 그럼 시작하세!"

위청후는 혁피화(革皮靴)를 벗고 바위에 앉아 두 다리를 꼬아 겹쳤다. 결가부좌(結跏趺坐)였다.

소운평은 영문도 모른 채 따라 자세를 취하려 했다.

한 번이라도 가부좌를 틀어본 사람은 보기보다 쉽지 않다는 사실을 잘 알 것이다. 두 다리를 상하로 교차시켜 발등을 반대쪽 허벅지에 올리는 이 자세는 숙달되지 않은 사람에겐 굉장히 고통스럽기 마련이다.

'으그그그!'

인상을 쓰든 말든 위청후는 말을 이어갔다.

"내력(內力)을 수련하는 방법은 여러 가지가 있네만, 현제 같은 초심자(初心者)에겐 토납법(吐納法)이 가장 알맞다 할 수 있지. 복잡한 구결도 필요없을 뿐더러, 끈기를 가졌다면 무난히 이룰 수 있으니 말이네. 그렇다고 소홀히 여겨서는 절대 안 되네. 내력은 무인의 근간(根幹)이 되는 중요한 것일세. 내력이 깃들지 않은 검은 무(無) 소용인 법, 어린아이가 나뭇가지를 휘두르는 것을 초식이라 일컫는 것이나 다를 바 없네."

"자, 잠깐!"

일단 말을 끊어놓고, 소운평은 부랴부랴 꼬인 다리를 풀었다.

"그러니까 그게 뭐냐, 지금 초식을 배우는 게 아니라, 그 토납법인가 뭔가를 배운다는 말이잖아? 형, 그건 나중에 하고, 그냥 초식 먼저 배우면 안 될까?"

초식 먼저 배운다?

그래도 될까?

위청후는 고개를 갸웃했다.

"초식은 깨달음의 영역에 속한다. 대각(大覺)을 이루면 일순간에 비약적인 발전을 이룰 수도 있지. 그러나 내공(內功)은 다르다. 간혹 타인(他人)에게 물려받거나, 영약(靈藥)을 복용해 고수가 되었다는 얘기도 있다지만, 그것은 극히 한정된 경우에 불과하단다. 내공은 시간에 비례(比例)하지. 즉, 순수한 시간의 결정체(結晶體)이다. 고로 내공 입문은 가급적 빠를 수록 좋다!"

다섯 살이 되던 해였다. 어린 그에게 좌공(坐功)을 전수하며 선친은 분명히 그렇게 말했었다.

의심할 여지가 없는 일이다.

그러나 위청후는 곧 생각을 고쳐먹었다. 시기를 논하기에 소운평은 너무 늦은 나이인데다 어렵사리 결정한 것을 토납법 따위로 번복하게 만들고 싶지 않았다.

초식을 익히다 보면 내공의 필요성을 절감할 테고, 훨씬 자연스레 접하게 될 터였다. 그리고 보다 결정적이랄 수 있는 이유는!

솔직히 그도 좌공은 질색이었다.

"하하! 그렇게 하세!"

기둥 아래엔 목검(木劍)이 두 개 기대져 있었다. 그중에 하나를 들고 연무장으로 나선 위청후는 검병을 거꾸로 들고 가볍게 읍하고는 개문식(開門式)을 취했다.

"잘 보아두게."

스슥!

보폭(步幅)이 어깨 넓이로 벌어졌다. 목검은 가슴께로 들어 올려져 비스듬히 사선을 그렸다.

"하아앗!"

낭랑한 기합성을 필두로 목검이 허공을 점(點)했다. 그리고는 허공을 누비기 시작했다.

섬전(閃電)처럼 빠르고, 산악(山岳)처럼 웅장하고, 흐르는 강물처럼 고요하게, 때로는 풍차처럼 바닥을 쓸고, 뛰어올라 허공을 양단하는 일수(一手) 일수가 잘 짜여진 면사의 씨줄과 날줄을 보는 듯 정교했다.

근 일각이 넘게 계속된 시연(示演)은 위청후가 목검을 갈무리하며 길게 읍하는 것으로 끝을 맺었다.

이윽고, 호흡을 가다듬고 초막으로 다가온 위청후가 빙긋 웃으며 물었다.

"여기까지가 전반부(前半部)에 해당하는 여섯 초식, 백팔 수라네. 소감이 어떤가?"

그러나 소운평은 한가롭게 대꾸할 정신이 아니었다. 툭 불거져 나온 눈과 쩍 벌어진 입은 영 원위치로 돌아갈 생각이 없는 듯했다.

그게 겨우 전반부라구?

그냥 열두 번만 휘두르는 게 아니었어?

눈과 입이 이렇게 외치는 동안 뇌리 속은 곽연을 떠올리고 있었다.

'노인네, 좀 자세히 말해 줄 것이지.'

"준비하게!"

위청후가 검을 건네자, 그의 안색은 누렇다 못해 아예 똥 씹은 얼굴로 변했다.

뇌리를 맴도는 것은 오직 하나, '어떻게 하면 거래를 무를 수 있을까?' 하는 거였다.

* * *

소운평이 목검과 사투를 벌이는 시각, 위청란은 실로 뜻밖의 방문자를 맞고 있었다.

운애곡의 전매특허랄 수 있는 검은 장포를 걸친 여인 두 명이 이청란을 부축하고 나타난 것이다. 그녀들은 이청란을 의자에 앉히고는 조용히 밖으로 나갔다.

두 사람은 탁자를 사이에 두고 마주했지만, 좀처럼 대화를 트지 못했다. 제삼자(第三者)의 눈을 통한다면 분명 본부인과 첩의 자식, 편안한 관계는 아닐 것이다.

"비교적 침착하구나!"

꽤 시간이 흐른 뒤, 이청란이 나직이 읊조렸다.

과연 침착하지 않아야 될 이유가 무얼까?

불쑥 찾아와서?

아니면 녹아내린 얼굴 때문에?

생각하기에 따라 여러 가지를 떠올리게 하는 말이다. 어쩌면 그 두 가지 역시 이유는 아닐지도…….

"네가 그분을 많이 닮았다는 사실을 알고는 있니? 오히려 청후는 나를 닮았다고 봐야지. 어렸을 적엔 그렇지 않더니 갈수록 나를 닮는 것 같아 속이 상한 적도 있단다. 네 눈과 이마는 당년의 그분을 보는 듯하구나. 역시 피는 속일 수 없는 것이겠지."

과거의 한 부분을 향해 치닫기라도 하는 걸까? 맑은 눈동자에 진한 아픔이 서렸다.

"이렇게 갑자기 찾아온 것은 네게 몇 가지 부탁이 있어서다. 괜찮겠지?"

"……."

"조만간 청후는 이곳을 떠날 게다. 내가 가고 나면 유일한 혈육은 네가 되니, 그날이 오면 네가 오라비를 보살펴 주면 좋겠구나. 드러내지는 않아도 복수심이 그 아이를 지탱한다 해도 과언이 아니지. 그 불길이 네 눈 속에도 있구나. 자식된 도리를 행하는 것이기에 굳이 만류할 수는 없다만, 스스로를 소중히 여기거라. 그것이 그분을 진정 위하는 것이기도 하니까. 그리고 네가 꼭 들어주어야 할 게 있단다. 이 세상에서 오직 너만이 해낼 수 있는 일이다. 그것은, 그것은…….."

이청란은 차마 말을 잇지 못했다.

눈망울이 뿌옇게 흐려지더니 금세 찰랑찰랑 눈물이 고였다. 과연 무엇이기에 이토록 격동하는 것인지? 그녀가 입을 연 것은 무려 일각이나 지나서였다.

"위 가의 대(代)를 이어주었으면 좋겠구나!"

어렵사리 한마디를 토하고 이청란은 급기야 주르르 눈물을 흘렸다.

대를 잇는 것은 출가한 여인에겐 목숨과도, 아니, 목숨보다 우선시 여겨지는 덕목이다.

병이 발발하고 삼 년이 지난 후, 그녀는 생식 능력을 잃었다. 그것은 위청후 역시 마찬가지였다. 설사 발기한다 해도 열다섯 살이 되기도 전에 고환을 모두 잃은 터라 수태(受胎)시킬 능력이 전혀 없었다.

그러나 위청란이 그것을 지킨다는 것은 말처럼 그리 쉬운 일이 아니었다.

아이를 낳으면 남편의 성을 따르는 것은 당연지사, 어느 팔푼이가 자신이 멀쩡히 살아 있는데 자식을 남의 성을 쓰며 다르게 살아가게 하겠는가!

그런 어려움을 강요해야 하는 현실과 자신과 아들의 처지가 새삼 겹쳐지며 그녀를 괴롭게 만든 것이다.

"어렵다는 사실을 잘 알면서도 나로서는 이렇게 할 수밖에 없구나. 결정은 네가 하려무나. 어떻게 한다 해도 난 네 뜻을 존중할 수 있단다."

딱! 딱!

이청란은 탁자를 두 번 두드렸다.

예의 두 여인이 들어와 그녀를 조심스레 부축했다.

"괜히 찾아와 네 마음만 어지럽히고 가는구나. 시간은 충분하니 심사숙고(深思熟考)해서 결정해도 된다. 그리고 며칠에 한 번 정도는 네 얼굴을 볼 수 있다면 더없이 기쁘겠구나!"

처음으로 두 여인의 눈이 우연히 마주쳤다.

바라만 봐도 가슴이 젖어드는 그런 눈빛이 거기에 있었다. 어린 시절 무릎을 베고 잠들었다 깨어난 자신을 응시하던 어머니의 눈빛이 그랬고, 마지막으로 뵈었던 부친의 눈빛도 또한 그러했다.

위청란은 황급히 시선을 외면했다.

"상처가 있다니 술은 자제하는 게 좋을 듯싶구나!"

그 말을 끝으로 세 사람은 실내를 떠났다.

그러나 위청란은 한동안 탁자를 떠나지 못했다. 쇳덩이가 가슴을 짓누르는 듯한 느낌을 지울 수 없었다. 사후에 위청후를 부탁한다는, 대를 이어달라는 간절한 애원 때문만은 아니었다. 보다 근본적인 무언가가 있었다.

문득 한 사람이 떠올랐다.

"어머니……."

제 18 장

믿으시는 괴를 토하고 안드는 개처럼 좇기다

탁!

상처로 뒤덮인 투박한 두 손이 장방형의 목갑(木匣)을 탁자에 올려놓았다.

손의 임자는 종쾌였다. 그의 얼굴은 종횡으로 땀방울 자국이 가득했다. 그것도 모자라 바닥에 늘어진 피풍의(披風衣)를 털면 흙먼지가 한 움큼 잡힐 지경이었다.

찌들 대로 찌들어 불쾌감을 주는 장삼의 감촉과 왕복 이천 리(里)에 가까운 거리를 쉬지 않고 달려야 했던 번거로움을 떠나 그는 분노하고 있었다.

"대형, 도대체 그 원숭이 같은 놈은 누구요? 생각 같아서는 단칼에 요절을 내려다 간신히 참았소!"

탕!

거칠게 탁자를 내려친 종쾌는 그래도 분이 풀리지 않았는지 연신 뜨거운 김을 토했다.

"대체 놈은 누구요?"

종쾌는 그답지 않게 집착을 보였다. 단지 분노뿐만 아니라, 무자비한 독설(毒舌)로 자신을 깔아뭉갰던 상대가 이름도 없는 필부(匹夫)가 아니라는 사실을 확인하려는 무인의 자존심이기도 했다.

"그는 한 가지 방면에서 일가(一家)를 이룰 정도로 성취한 자! 비록 왜소하고 등이 굽었다 치더라도 천하제일을 다투어도 모자람이 없는 사람이다."

"그런 터무니없는… 합비(合肥) 인근에 그런 자가 있다는 것은 금시초문이오!"

종쾌는 대경(大驚)했다.

천하제일(天下第一)!

무인(武人)이라면 누군들 그 한마디에 평정심(平正心)을 유지할 수 있겠는가. 인정할 수 없는 상대를 지칭하는 말이라면 아마 더욱 그럴 것이다.

은연중 종쾌의 언성이 높아졌다.

"그 정도로 능력이 대단한 자라면 일면식(一面識)도 없다는 것이 가당키나 하단 말이오. 게다가 어째서 산속에 처박혀 홀로 지낸단 말이오?"

아무래도 납득이 가지 않았다. 보통 무림에 적을 둔 자라면 자신의 존재를 알리는 것을 주저하지 않았다. 하다못해 서푼짜리 무공 일 초반 식을 지녔어도 행세를 하려 드는 것이 칼을 든 자들의 생리였다.

그것이야말로 장차 명예(名譽)와 부(富)를 거머쥘 수 있는 기초가 되기 때문이다.

진무방은 덤덤히 응대했다.

"그는 음지(陰地)의 사람으로 오래전부터 타인에게 속박된 몸이다. 자고로 가치있는 물건은 쉽사리 드러내지 않는 법, 그의 이름이 강호에 널리 알려지지 않았다고 해서 이상할 것은 없겠지."

"하면 대형은 어찌 그자를 아시오?"

"과거 네 곁을 떠나 홀로 강호를 유랑할 때 그에게 약간의 도움을 준 적이 있다. 그는 세 가지 물건으로써 보은(報恩)을 약속했고, 네가 가져 온 목갑이 두 번째에 해당하는 것이다."

"음……!"

종쾌는 길게 신음했다. 무슨 까닭에선지 눈가로부터 얼굴 안쪽으로 누렇게 변해가고 있었다.

스윽!

진무방은 우수를 뻗어 목갑을 끌어당겼다. 그리고는 나직하게 물었다.

"그의 존재가 부담이 되나?"

'끙!'

종쾌는 씁쓸하게 웃었다. 이미 들켜 버린 이상 굳이 발뺌하고 싶지는 않았다.

"솔직히… 약간은 그렇소."

"하긴, 그런 생각이 드는 것도 무리는 아니겠지. 하지만 그를 경쟁 상대로 여길 필요는 없다. 그와 나는 과거의 실 타래로 얽힌 사이일 뿐, 그 이상도 이하도 아니다. 애초의 약속 그대로 이행될 것이다."

"바로 그 말을 기다렸소, 대형!"

종쾌의 얼굴에 득의의 미소가 어렸다. 한결 개운해진 기분으로 그는 몸을 일으켰다.

"소제는 이만 나가보겠소. 목욕도 좀 해야겠고, 그간 마시지 못했던 술이라도 질탕 마셔야겠소."

"그것도 좋겠지."

"그럼 이만!"

두 손을 모으고 가볍게 읍(揖)을 한 종쾌는 빠른 걸음으로 실내를 나섰다.

그가 사라지자 실내는 고요한 적막에 휩싸였다.

밝고[明] 어두운[暗] 극명한 대립(對立)!

공간을 삼 등분한 햇살만이 탁자 귀퉁이를 뜨겁게 달굴 뿐, 마치 일체의 시공(時空)이 정지해 버린 또 다른 세상의 단면을 보는 듯했다.

스윽!

돌연 진무방의 우수가 움직임을 보이더니 목갑의 덮개 부분에 양각된 용두(龍頭)를 매만지기 시작했다.

'드디어……!'

까칠한, 약간은 거친 듯하면서도 매끄럽기 그지없는 목재 특유의 감촉, 이 감촉이야말로 화려한 대미(大尾)를 장식하는 출발점이 되리라.

느닷없이 전신의 핏물이린 핏물은 미친 듯이 한 곳을 향해 치달렸다. 뻐근함을 호소하는 하체!

'성욕이라…….'

일순 당혹스러웠지만 굳이 본능을 거부하면서까지 인내할 생각은 없었다.

목갑을 챙겨 든 그는 서둘러 실내를 빠져나갔다.

　　　　　*　　　　　*　　　　　*

"아… 아!"

기여영은 환희에 찬 교성을 질렀다.

찌이익! 찌익!

전신을 가린 한 꺼풀 나의(羅衣)를 갈기갈기 찢어버린 그녀는 서둘러 진무방의 허리춤으로 손을 뻗었다. 요대(腰帶)가 풀어지고 앞섶이 벌어졌다. 근육으로 뭉친 탄탄한 가슴패기는 온통 구릿빛으로 번들거렸다.

"아, 당신!"

콧속 가득 밀려드는 사내의 체취(體臭), 짧은 밤을 아쉬워하며 기다리던 님의 향취였다.

그녀는 전에 없이 흥분하고 있었다.

반 강제로 이루어진 첫 관계 이후, 그녀는 한시도 마음을 놓을 수 없는 입장이었다. 비록 외면당하는 신세였어도 엄연히 한 남자의 아내요, 어머니였다.

그러나 지금은 온전한 그의 여인이었다. 마치 새로이 태어나 처녀를 바치는 듯한 달콤한 감정이 그녀를 더욱 불타오르게 만드는 이유였다.

가슴을 어루만지던 손길이 둥글게 원을 그리며 차츰 아래로 향했다.

팽!

하의가 벗겨지며 하늘을 찌를 듯 치솟은 우람한 상징이 모습을 드러냈다.

그녀는 몹시 서둘렀다. 한 손으론 사내의 상징을 움켜쥐고 말을 타는 자세를 취하는가 싶더니 달덩이처럼 탐스러운 둔부를 아래로 뚝 떨어뜨렸다.

"아학!"

"음!"

뚜렷이 상반된 신음과 함께 둔부가 힘차게 율동하기 시작했다.

픽! 픽! 픽!

살덩이가 맞부딪치는 요란한 소리가 실내를 가득 메웠다. 어느덧 일정한 속도로 들려오던 타육성(打肉聲)이 시간의 흐름에 따라 점차 간격을 좁혀갔다.

절정의 순간은 어이없을 정도로 빨리 찾아들었다.

"아아, 아… 무방!"

중심 깊은 곳에서 시작된 거대한 파동은 온몸을 집어삼켰다. 전신이 녹아드는 쾌감에 그녀는 전율했다.

꽉 다물어진 허벅지는 의지와 상관없이 바들바들 떨렸고, 갈고리처럼 오그라든 손가락이 사내의 가슴패기를 사정없이 후벼팠다.

"아하… 흑!"

가슴으로 무너져 내리는 기여영의 가녀린 허리에 돌연 진무방의 팔뚝이 둘러졌다.

빙글!

두 사람의 자세가 뒤집어졌고, 구릿빛 동체가 활짝 벌려진 허벅지 사이로 압박해 들었다.

"아, 아!"

흑백(黑白)이 경계를 찾아가던 기여영의 눈동자가 또다시 뿌옇게 흐려졌다.

섬섬옥수(纖纖玉手)가 사내의 목을 압박하고, 대리석을 다듬은 듯 매끄러운 두 다리는 둔부를 옭아맸다.

"아! 어서, 어서 빨리!"

한 치의 틈새도 없이 맞물린 두 사람은 서서히 파도를 타기 시작했다.

실내에는 후끈한 열풍이 휘몰아쳤다.

쪼르르!

술은 맑은 소리를 동반하고 잔으로 떨어져 내렸다. 국화주(菊花酒)였다. 잘 말린 국화 잎 한 가지만으로 담근 어디서나 볼 수 있는 평범한 술이었다.

일문의 주인에게 어울리는 술은 아니었지만, 독하지 않으면서도 투명하리만큼 엷은 담황색(淡黃色) 액체에서 풍기는 그윽한 향기를 그는 유독 좋아했다.

사실 그는 그다지 술을 즐기지 않았다.

그렇지만 나른한 정사(情事)의 여운을 배가(倍加)시키는 데는 한잔 술이 제격이라는 사실쯤은 이미 오래전부터 알고 있었다.

진무방은 침상에 몸을 기댄 채 술잔을 기울였다.

먼저 혀끝을 살짝 적셔 입 안을 고루 헹구고 나서 한 번에 반 정도를 들이킨다. 입 안에 가득했던 향기가 사라질 무렵 다시 나머지를 마신다.

약간 번거롭기는 했어도 국화주 본연의 맛과 향기를 즐기는 데는 최상의 방법이기도 했다.

'흠, 좋군!'

콧속을 간지르는 잔향(殘香) 덕에 달아올랐던 심신(心身)이 절로 편안해졌다.

그가 술잔을 내려놓자, 가슴 가득한 체모(體毛)를 매만지던 기여영이 짐짓 앙탈을 부렸다.

"어쩜 이럴 수가 있죠? 내겐 당신밖에 없다는 걸 잘 알면서 이제야 찾아주다니!"

발그레하게 홍조 띤 얼굴로 눈을 흘기는 그녀를 누가 마흔에 가까운 중년의 나이라 여기겠는가!

아이를 낳았음에도 형체를 잃지 않은 젖가슴과 팽팽한 피부는 이십대의 육체로 보아도 좋을 만큼 신선했다.

"늦게나마 왔으니 그만 화를 푸시오."

그녀는 세차게 도리질을 쳤다.

"아니에요, 아니에요. 당신, 절대 그런 게 아니에요. 전 그저 당신이 싫증을 느꼈는가 하고 걱정이 됐을 뿐이에요. 하지만 이젠 됐어요."

"원, 별소리를 다 하는구려."

진무방은 탐스런 머리칼을 쓸어 올리고는 아직도 열기가 남아 있는 그녀의 두 뺨을 어루만졌다.

"아, 무방! 행복해요!"

기여영은 더욱더 가슴으로 파고들었다.

"그리고 정말 고마워요."

"무엇 말이오?"

"약속을 지켜주어서 말이에요."

아련히 떠오르는 과거의 편린(片鱗)에 그녀는 저도 모르게 얼굴을 붉혔다.

남편을 독살(毒殺)한 간부(姦婦)!

스스로 오욕(汚辱)의 멍에를 택한 그녀였지만, 자식에 대한 사랑만큼은 저버릴 수 없었는지 협조하는 대가로 한 가지 조건을 내세웠었다.

'딸아이의 안전'이 그것이었다.

그러나 위청란이 무사히 탈출할 수 있었던 것이 진무방과의 묵계(默契) 때문이 아니라, 한 사람이 자신의 목숨을 버림으로써 이루어졌다는 사실을 안다면 그녀는 과연 어떤 반응을 보일지……

"오늘은 내내 곁에 있어주겠지요?"

조심스럽게 물으며 그녀는 바짝 가슴을 들이밀었다. 지그시 가슴과 가슴이 맞부딪치며 풍만한 유방이 형편없이 일그러졌다.

"그럴 생각이오."

그 한마디가 기여영을 불타게 만들었다.

"아, 아… 무방!"

두 손이 목덜미에 둘러지고, 해초(海草)처럼 하늘거리는 머리칼이 진무방의 가슴을 덮었다.

불덩이를 삼킨 것같이 뜨거운 입술이 서서히 아래를 향해 움직였다. 강철 같은 가슴과 근육으로 뭉친 복부를 지난 열기가 거대한 첨단(尖端)에 이르는 순간이었다.

팟!

돌연 진무방의 우수가 허공을 갈랐다.

"음!"

졸지에 혈도를 짚인 기여영이 그대로 침상에 널브러지자, 진무방은 침상 옆에 놓여 있던 얇은 침의(寢衣)만을 걸치고 아래로 내려왔다.

다시 국화주를 따라 한 잔 마시고 침실을 나서는 그의 얼굴은 언제 그랬냐는 듯 무심하기만 했다.

　침실 밖은 화장대(化粧臺)와 동경(銅鏡)을 중심으로 화려하게 꾸며진 여인의 규방(閨房)이었다. 사방 벽에는 산수화(山水畵)를 비롯해 몇 폭의 미인도(美人圖)가 걸려 있고, 중앙에는 고풍스러운 탁자가 놓여 있었다.

　그곳에 한 사람이 앉아 있었다. 양광(陽光)을 등지고 비스듬히 의자에 기대고는 두 발을 탁자에 올린 편안한 자세의 외팔이 청년, 바로 조인환이었다.

　"하하, 정말 대단하오. 주인의 자리를 차지하고 안주인까지 마음대로 농락하다니 말이오. 박수라도 쳐주고 싶지만, 보다시피 이 꼴이라 정말 유감이오."

　조인환은 대뜸 엄지손가락을 치켜세웠다.

　호탕하게 웃는 것에 반해 내용은 낯 뜨거울 정도로 신랄한 비난과 조롱의 연속이었다.

　그러나 정작 진무방은 태연했다. 다만 느릿하게 맞은편 의자에 몸을 기대며 한마디 했다.

　"길러준 사부에게 칼을 들이대려는 자네 역시 만만치 않은 것이 아닌가?"

　"그는 더 이상 내 사부가 아니오!"

　거의 비명에 가까울 정도로 날카로운 쇳소리가 실내를 찢어발겼다.

　이글이글 타오르는 살기 어린 시선, 인간의 것이라곤 여겨지지 않는 화염(火炎)이 조인환의 눈에 가득했다.

　한동안 분노로 몸을 떨어대던 그는 이내 자신의 실태를 깨닫고 화제를 돌렸다.

"그나저나 좀 심한 것 아니오? 일문의 주인이 기거하는 곳일진대 이렇게 경비가 허술해서야… 이러다 이곳의 주인이 또다시 바뀌지 않을까 모르겠소."

빙긋 웃으며 조인환은 하나뿐인 손으로 슬쩍 도초(刀鞘)를 어루만졌다. 말투만 약간 바뀌었다 뿐이지 전보다 더 노골적인 조롱이었다.

스윽!

진무방의 우수가 허공으로 들려졌다.

그러자 놀랍게도 실내의 공기가 차갑게 식어갔다. 출처를 알 수 없는 칼날 같은 기운이 저릿할 정도로 등줄기를 타고 흘렀다. 살기였다.

'꿀꺽!'

조인환은 저도 모르게 마른침을 삼켰다.

살기가 분명하건대 평소에 대하는 일반적인 그런 느낌과는 천양지차(天壤之差)였다. 뭔가 달랐다. 단순히 상대를 제압하겠다는 뜻이 아니라, 반드시 상대방을 없애겠다는 처절한 살기였다.

진무방의 우수가 원래대로 돌아가자, 살기는 씻은 듯이 사라졌다.

"눈에 보이는 것이 전부는 아니라네!"

두 사람의 시선이 자연스레 허공에서 부딪쳤다. 조인환의 눈에는 인간이 가지는 온갖 종류의 감정이 고스란히 드러나는 반면, 진무방의 그것은 깊이를 잴 수 없는 무저연(無低淵)을 보는 듯했다.

온몸이 투시되는 것도 모자라, 전신이 조각조각 해체되는 느낌에 조인환은 황급히 시선을 거둬야 했다.

"이곳까지 찾아든 것을 보니 준비가 된 모양이군!"

"그렇소. 당신 일은?"

여전히 혈기가 넘치는 거친 말투였지만, 음성에는 은연중 경외감이 담겨 있었다.

"다행스럽게도 나 역시 준비를 끝냈네."

몸을 일으킨 진무방은 구석으로 걸어간 다음, 경대(鏡臺)에 부착된 작은 장식장에서 물건 하나를 꺼냈다. 바로 종쾌가 가져온 목갑이었다.

"자네가 요구한 물건이지."

그제야 조인환은 탁자에서 두 다리를 내려놓았다. 목갑을 건네받은 그는 서둘러 자리에서 일어났다.

"태호를 건너다 보니 제비들이 유난히 낮게 날더구려. 칼이나 녹슬지 않게 닦아두시오!"

"언제쯤 시작할 셈인가?"

"허, 당신도 남에게 물어볼 때가 있소?"

별일이라는 듯 어깨를 으쓱한 조인환은 날카로운 눈으로 진무방을 응시하다가는 별안간 몸을 날렸다.

창문 너머로 아련하게 그의 목소리가 들려왔다.

해가 저물면 두고두고 기억에 남을 밤이 될 거요.

'오늘 밤, 오늘 밤이라……'

진무방은 거듭 되새기며 침실로 향했다. 지금은 미시(未時) 무렵, 서둘러야만 했다. 초여름 햇살이 아무리 길다 해도 준비를 갖추기엔 빠듯한 시간이었다.

또다시 하체가 불끈 용트림했다.

2

"닥쳐라!"

쾅!

임천행은 탁자를 내려치며 안도의 말을 잘랐다. 분노를 주체하지 못한 탓인지, 주먹이 두께가 다섯 치에 이르는 상판(上板)을 파고들었다.

"뉘 안전에서 그 따위 망발을 입에 담느냐! 한낱 수적(水賊) 무리의 도움이 없다고 눈이나 깜짝할 것 같나? 본 문의 역량을 그 정도로 보았다면 오산(誤算)이다!"

부르르!

가슴께로 들어 올린 주먹이 무섭게 떨렸다. 눈앞의 두 사람만 없다면 상대의 어리석음을 즉석에서 깨우쳐 주고 말겠다는 기세였다.

그러나 안도는 전혀 두려워하지 않았다. 오히려 입술을 몇 차례 오물거리더니 손가락을 콧속에 넣었다.

어찌 보면, 아니, 상대의 입장에선 분명 도발을 유도한다고 여길 수밖에 없었다.

"가, 감히 네놈이!"

그가 언제 이런 꼴을 당했던가!

여덟 살, 적검문에 발을 들이던 첫날을 제외하곤 사부 이외에 누구에게도 이따위로 무시당한 적은 없었다. 그는 대공자라는 직위뿐만 아니라, 실력으로 따진다 해도 명실공히 적검문의 이인자였다.

더 이상 참는다면 혈환도(血幻刀)라는 자신의 명호를 버려야 할 터였다.

팽팽한 일촉즉발(一觸卽發)의 위기감이 감돌았다.

"대공자, 그만두시오!"

황급히 노대유가 만류했다. 자리를 박차고 일어난 그의 두 눈엔 은은한 노기가 담겨 있었다.

"그분은 본 문의 귀빈이오. 주인(主人)과 객(客)은 엄연히 입장이 다른 법! 객이 불경했다 해서 무조건 치죄를 논하기보다는 너그러이 허물을 가려주는 것이 주인된 자의 진정한 도리요. 더군다나 문주님 안전에서 어찌 그리 경망스레 행동하는 게요!"

짐짓 임천행의 언사를 꾸짖는 듯한 태도였지만, 곰곰이 뜯어보면 내용은 그게 아니었다.

실제로 그가 강조한 것은 '불경(不敬)'과 '치죄(治罪)', 그리고 '너그러움'이었다. 교묘하게 안도의 행위를 핍박하는 말인 것이다.

그 뜻을 모를 리 없는 임천행이 기세를 조금도 누그러뜨리지 않자, 노대유는 실로 난감했다.

굴러 들어온 돌이 박힌 돌을 빼낸다고, 분명 등소의 관심이 그에게 집중되는 것을 못마땅하게 여겼을 것이다. 그런 외중에 참기 힘든 모욕을 당한 셈이니 십분 이해가 갔지만, 사감(私感) 때문에 대세(大勢)를 그르치는 것을 바라만 볼 수는 없었다.

"대공자, 제발 자중하시오!"

간절한 염원이 담긴 한마디였건만, 임천행의 출수(出手)를 막지는 못했다.

싸아악!

긴 호선을 그리며 환도(環刀)가 떨어져 내렸다. 날카로운 도신엔 안도의 목을 일도양단(一刀兩斷)하겠다는 필살의 의지가 새겨진 듯했다.

"그만두어라."

그때 들려온 메마른 음성, 무시해도 좋을 만큼 작은 음성엔 사람을 옭아매는 기이한 힘이 담겨 있었다. 특별히 한 사람에게는 절대적인 권위를 상징했다.

콱!

실로 아슬아슬하게 목젖을 빗겨간 도신이 탁자 상판에 깊숙이 박혀들었다.

임천행은 언제 그랬냐는 듯 태연한 얼굴로 자리에 앉았다. 분노는 흔적도 없이 사라진 모습이었다.

짝짝짝!

느닷없이 손뼉 소리가 울렸다. 사람들의 시선이 집중되자 안도는 등소를 향해 엄지손가락을 치켜세웠다.

"킬킬! 좋아, 좋아! 헛바닥이 매끄러운 수하에 당찬 제자라… 등 문주는 역시 대단한 인물이오."

"칭찬으로 받아들이지."

분위기가 한결 부드러워지는 틈을 노려 노대유는 재빨리 화제를 바꿨다.

"귀공을 탓하자고 만든 자리가 아니오. 계속해서 사람을 보낸 건 그간의 경위가 궁금할 뿐더러 차후의 일을 논의하기 위함이외다."

"그간의 경위?"

"그렇소이다. 본인이 알기로는 그날 삼백여 명에 가까운 귀공의 수하가 대풍방 인접한 곳에 위치했던 것으로 아는데, 그들은 어쩐 일인지 움직임을 보이지 않았소. 문주께선 이 점에 대해 몹시……."

안도가 말을 잘랐다.

"난 계집을 안을 때 방해받는 걸 가장 싫어해."

불쑥 한마디 던지고 안도는 다시 인상을 찡그리며 코털을 뽑는 데 열중했다.

노대유가 사실을 추론하는 데는 무리가 없었다.

치솟는 불길을 그들도 보았을 테니 틀림없이 연락을 취했을 터였다. 그 시각 계집을 탐하던 안도가 그것을 무시해 버린 것이 분명했다.

어쩌면, 아마 그렇게 될 줄 뻔히 알았기에 수하들이 아예 보고조차 안 했을 수도 있었다.

'끙!'

소태를 씹은 듯 입맛이 썼다.

사실 그가 소주 근교 태생이란 것을 어렴풋이 알고 있었기에 은연중 상세한 조사를 지시했다.

수하가 들려준 색(色)과 광기(狂氣)로 점철된 일련의 사건들에 그는 입을 다물지 못했다. 반신반의, 우려했던 것이 사실로 드러난 것이다.

"자고로 영웅(英雄) 호색(好色)이라, 더 이상 문제 삼지는 않겠소. 하나 이런 일이 계속해서 반복된다면 좌시할 수 없다는 사실은 알아두시오!"

"큭큭큭! 아하하하! 양주의 미친 개가 영웅이라? 이거 지나가던 개가 하품을 할 노릇이군!"

안도는 미친 듯이 웃어댔다. 뱃가죽이 접히고, 눈물, 콧물이 쏙 빠지도록 말이다.

"좋아, 좋아! 미천한 이 몸을 높이 평가해 주니 그에 맞는 보답을 해주는 게 도리겠군. 찾아다니기 귀찮으니까 밤이 가기 전에 계집 스무명을 한꺼번에 보내줘. 애초에 속곳 백 장을 접수하기로 작정했으니 마저 채운 다음, 나흘 후에 원하는 걸 얻게 해주지. 어차피 슬슬 지겨워지던 차였으니까."

노대유는 슬쩍 상석을 응시했다. 예상했던 대로 등소는 거부의 빛을 보이지 않았다.

"알겠소. 원하는 대로 해드리겠소."

"대충 끝난 것 같으니 난 이만 사라져도 되겠지?"

안도는 서둘러 자리에서 일어났다.

곧 찾아올 쾌락의 밤이 그를 조급하게 만들었다. 막 신형을 돌리려는데 시선을 끄는 물건이 있었다. 그때까지도 상판에 박혀 있는 환도였다.

"정말 좋은 도(刀)야!"

도를 뽑아 들고 살피던 안도는 진정 감탄했다.

적당한 무게에 알맞은 크기, 무엇보다 마음에 든 것은 날카로운 데반해 전혀 광택이 없다는 것이었다. 칙칙하게 죽어버린 은회색의 도신이 그를 유혹했다.

홀륭한 병기(兵器)를 탐하는 것은 무인의 본능이었다. 그 점은 안도 역시 다르지 않았다.

그러나 단지 그것뿐만은 아닌 듯했다. 안도의 두 눈은 유난히 번들거리고 있었다.

"우선은 내가 갖는 것으로 하겠지만, 언제고 기회가 생긴다면 반드시 돌려주지."

"기대하겠소."

임천행의 음성을 등 뒤로 받으며 안도는 휘적휘적 걸음을 옮겼다.

삐걱!

문이 열리며 차갑게 가라앉은 밤 공기가 화악 실내로 밀려들었다.

투두둑!

기와를 때리는 소리가 요란했다. 저녁나절 찌푸렸던 하늘이 드디어 빗줄기를 쏟기 시작한 것이다.

쏴아아아······!

점점 커지는 빗소리에 반해 세 사람은 무거운 침묵으로 일관했다. 한 사람이 던진 파문을 제각기 해석하며 나름대로 생각에 몰두하고 있었다.

언제나 그렇듯, 대화의 시발점은 노대유였다.

"예상외로 잘 풀린 것 같군요."

그는 한시름 놓았다는 표정으로 등소를 살폈다.

사실 가장 긴장한 사람은 그였다. 명을 따라 가장 객관적인 절차를 거쳐 고르긴 했어도, 수로연맹 강소총단을 선택한 것은 자신이었으니까.

그가 무슨 소리를 떠들든 간에 임천행은 여전히 충격에서 벗어나지 못하고 있었다. 직접적인 원인을 제공한 안도보다 정작 그를 더욱 분노하게 만든 건 사부인 등소의 안일한 태도였다.

'사부도 이젠······.'

걷잡을 수 없이 들끓는 분노, 나약하게만 느껴지는 사부의 모습은 그로 하여금 생에 최초로 사부에게 반론을 제기하는 모험을 감행케 했다.

"도무지 이해가 가질 않습니다. 어째서 그 미친 작자에게 그토록 의지하려 하십니까? 제게 적마대 일부를 주십시오. 진가 놈의 목을 따오겠습니다."

"불가(不可)!"

"하지만 사부!"

"언제부터 그렇게 말이 많아졌느냐?"

꿈틀!

등소의 눈썹이 일그러졌다.

전신에서 풍기는 위압감은 여전했지만, 임천행은 예전에 비해 뭔가 달라졌다는 느낌을 받았다.

'역시 늙었어!'

임천행이 고개를 떨구자, 등소의 시선은 자연스레 노대유를 향했다.

"사흘 뒤엔 출정할 수 있도록 모든 일정을 조정하도록 하게. 적마대 전원을 준비시키고, 아울러 본 문의 영향력 하에 있는 모든 자들에게 통보해 일정 규모의 인원을 차출하도록!"

"그렇게 하지요."

허리를 펴며 노대유는 임천행을 일별(一瞥)했다. 평소 마음에 드는 구석이라곤 없었건만, 의기소침한 그가 어쩐지 측은하게 느껴졌다.

"문주께선 문도(門徒)들의 희생을 줄이고 대공자의 안위를 생각하여 그런 결정을 내리신 거외다."

"그건 나도 잘 알고 있소!"

맘에도 없는 소리를 주고받는 두 사람을 내려다보며 등소는 탐스러운 은염(銀髥)을 어루만졌다. 손끝을 자극하는 매끄러운 감촉을 즐기기라도 하듯 유난히 느릿하고 여유가 느껴지는 동작이었다.

문득 한 가지 사실이 떠올랐다.

"자네, 아까 말이야……."

안도를 부르기 위해 출타했던 노대유가 저녁 늦게 돌아와서는 뜻 모를 말을 건넸다. 몹시 궁금했지만 뒤따라 안도가 들이닥쳤기에 까맣게 잊고 있었던 것이다.

"허헛, 이제야 생각나신 모양이군요."

짝짝!

노대유는 소리 내어 손바닥을 두드렸다.

그러자 허리에 칼을 두른 사내, 경비 무사로 보이는 삼십 대 사내가 후닥닥 뛰어 들어왔다. 노대유가 사내의 귀에 대고 몇 마디 중얼거리자 사내는 곧 사라졌다.

"대체 무슨 일인가?"

"허허! 그건 미리 말씀드릴 수 없으니 궁금하시더라도 잠시만 기다려 주시지요."

빙그레 웃기만 하는 노대유를 보며 등소는 나직이 혀를 찼다.

근 일각 정도 시간이 흘러간 연후, 조심스레 문이 열리더니 두 사람이 들어왔다.

한 사람은 뚜껑이 덮인 커다란 요리 접시를 들었고, 다른 이는 술잔과 술병이 놓인 소반을 들고 있었다. 행색으로 보아 숙수인 듯했다.

"그쪽에. 그래, 거기다 내려놓거라."

노대유의 지시에 따라 탁자 중앙에 접시가 놓였고, 삼 인 앞에는 가지런히 술잔이 자리를 잡았다.

이윽고, 숙수의 손에 의해 뚜껑이 젖혀지자 화악 뜨거운 김이 솟구치는 가운데 형언할 수 없을 정도로 향기로운 냄새가 풍겨 나왔다.

접시에 놓인 것은 커다란 잉어였다.

한데 묘한 것이 일반적인 잉어와 다르게 전신이 불이라도 붙은 것처럼 시뻘겠다. 지느러미 전부와 간간이 드러난 속살뿐만 아니라 눈알마저 붉었다.

"혈리(血鯉), 혈리로군!"

등소의 눈이 휘둥그레졌다.

모르는 자들은 '기껏해야 한 마리 잉어일 뿐이다!' 라고 말할지도 모르지만, 실상 혈리는 태호에서만 잡히는 물고기로 고기잡이로 생계를 꾸리는 자들도 평생 가야 한두 마리 구경할 정도로 희귀했다.

그 희소성(稀少性)은 둘째 치고, 등소에게는 잊을 수 없는 기억이 함께했다.

혈리의 육혈(肉血)은 최고의 보양재(補陽材)였다. 특히 무예에 입문하는 십 세(歲) 전의 아이가 복용할 경우엔 근골(筋骨)을 강하게 만들고 피를 맑게 해주는 효능이 있어 무가(武家)치고 탐내지 않는 곳이 없었다.

극성스런 사부 덕에 등소는 두 번이나 맛보는 행운을 누렸다. 무려 이십오 년이 지난 후에 사부의 흔적을 떠올리는 물건을 대하자니 어찌 감회가 없을 손가!

그 점은 임천행 역시 별반 다르지 않았다. 그 역시 아홉 살이 되던 해 등소의 손에 이끌려 혈리를 먹어본 기억이 있으니까 말이다.

그사이 숙수들은 각자 술을 따라 마시고 혈리를 한 점 입에 넣어 보였다. 시음(試飮)을 마친 그들은 공손히 허리를 숙이고 물러갔다.

"어떻습니까? 만족하셨는지요?"

"허허, 이르다 뿐인가! 아무튼 자넨 가끔 나를 놀라게 만드는군."

등소는 진심으로 기뻐했다. 희귀한 혈리를 맛본다는 즐거움이 전부는 아니었다. 일생일대의 중대사를 앞두고 길조(吉兆)라 느끼기에 충분했던 것이다.

"우선 한 잔 하시지요."

노대유가 술병을 잡아갔다.

쪼르륵!

맑은 액체가 찰랑찰랑 술잔에 가득 채워지고, 세 사람은 단숨에 술을 들이켰다.

"잘 요리했군. 훌륭한 솜씨야!"

살점을 한 점 맛본 등소는 연신 젓가락을 놀렸다.

임천행 역시 빠지지 않았고, 술잔을 도로 채우느라 시간을 뺏긴 노대유도 서둘러 대열에 끼어들었다.

"한 잔 더 드시지요!"

임천행의 주창으로 다시 일배가 이어졌는지라, 통통하게 살이 오른 혈리는 앙상한 가시를 드러냈다.

어느 정도 양이 찼는지 등소는 얼굴 가득 흡족한 미소를 지으며 물러났다.

"오랜만에 마음에 드는군. 대유, 음식을 조리한 자들에게 후하게 포상(褒賞)을 하도록 하게!"

"알겠습니다. 그렇게, 허억!"

숨통을 콱 막아오는 느낌에 노대유는 아랫배를 움켜쥐었다.

통증(痛症), 뱃속이 한줌 핏물로 녹아드는 느낌이 이러할까. 대뇌(大腦)가 인지한 순간부터 그것은 더 이상 통증이란 말로 표현할 수 있는 크기가 아니었다.

푸들푸들 떨어대던 그의 손가락이 한껏 오그라들어 목덜미를 쥐어뜯었다.

"끄으으······!"

모든 것이 흔들렸다. 탁자가, 술병이, 놀란 눈으로 자신을 바라보는 등소와 임천행의 얼굴마저도 어지러울 정도로 빙글빙글 맴돌았다. 뿌옇게 흐려지는 시선 속에 탁자가 급격히 눈앞으로 다가왔다.

와장창!

떨어져 내린 술병과 접시가 바닥에 부딪쳐 산산이 박살나는 것과 때를 같이해, 노대유의 신형은 새우처럼 말린 채 바닥으로 쓰러졌다.

경련을 일으키는 그의 전신이 점차 검게 물들어가는 걸 응시한 등소는 저도 모르게 자리를 박차고 일어났다.

'독(毒), 독이구나!'

"우웨엑!"

그를 증명이라도 하듯 임천행은 시커먼 피화살을 뿜어냈다. 동시에 등소의 입술 사이로도 가늘게 핏물이 흘러나오기 시작했다.

"크억!"

등소는 크게 몸을 휘청거렸다.

초점이 흐려지는 눈과 의지와 무관한 경련, 그리고 토혈(吐血), 지독한 독이었다. 발동한 지 불과 서너 호흡 만에 노대유의 시신에선 악취가 풍기고 있었다. 게다가 산공독(散功毒)의 일종인지 내력이 사라지고 있었다.

그는 서둘러 품속을 뒤져 금박(金箔)을 입힌 환약(丸藥)을 꺼내 삼켰다.

노대유의 극성에 항시 지니고 다니던 해독환(解毒丸)이었다. 평소 못마땅하게 여겼건만, 이 순간만큼은 그의 배려가 눈물나게 고마운 등소였다.

그때였다.

"소용없을 거요."

약간은 들뜬 듯한 목소리가 들려왔다. 그리곤 문이 열리고 누군가가 들어왔다.

"오랜만이오, 두 분."

문가에 서서 조인환은 손을 흔들어 보였다.

"우웨엑!"

등소는 한 바가지나 되는 흑혈(黑血)을 토했다. 가물거리는 시선에 투영된 상대의 모습을 확인한 그는 일순 할 말을 잃어버렸다.

"네, 네놈이 어떻게……?"

뒤늦게 발견한 임천행이 대경(大驚)해 부르짖었다.

태반이 검게 변한 얼굴이 허옇게 물드는 것이 마치 귀신이라도 본 듯한 형상이었다. 하기야 자신이 직접 사지(死地)로 몰아넣은 사람이 멀쩡히 살아 돌아왔으니 놀라는 것도 무리는 아니었다.

"어떻게 그 지옥을 나섰냐, 그 말이오?"

조인환은 의자를 끌어다 몸을 앉혔다. 미소를 머금고 다리를 꼰 채 앉아 있는 그의 발끝 아래 임천행이 머리를 조아리는 듯한 자세가 되었다.

"운이 좋았다고 할까, 사형도 알다시피 난 음풍동(陰風洞)의 험함을 미리 경험한 적이 있지 않소? 그 아래를 흐르는 지하수로가 태호와 연결된 사실을 안 것은 훨씬 나중의 일이지만, 아무튼 그 덕에 살아난 셈이오. 만약 음풍동이 아닌 한천뢰(寒天牢)에 갇혔다면 꼼짝없이 그 안에서 뼈를 묻었을 거요."

남의 얘기를 하듯, 그저 덤덤한 어조와는 달리 그는 상당한 대가를 지불했다.

습기에 장시간 노출된 어깨가 썩어 들어가 상처에서 반 치 정도를 더 도려내야 했고, 심한 동상(凍傷)으로 인해 발가락과 왼쪽 귀를 스스로 잘라내야 했다.

채 아물지 않은 상처가 들쑤시며 해묵은 감정을 부채질했다.

"솔직히 늘 부러워했었소. 사형의 뛰어난 능력을, 사형에게만 쏟아지는 사부의 관심을 동경했소. 만약 사형이 없었다면 어쩌면……."

아니, 분명 달라졌을 것이다.

벽에 부딪쳐 절망에 몸부림치지 않았을 것이고, 사부를 원망하는 일도, 술과 계집에 찌들어 자신을 망치는 일도 없었을 것이다.

하지만 이제 와서 무슨 소용이 있겠는가!

가만히 고개를 저으며 조인환은 몸을 일으켰다.

"사형 말대로 내겐 이곳이 어울리지 않았던가 보오. 어리석게도 지금에야 그 사실을 깨닫다니… 우리 질긴 인연을 그만 끝내도록 합시다!"

스릉!

금도(金刀), 금빛으로 번쩍이는 도극이 심장에 닿은 것을 아는지 모르는지 임천행은 반응이 없었다.

검게 죽어버린 얼굴, 한껏 오그라든 사지(四肢), 이미 사신(死神)이 덮친 모습이었다. 약간의 생기가 남은 눈동자만이 세차게 떨리고 있었다.

'잘 가시오!'

조인환은 힘주어 도극을 밀어넣었다.

스윽!

금도를 회수하고 조인환은 신형을 돌렸다.

상석의 태사의, 그곳에 등소가 있었다.

날카롭게 쏘아보는 그의 시선에서 조인환은 분노보다는 일의 경위를 묻는 것을 느꼈다.

"혈리를 잡느라 고생이 심했소. 오 일 동안 무려 백오십 척의 고깃배가 동원되어 태호 바닥을 샅샅이 훑다시피 했으니까 말이오. 술과 혈리에는 독이되 독이 아닌 것이 들었소. 각각은 아무런 해(害)가 없지만, 합쳐지면 일정 시간이 흐른 뒤에 극독으로 변하는 그런 물건이오. 날이 밝으면 시음했던 숙수들은 여느 때처럼 멀쩡히 일어나 제 일을 할 거요."

"그, 그랬군. 컥! 커억!"

심화가 도진 탓에 등소는 또다시 피를 토했다.

"어리석은……. 날 제거한다 해도 네놈의 능력으론 절대 이곳을 접

수할 수 없다. 그 이유는 네가 더 잘 알겠지? 네놈도 곧 내 뒤를 따르게
될 것이다!'

입을 열 때마다 꾸역꾸역 흘러나온 독혈이 은염(銀髥)을 타고 바닥
으로 떨어져 내렸다. 더불어 눈동자가 급속도로 생기를 잃어갔다.

'아마 그럴 일은 없을 거요.'

중얼거리며 조인환은 금도를 들어 올렸다.

"내세(來世)엔 부디 제자를 하나만 두길 바라겠소!"

쉬잇!

"등소야, 등소야! 결국 품에서 기른 승냥이 새끼에게 목덜미를 물렸
구나. 크하하핫!"

금도는 앙천광소(仰天狂笑)를 터뜨리는 등소의 목덜미로 파고들었
다.

퍼억!

손목을 울리는 둔탁한 감촉을 느끼며 조인환은 그대로 손을 놓아버
렸다. 그는 힐끗 목을 떨구는 등소를 일별하고는 이내 등을 돌렸다.

이것으로 십수 년 동안 금도옥소(金刀玉笑)라 불렸던 자신의 과거는
영원히 사라진 것이다.

덜컹!

돌연 세차게 문이 열리고 악무비가 뛰어 들어왔다. 빗물에 흠뻑 젖
은 악무비의 전신에 상처가 보이는 것이 험악한 일전을 겪은 것을 알
려주었다.

뒤를 이어 진무방이 모습을 나타냈다.

"쳇, 벌써 뒈졌군!"

실내를 살피던 악무비가 아쉽다는 듯 입맛을 다시더니 양손에 든 것

을 내던졌다.

데구르르……

둥그런 물체는 바닥을 굴러 등소의 발에 부딪쳤다. 놀랍게도 목 위로 매끈하게 잘린 인두(人頭)였다.

조인환도 익히 아는 자들이었다. 적마대를 총괄하는 수석대주 추혼검(雛魂劍) 막굉(莫宏)과 그의 오른팔인 송문길(宋門佶)이었다. 두 사람의 죽음은 적마대 전체가 장악됐다는 사실과 다름없었다. 나머지 대주들 역시 무사하지 않을 테니까.

"이거 축하드려야겠구려, 진 방주! 드디어 소주를 한 손에 쥐고 흔들 거물이 되었으니 말이오."

"빈말이라도 고맙군."

조인환의 빈정대는 말투는 여전했지만, 진무방은 별반 거부하는 기색이 없이 대꾸했다. 그만큼 마음에 여유가 생긴 탓이리라.

"약속한 것은 자네 이름으로 대륙전장(大陸錢莊)에 맡겨두었네. 언제든지 원할 때 찾을 수 있을 걸세."

"알겠소. 난 이만 떠나야겠소."

조인환은 실내를 한 바퀴 돌아보고는 조금도 미련이 없다는 듯 성큼 걸음을 옮겼다.

"어디로 갈 건가?"

떠나는 그의 등에 대고 등소가 불쑥 물었다.

너무도 엉뚱한 질문이었기 때문일까, 조인환은 멈칫하더니 이내 돌아섰다.

"글쎄… 잘은 모르겠소. 거금(巨金)이 생겼으니 우선 발길 닿는 대로 돌아다녀야겠소. 그러다 맘에 드는 곳을 만나면 눌러앉아 술 장사 겸

계집 장사나 해볼 생각이오. 여태 제대로 배운 건 그것밖에 없으
니……."

그 말을 끝으로 밖으로 걸어나가는 조인환의 입에서 낭랑한 음성이
흘러나왔다.

"본 문 인근에 미친 개 한 마리가 살고 있소. 여간 사나운 게 아니니
꽤 신경을 써야 할 거요."

철벅! 철벅!

빗물을 차는 질척한 발자국 소리가 점점 멀어지더니 이내 흔적도 없
이 사라져 버렸다.

'아무리 사나운 개라도 함부로 이빨을 드러내면 몽둥이 세례를 받는
법이라네.'

희미하게 진무방은 웃었다.

"등소의 목을 내다 걸도록! 모두에게 새로운 주인을 섬겨야 한다는
사실을 알려줘야겠지."

"존명!"

사아악!

악무비의 칼이 허공을 가르며 눈부시게 빛을 발했다.

3

부슬부슬! 빗줄기는 쉽사리 그칠 기미가 없었다.

빗발이 가늘어 내리는 양은 적었지만, 한동안 메말랐던 대지를 적시기에는 모자람이 없었다. 본격적인 여름의 시작을 알리는 단비였다.

호숫가를 구불구불 돌며 이어지는 소로(小路)는 물안개가 가득했다. 빗방울이 수면과 주변의 나뭇잎에 부딪치는 소리가 허옇게 피어 오르는 물안개와 어우러져 좀처럼 보기 어려운 광경을 만들어냈다.

그러나 마상(馬上)에서 고스란히 비를 맞아야 한다면 그런 것들이 눈에 들어올 리 없었다.

'으… 이놈의 비!'

절로 짜증이 치밀었다. 상의를 타고·흐르던 빗물이 조금씩 의복을 적시더니, 아예 사타구니가 방뇨를 한 것처럼 흥건해진 것이다.

흔들릴 때마다 질척이는 느낌보다 더 팽호(彭虎)를 짜증스럽게 만드는 것은 앞서 가는 안도의 태도였다.

　실상 적검문에서 임시 거처로 사용하는 이가장(李家莊)은 불과 삼십 리(里) 정도의 거리였다. 전력으로 달리면 차 한잔 마실 시간이면 도착할 수 있었다.

　그런 것을 두 배의 시간을 지불하고도 여태 호숫가를 맴도는 것이다.

　흥얼흥얼, 뭐가 그리 기분이 좋은지 고삐를 놓은 채, 흔들림에 맞춰 콧노래까지 부르는 안도의 작태를 도무지 이해하기 어려웠다.

　상태가 멀쩡한 자라면 이렇게 일부러 늦장을 피워가며 옷을 적신다는 게 말이 되는가 말이다.

　'하긴, 미친놈은 미친놈이지!'

　스스로 생각해도 우스웠는지 팽호는 히죽 웃었다.

　이번 행도(行途)에 처음으로 안도를 수행하지만, 그의 괴벽(怪癖)은 귀에 오물이 쌓일 정도로 들어왔었다.

　실제로 며칠 전에 안도는 '거꾸로 매달리면 얼마나 버틸 수 있을까?' 하는 문제로 진지하게 고민했다.

　결국 지나가던 수하 하나가 대들보에 매달렸고, 하루 반나절이 지난 후에야 풀려났다. 물론 똥오줌을 지리고 혀를 길게 빼문 채 말이다.

　'휘유우……!'

　그날 일을 떠올리며 팽호는 가슴을 쓸어내렸다.

　행여나 그가 비를 맞는 것에 그치지 않고 '호수가 얼마나 깊을까?' 라며 고개를 돌리면 큰일이니까.

　어디를 가도 분위기 파악이 안 되는 자는 꼭 있기 마련이다. 그 방면엔 팽호의 생질(甥姪)이자 부관인 팽표(彭彪)가 독보적인 존재였다.

"거 지랄같이 내리네! 이게 무슨 꼴이야? 이런 날은 마누라 궁둥이나 두들겨야 되는데. 아, 진짜!"

'저놈의 주둥이를 그냥 콱!'

더 두고 봤다가는 일 치르는 건 당연지사, 먼저 간 누이를 위해 그런 일은 절대 벌어지면 안 됐다. 팽호는 서둘러 안도에게로 말을 몰았다.

"채주, 귀로(歸路)를 서두르는 것이 좋겠습니다."

한데 대꾸가 걸작이었다.

"이유를 세 가지만 대!"

'그럼 그렇지!'

팽호는 잔뜩 인상을 구겼다. 제 버릇 개(?) 못 준다는 말이 딱 맞았다. 이쯤 되면 '비가 오니까요!' 라고 속내 그대로 대꾸할 수는 없는 노릇이다.

"에… 이맘때 내리는 비엔 다량의 모래와 먼지가 섞여 있어 채주의 건강에 해가 될까 심히 우려가 됩니다."

"킁! 그렇단 말이지?"

안도가 관심을 보이자, 팽호의 목소리에는 더욱 무게가 실렸다.

"물론 그런 일은 있을 리 없고, 있어서도 안 되겠지만, 행여 채주의 신변에 이상이라도 생기면 저희는 어떻게 되겠습니까? 닭 쫓던 개가 아니… 고, 속 없는 만두, 고명 없는 장수면(長壽麵) 아니겠습니까?"

"호오?"

안도의 눈에 생기가 돌았다. '좀 더 해봐!' 라고 말하는 것 같았다.

그에 맞춰 팽호의 음성은 더욱 고조되었다.

"그리고 무엇보다 계집들이 곧 당도할 게 아닙니까? 수욕(水浴)도 하시고, 따끈한 술 한잔으로 몸을 데워두는 것이 좋지 않겠습니까?"

"음, 그렇군!"

여기까진 좋았는데, 또 딴소리다.

"팽호야, 너 혹시 계집에 관심이 있어서 재촉하는 건 아니겠지?"

"아, 아닙니다, 채주! 속하가 어찌 감히! 행여 그런 마음을 먹었다면 천벌을 받을 겁니다."

그때였다.

쫘르르릉! 번쩍!

천공을 가른 섬광(閃光)은 호수에서 십여 장 떨어진 고목을 강타했다.

우지끈!

가지가 부러지는가 싶더니 금세 불길이 치솟았다.

순간, 안도의 눈이 쭈욱 찢어졌다.

"채, 채주!"

팽호는 사색이 되었다.

'아이고! 산신(山神), 수신(水神), 부처님, 공자님! 이 위기에서 구해주신다면 두 번 다시 거짓말은 않겠습니다. 맹세합니다! 제발 살려주십시오!'

두려운 마음에 눈까지 질끈 감은 채, 팽호는 손이 발이 되도록 빌었다.

"쿵! 하긴, 말 잘 듣고 가려운 데 알아서 슬슬 긁어주는 네가 그럴 리가 없지. 벼락이 머리통을 피해간 것만 봐도 그건 확실해. 그래, 그만 가자!"

'흐윽, 가, 감사합니다!'

거의 울 것 같은 표정으로 앞으로 정직하게 살겠다 거듭거듭 다짐한 팽호는 안도를 제치고 선두에 섰다.

"채주, 어서 가……."

아마도 올바른 소리는 '가시죠!' 였을 것이다.

그러나 팽호는 말을 끝맺지 못했다. 미간(眉間)에 화살이 박힌 사람의 한결같은 반응과 일치했다.

철퍼덕!

팽호가 바닥으로 굴러 떨어지는 것을 신호로 엄청난 양의 화살이 날았다.

슈슈슈슉!

안도는 놀라운 속도로 마상을 박찼지만, 불행히도 팽표에겐 그런 능력이 없었다.

"크아아악!"

한 마리 고슴도치!

달리 그렇게밖에 표현할 수 없었다.

손바닥이 들어갈 틈도 없이 빽빽이 화살을 꽂은 팽표는 삼 장을 날아 물구덩이에 처박혔다. 공교롭게도 팽호와 머리를 맞댄 듯한 형상이었다.

팽(彭) 가네 호랑이[虎]와 표범[彪]은 그렇게 모질게 사냥을 당했다.

그 순간!

안도는 정신없이 바닥을 구르고 있었다.

파파팍!

조금이라도 멈추는 기미가 보일 때마다 영락없이 수십 발의 화살이 지면에 틀어박혔다.

미친년 널 뛰듯 바닥을 굴러서야 그는 매끈하게 잘린 나무 그루터기에 은신할 수 있었다. 쏟아지던 화살 세례가 멈춘 것도 그 순간이었다.

'크윽!'

그제야 통증이 느껴졌다. 화살 한 대가 좌측 어깨에 깊숙이 박혀 있었다.

상대가 누군지는 몰라도 암습은 일단 성공한 거나 마찬가지였다. 천하의 미친개 광구자 안도가 병기를 뽑아보지도 못하고 상처를 입었으니 말이다.

뚜둑!

부러진 화살 끝을 내던지고 안도는 허리춤에서 환도를 뽑아 들었다. 병기를 쥔 이상 화살은 크게 신경 쓰지 않아도 좋았다. 안도는 서서히 걸어나갔다.

"나와라!"

사위는 조용했다. 빗방울 소리와 안도의 외침만이 수면에 부딪쳐 되돌아올 뿐이었다.

"쥐새끼 같은 놈들… 나 안도가 여기에 있다! 목을 원한다면 와서 떼어가라!"

예상했던 화살 공격도 없었다. 보통 이런 경우에는 두 가지로 생각할 수 있었다. 화살이 바닥났거나, 접근전(接近戰)을 준비하거나!

적(敵)은 후자(後者)였다. 화살이 멈춘 것은 거리를 확보하기 위함인 듯했다.

슥! 스윽!

십 장 거리를 격하고 불쑥불쑥 흑영(黑影)이 모습을 드러냈다. 호수 쪽을 제외한 삼 면에서 동시에 이뤄졌고, 근 삼백에 이르는 숫자였다.

"큭큭! 그래, 그 정도는 돼야지!"

안도가 괴소를 흘리는 사이, 흑영들을 헤치고 두 사람이 나타났다. 종쾌와 이연중이었다.

"이 외중에도 여유를 부리다니, 과연 미친개가 확실하구나. 네놈이 이곳을 탈출한다면 나 혈전검 종쾌, 명호와 성을 갈겠다!"

스윽!

종쾌가 손을 들자, 호수가 환히 밝아졌다.

어느새 호수에는 다섯 척의 화방(花舫)이 나타났다. 각 화방에는 각기 십여 명이 안도를 향해 활을 겨누고 있었다. 유일한 활로(活路)로 보였던 곳마저 완벽하게 차단된 셈이었다.

"아하하하핫!"

안도는 미친 듯이 웃었다.

뚝!

어느 순간 웃음을 멈추고, 안도는 퀭한 눈을 들어 종쾌를 노려보았다. 칙칙히 죽어버린 안광, 반쯤 생을 포기한 듯한 눈빛이었다.

"완벽해. 이쯤 되면 절대 빠져나갈 수 없다는 말을 인정하지 않을 수 없군. 보아하니 네가 우두머리 같은데, 일 대 일(一對一)로 자웅을 결하고 싶다! 설마 꽁무니를 빼지는 않겠지?"

"형님!"

이연중이 미리 만류했다.

"넌 내가 저따위 놈에게 밀릴 것이라 생각하느냐? 두 번 다시 나서지 말아라!"

싸늘히 일축(一蹴)한 종쾌는 검을 뽑아 들고 전면을 향해 삼 장을 이동했다. 어느새 검신엔 시뻘건 혈광(血光)이 어린 상태였다.

"와라!"

"좋아, 좋아! 나 광구자 안도, 오늘 이곳에다 뼈를 묻고야 말겠다!"

스각!

베어진 머리칼이 때맞춰 불어온 바람에 흩날렸다.

안도는 느릿하게 환도를 머리 위로 들어 올렸다. 산악(山岳)이라 한들 일도(一刀)에 양단하겠다는 듯 무시무시한 기운이 흘러나왔다.

'맹랑하군! 일초 승부라는 건가?'

종쾌는 검을 힘주어 잡았다. 혹시나 하는 생각에 내력을 최고로 끌어올렸다.

"끼야아악!"

안도는 종쾌를 향해 내달렸다. 이윽고 둘 사이의 거리가 삼 장이 되었을 때, 바닥을 차고 허공으로 도약했다.

"죽어랏!"

콰우!

채 도기(刀氣)가 이르기도 전에 막대한 압력이 생겨나 종쾌의 머리통을 갈라갔다.

종쾌도 구경만 하지는 않았다. 허리를 굽혔다 펴는 탄력을 이용해 자신이 자랑하는 혈섬만리(血閃滿裏)를 펼쳐 안도를 맞아갔다.

치이이익!

도기와 검기가 부딪쳐 소멸하고, 마침내 두 자루의 병기가 맹렬히 충돌했다.

카아앙!

"크어어억!"

안도는 피화살을 뿜으며 뒤로 퉁겨졌다. 아니, 훨훨 날아갔다. 누가 봐도 명백한 종쾌의 승리였다.

　그러나 정작 종쾌는 몹시 의아했다. 손목에 느껴지는 반탄력이 현저히 약했던 것이다.

　'호, 혹시……?'

　불안한 생각이 뇌리를 스칠 무렵, 퉁겨진 안도의 몸뚱이는 이미 호수 위에 달하고 있었다.

　"활을 쏴라, 활을 쏴!"

　이미 승리를 확신하고 득의에 차 있던 수하들이 제때 반응하기는 무리였다. 그들이 어물쩡 시위에 살을 먹이는 사이 이미 안도는 물속에 잠겨든 후였다.

　풍덩!

　당연히 떠오를 리 없었다.

　'여우 새끼!'

　뿌득!

　종쾌는 이를 갈아붙였다.

　상대가 이토록 쉽사리 꽁무니를 뺄 줄이야! 최소한 이름 값은 할 줄 여겼거늘……. 뼈를 묻겠다! 잘라낸 머리칼! 상대방의 언행(言行)을 액면 그대로 받아들인 것이 통한의 실수였다.

　"수로연맹과의 정면 승부는 어불성설(語不成說)! 적검문의 일 년 치 수입에 해당하는 금액을 안겨준다면 그들도 침묵할 것이다. 그놈이 살아 돌아가면 그 일마저도 불가능하다. 따라서 안도만큼은 반드시 죽여야 한다. 무슨 희생을 치러도 좋으니 꼭 죽여라!"

거듭거듭 당부를 하던 진무방의 얼굴을 떠올리며 종쾌는 발작적으로 외쳤다.

"쫓아라! 어서 쫓으란 말이다!"

*   *   *

사아악!

호수와 연결된 좁은 배수로(排水路)에서 시커먼 인영(人影)이 솟구쳤다.

그림자는 길게 늘어진 가로수 그늘로 숨어드는가 싶더니, 다시 두세 번 위치를 바꾼 다음 낡은 가옥의 구멍난 담벼락 사이로 사라졌다.

맞은편 골목이 한눈에 보이는 위치였다.

"후욱! 후욱!"

턱까지 치미는 숨을 고르며 안도는 귀를 기울였다.

빗방울이 지면을 때리고, 물이 흐르고, 나뭇잎이 바람에 쓸리는, 모두가 일상의 평온을 담은 자연스런 소리들뿐이었다.

'흐윽!'

엄습하는 통증이 화살을 상기시켰다. 정신없이 헤맨 와중에도 놈은 이빨을 어깨에 박은 모습 그대로였다.

'훗, 미친개가 개에게 물린 꼴인가?'

문득 어둠 속에서 안도의 치아가 빛을 발했다.

견치전(犬齒箭)!

보통의 화살보다 두 치 이상 길고, 그 부분에 마치 개의 송곳니를 연상케 하는 날카로운 돌기가 촘촘히 박혀 있어 그렇게 불린다.

상대적으로 관통력(貫通力)은 약하지만, 일단 박히면 상처에 고정돼 운신하는 데 많은 제약을 준다. 또한 제거할 때 환부 안쪽을 난자하여 근육과 신경에 손상을 입히는 흉험(凶險)한 무기였다.

"후읍!"

한껏 숨을 들이쉰 안도는 손바닥으로 매끈하게 잘린 화살 끝 부분을 내려쳤다.

촤아악!

거세게 핏물이 튀었다. 퉁겨진 화살은 벽에 부딪쳐 반짝 빛을 발하더니 바닥으로 떨어졌다.

"으드득!"

꽉 다물린 입에서 섬뜩한 소리가 흘러나왔다.

재빨리 혈도를 눌러 출혈을 막은 안도는 구멍을 통해 밖을 살폈다.

한눈에도 질퍽해 보이는 골목 안쪽은 몹시 좁았다. 반대쪽에서 사람이라도 나타나면 둘 중에 하나는 벽을 보고 서야만 지나갈 수 있을 정도였다.

게다가 빈민가답게 냄새가 지독했다. 삼 장의 거리를 격하고도 코가 아릴 정도로 악취가 풍겼다.

그러나 안도에겐 오래전의 기억을 떠올리게 만드는 친숙한 냄새였다.

스읔!

안도는 바닥을 차고 신속하게 몸을 날렸다. 한순간 연기처럼 구멍을 빠져나간 그의 그림자는 곧 골목 안쪽 어두운 음지로 사라졌다.

저벅저벅!

안도는 빠른 걸음으로 골목을 올라갔다. 추적의 징후가 없었기에 제법 여유가 느껴지는 모습이었다.

가늘게 내리던 빗방울은 이미 그친 상태였지만, 비탈진 골목 안은 위쪽에서 흘러내리는 흙탕물로 발목이 푹 잠길 정도로 흥건했다.

골목은 끝도 없이 위로 이어졌다. 또한 미로(迷路)를 방불케 할 정도로 복잡했다.

곧게 뻗은 곳이 있는가 하면, 창자처럼 구불구불 휘어진 곳에, 어떤 곳은 거의 되돌아간다고 여길 정도로 급격히 꺾인 곳도 있었다.

그럼에도 불구하고 안도의 움직임은 제집을 찾아드는 동물처럼 기민했다. 그렇게 일각 이상을 올라가자, 무려 여섯 갈래의 갈림길이 그를 맞았다.

안도는 우뚝 걸음을 멈췄다. 그의 얼굴에 돌연 난색이 떠올랐다.

'여기까지가 한계인가?'

희미하게 그의 입술에 선이 그어졌다. 이곳을 떠난 지 이미 십수 년이 흐른 터라, 사실 이 정도로 근접한 것도 만족할 만한 결과였다.

그가 지나온 복잡한 길은 천연의 엄폐물이나 마찬가지였다. 인근에 사는 자들도 심심치 않게 길을 잃는 곳인지라 관부의 인물이나 추적을 피하는 데는 더할 나위 없이 훌륭한 곳이었다. 과거 숱하게 그의 목숨을 지켜주던 것에 발목을 잡힌 꼴이었다.

그러나 어두운 저 골목 어딘가에 그가 찾는 곳이 존재하는 이상 무기력하게 돌아설 수는 없었다.

바닥난 기억 대신 안도는 본능에 의지했다. 지그시 눈을 감고 그저 감각이 이끄는 대로 선택했다. 우측에서 세 번째 길이었다.

다시 단조로운 움직임이 이어졌다. 길게 뻗고 구부러진 모양을 따라 그는 걸음을 재촉했다.

그렇게 얼마나 지났을까, 거의 직각으로 꺾인 모퉁이를 돌아서자 더 이상의 길은 없었다. 적황색 흙벽으로 완전하게 막힌 상태였다.

그런데도 안도의 눈은 웃고 있었다. 게다가 그는 조심스레 벽면을 두드리기까지 했다. 설마 길을 잃은 탓에 미쳐 버리기라도 한 것일까?

픽! 픽! 퉁!

세 번째로 두드린 벽의 하단 중앙 부근에서 들린 소리가 어딘가 이상했다.

'이곳이군!'

안도의 눈이 또다시 웃는가 싶더니 돌연 그의 우수가 번개처럼 벽면을 강타했다.

콰앙!

흙 가루를 뒤집어쓰며 안도는 안으로 뛰어들었다.

무너진 벽면의 안쪽은 대략 열 평 남짓한 빈 공간이었는데, 희미한 유등 불빛 아래 네 명의 사내가 앉아 있다 말고 화들짝 놀라 몸을 일으켰다.

"네놈은 누구냐?"

"놈! 정체를 밝혀라!"

"나셔 버려!"

첫 번째 사내가 정체를 묻고, 이어 다른 자가 다그치고, 또 다른 자가 공격을 지시하는 데 걸린 시간은 촌각에 불과했다. 사내들은 이런 일에 이력이 난 듯싶었다.

우당탕!

탁자가 한쪽으로 밀려나 쓰러지는 것을 신호로 네 명의 사내는 일제히 병기를 휘두르며 달려들었다.

"죽어랏!"

"죽엇!"

번쩍이는 검신과 수십 줄기의 칼바람이 열 평 남짓한 공간을 가득 메웠다.

그러나 안도는 단 한 차례 손을 썼다.

사아악!

환도가 수평으로 공간을 갈랐다.

"캑!"

"우아악!"

"허억!"

세 가지 다른 소리가 울렸다.

폐부를 저미는 듯한 짧은 소리는 목이 잘린 두 사내의 것이고, 고래고래 비명을 지르는 자는 우수가 삭뚝 잘린 상태였다. 그리고 마지막으로 울린 바람 빠지는 소리는 빙글 허공을 선회한 도신이 한 사내의 목덜미에 걸쳐졌기 때문이었다.

"사, 살려주십시오, 대협!"

쨍그랑!

목표를 상실한 검이 바닥을 뒹굴었다.

씨익! 안도의 입매가 늘어났다. 팔이 잘린 사내를 응시하는 안도의 입에서 갈라진 음성이 흘러나왔다.

"홍 낭자(洪娘子)를 불러와!"

"아, 예!"

"반 시진 이내로!"

"아, 예!"

"늦으면 열을 헤아릴 때마다 한 군데씩 잘라주마!"

"아, 예!"

"그리고……!"

아, 예! 소리는 한동안 계속되었다.

졸지에 외팔이가 된 왕노충(王魯充)은 발바닥이 닳토록 밤거리를 뛰어다녀야 했다.

생각 같아선 그대로 달아나고 싶었지만, 그는 차마 그렇게 할 수 없었다. 인질로 잡힌 이가 하나뿐인 그의 동생인 왕노경(王魯景)이었기 때문이다.

노모가 끔찍이 위하는 동생을 비명횡사(非命橫死)시킬 수 없다는 사명감이 그에게 용기를 불어넣었다.

다섯 곳의 은신처와 열 개의 분타를 샅샅이 뒤져도 목적을 이룰 수 없었던 그는 비장의 각오로 총단을 찾았다.

한데 그를 기다린 것은…….

〈4권으로 이어집니다〉